Disparitions En Eaux Turquoise

Valérie Lieko

Disparitions En Eaux Turquoise

Ce livre est une œuvre de fiction. Les allusions à des personnes réelles, des évènements, des établissements, des organisations ou des lieux ont seulement pour but de donner un caractère authentique, et sont utilisés fictivement. Tous les personnages et dialogues sont le fruit de l'imagination de l'auteur.

Éditeur Valérie Lieko
Parc de la Baie Orientale
97 150 Saint-Martin
France

ISBN 9781521423318
Image de couverture : (CC0) Pexels
Couverture réalisée par Kouvertures.com

Prologue

Sur une plage déserte des *Virgin Islands*, territoire britannique des Caraïbes, plusieurs années auparavant...

Ses mains tremblotaient. Il respirait vite, l'air se faufilait avec difficulté à travers sa gorge nouée. Il devait se ressaisir, il avait presque fini. Le trou était suffisamment large, mais c'était plus prudent de creuser encore un peu. Il paniquait, car il lui avait semblé avoir aperçu un reflet furtif à quelques dizaines de mètres, comme ceux provoqués par un objet métallique balayé par l'éclairage de la lune. Avec nervosité, il jetait de temps en temps un coup d'œil vers l'endroit où il pensait avoir décelé cet éclat lumineux. Mais plus rien, à nouveau la pénombre. La peur, sans doute, lui faisait voir ce qui n'existait pas.

Il trembla plus encore lorsque le trou devenu très profond était fin prêt à servir. Il l'avait creusé juste à la jonction entre le sable nu de la plage et la première rangée d'arbres de la forêt côtière. Il songea à ce paysage si magnifique le jour. Des cocotiers tellement vertigineux, que certains ayant trop grimpé vers les cieux avaient dû se résoudre à se courber vers le sol, se couchant presque à l'horizontale. L'avant-veille, il s'était amusé à marcher sur l'un d'eux.

Devant cette crique recouverte par un tapis doré, des eaux limpides et poissonneuses s'étalaient jusqu'à l'horizon. Et surtout aucune habitation, aucune trace de vie humaine, même pas la case transitoire d'un pêcheur.

Le paradis ici-bas. Il n'avait jamais imaginé qu'il reviendrait sur ces lieux pour faire ce qu'il était en train de faire…

Ce décor d'Éden contrastait avec la forme oblongue qui gisait un peu plus loin, et que la mer venait parfois caresser comme du bout de ses doigts humides. Cette masse, il ne l'avait plus regardée depuis qu'il avait enfoncé dans la terre sablonneuse son premier coup de pelle. Il s'était concentré, sans relâche. Il était chronométré. Maintenant qu'il avait fini de creuser, il l'observa à nouveau. N'importe qui pouvait deviner ce que la bâche bleue enroulait. Les liens qui avaient servi à maintenir celle-ci rendaient encore plus facile l'identification de son contenu. On imaginait bien la tête, le tronc puis les jambes et au bout les pieds qui pointaient vers le haut. C'était autour de ces différentes parties du corps qu'il avait noué les cordes.

Il enfonça la pelle juste à côté de la tombe improvisée, courut vers la masse inerte comme si tout à coup le temps lui manquait. Il la tira jusqu'au trou, laissant derrière lui une longue traînée dans le sable. Il poussa le cadavre jusqu'à ce qu'il tombe tout au fond. Lui qui n'avait peut-être jamais mis un pied dans une église, exécuta un signe de croix. Un réflexe ou un instinct sorti d'on ne sait où. Mais ce geste, parce qu'il réveillait sans doute les consciences, fit jaillir des larmes. Il sanglota. Il hésita, mais il devait placer correctement le mort, par respect pour celui-ci, même s'il l'avait quelque part cherché. Comment avait-il osé abuser d'elle ? Il sauta dans le trou, allongea dignement le corps, lui toucha la tête en dernier geste d'adieu. Il répéta plusieurs fois comme s'il devait lui-même se convaincre : « c'était un accident, c'était un accident ».

La vie ne tenait souvent qu'à un fil.

Il dut faire quelques efforts pour sortir de cette tombe clandestine et il paniqua un peu de ne pas pouvoir y parvenir. C'eût été ridicule de rester coincé là-dedans comme un animal pris dans un piège. Au moment où il réussit à hisser le haut de son corps, il vit une paire de pieds nus, près de ses mains. Il leva les yeux, bien que surpris, il fut soulagé :

— Ah, c'est toi. Mais je pensais que tu ne voulais pas venir m'aider.

— Oh que si !

L'homme aux pieds nus attrapa la pelle. Il n'aimait pas ce qu'il devait faire, mais il n'avait pas le choix.

1. Laboured
2. sharp
3. blacken
4. pile

Chapitre 1

« Il n'appartient pas à l'être humain de sauver son
frère de la mort. Il ne peut que l'aimer. »
Marie-Claire Blais, Le jour est noir

Le visage quelque peu ennuyé, Yves Duchâteau
s'affairait à remplir un formulaire, d'une écriture très
appuyée et acérée. Reflet de son enfance blessée, au sens
propre comme au figuré. Des coups, il en avait reçu,
même s'il avait fini par apprendre à les parer puis à en
donner. C'était peut-être pour cela qu'il avait, à vingt-
sept ans, acquis le physique d'un adepte de boxe thaï. Un
corps sec, mais des muscles que l'on devinait puissants
et vifs.

Bien que la partie administrative de son boulot fût ce
qu'il détestait le plus, il s'appliquait consciencieusement
à noircir chaque case. De toute façon, le reporter à plus
tard ne faisait qu'entasser les dossiers, aggraver le problème, augmenter son dégoût pour cette tâche. D'autant
plus qu'ici, l'informatisation accusait au moins une dé-
cennie de retard par rapport à Paris.

Il venait de commencer à écrire la date du jour cinq
décembre 2016 sur un nouveau document, quand il
s'interrompit, ressentant une légère crampe dans sa main
gauche. Pour se relaxer un instant, il redressa la tête, la
tourna vers la fenêtre grillagée. Il replaça ses lunettes de
myope sur le nez pour mieux percevoir au loin chaque
détail. La mer était devenue anthracite, parsemée de

rayures argentées ondulantes que provoquait la lune presque pleine. Les bateaux ancrés dans la baie étaient, pour la plupart, assez éclairés. Leurs occupants sans doute attablés pour le dîner. Ils battaient pavillon américain, anglais, russe, belge, français, brésilien, suédois… Bref, un échantillon assez large des nationalités que comprenait la planète. Toutefois, c'étaient leurs ressortissants, en général les plus riches, qui mouillaient dans ces eaux.

Les drapeaux étaient beaucoup plus agités que le matin. La météo commençait à changer. Et s'il venait à pleuvoir, cela ne l'inquiétait pas. Il savait qu'il n'aurait jamais réellement froid. C'était le privilège de vivre dans la douceur des températures de la Caraïbe. Même une nuit de décembre, celles-ci dépassaient presque toujours les vingt degrés.

Depuis leur installation sur l'île, ce climat était ce que sa femme Nadia appréciait le plus : ne pas devoir se préoccuper de comment habiller leur fille, voire ne pas du tout s'en tracasser et l'autoriser à courir presque nue, juste avec sa couche. Parfois, sa maman la laissait volontiers totalement dévêtue, libre de tout mouvement, et tant pis si elle devait passer la serpillière après elle pour éponger tout ce qu'elle semait un peu partout. C'était peut-être grâce à cette liberté qu'elle avait marché si tôt, vers ses dix mois, épatant sa grand-mère maternelle qui était alors en visite. Maintenant, à deux ans révolus, il la sentait prête à nager sans ses minuscules brassards orange qu'il gonflait à peine.

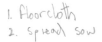

1. Floorcloth
2. spread sow

Lui qui aimait tant dormir en mer, il enviait ces gens sur ces bateaux. Sa nuit d'astreinte devait être plutôt calme, comme d'habitude. La plupart de ses potes à qui il avait annoncé sa mutation pour Saint-Barthélemy alias Saint-Barth n'avaient eu que des mots tels que « chançard », « cool », « super »... Ils n'avaient vu là qu'une opportunité d'être planqués pendant quelques années et d'élever leur fille, Maya, sans chichis, sans manteaux, sans ces rhinopharyngites qui s'enchaînaient les unes après les autres sous le climat tempéré de la métropole.

Mais lui seul connaissait les raisons exactes de sa présence, et ce pour quoi il avait bataillé pour obtenir ce poste. Son frère utérin avait disparu à quelques îles d'ici, plus au nord, et il avait l'espoir qu'un jour, peut-être, il réapparaîtrait. Pourtant, ils avaient très peu vécu sous le même toit. Une fratrie séparée pour cause d'incompétence maternelle, pour cause de pères absents. Ils avaient été juste là le temps de les concevoir. Son demi-frère et lui avaient ce point commun : leurs géniteurs respectifs n'avaient pas attendu que leur mère souffle leur deuxième bougie d'anniversaire pour les abandonner. Par la suite, celle-ci avait vite craqué à la suite de la naissance d'un troisième enfant, et tous les deux avaient supporté des placements successifs dans de multiples foyers d'accueil.

À sa majorité, Yves l'avait enfin retrouvé. Mais les retrouvailles furent de courte durée et il ne pouvait se résoudre à ce que son frère ait pu disparaître, voire mourir.

1. Constraint
2. Fuss

Comment pouvait-on croire à la mort d'un jeune homme, parti sur ses deux pieds, plein de vie et de rêves tenter sa chance dans la Caraïbe ? Il y avait même rencontré l'Amour. Il l'appelait « la future femme de sa vie ».

Yves Duchâteau se noyait sans doute dans des illusions, était probablement dans le déni, car cela faisait bientôt sept ans que François n'avait plus donné signe de vie. Mais il y a trois ans, sa femme Nadia, alors vendeuse aux galeries Lafayette, avait accepté une invitation à dîner chez Solange Guérin. Une collègue logorrhéique qui ne se sentait vivre qu'en recevant chaque samedi une dizaine de convives, prêts à boire et manger jusqu'aux petites heures de la nuit.

Solange, ce soir-là excitée, avait davantage remué sa crinière blonde en leur racontant une histoire digne d'un roman. N'ayant jamais connu son père, que la plupart de ses proches considéraient comme mort, elle leur annonça l'avoir retrouvé par le plus grand des hasards. Il n'avait pourtant plus donné signe de vie depuis presque trente ans. Cependant, l'éclipse avait été volontaire, préméditée. Il vivait caché, oublié de tous sur Terre de bas, une île isolée de l'archipel des Saintes. C'était un détail a priori insignifiant qui l'avait trahi : son accent ! Mais pour un fin connaisseur, c'était un accent typique d'un bled de l'Auvergne. Des intonations dans le phrasé que seul un autre villageois, débarqué par pure coïncidence sur ce territoire perdu, avait reconnu de suite.

Et si cela s'était produit pour Solange, pourquoi pas pour lui ? Son frère referait surface ou on le découvrirait

1 verbal diarrhoea   2 more
3 mane

14

par hasard. Un homme qui expliquerait simplement : « voilà, j'avais voulu tirer un trait sur mon passé, je voulais qu'on m'oublie, je voulais recommencer à zéro ».

C'était pour cet espoir fou que dès qu'un week-end de libre se présentait, Yves Duchâteau poussait sa femme à sortir en mer. Très motivé, il avait obtenu aisément son permis « plaisance option côtière ». Avec leurs économies qu'ils avaient amassées pour l'achat d'une maison en Normandie, ils avaient finalement fait l'acquisition d'un petit voilier d'occasion à un ancien baroudeur.

Ils levaient l'ancre, partaient plusieurs jours, parfois presque deux semaines. Lors de leur escapade, Yves s'arrêtait quelque part au feeling. Il posait des questions aux habitants, aux plus vieux d'entre eux qui avaient souvent un œil ou une oreille indiscrète qui traînaient par-ci, par-là. Il avait appris à les cuisiner, l'air de rien, tel un touriste féru d'histoire, d'anecdotes, espérant cet indice qui le mettrait sur une piste. Comme cet accent du père de Solange Guérin qui avait permis de le démasquer.

Mais ses réelles motivations pour obtenir ce poste, Yves les avait toujours gardées secrètes. Même sa femme Nadia les ignorait. Elle pensait qu'il avait souhaité faire un interlude dans leur vie trop citadine et élever leur fille au soleil. Avoir plus de moments pour eux, profiter de la mer. C'était vrai, en partie. Ce n'était pas le principal. Il n'avait pas désiré lui en dire plus, cela l'aurait peut-être inquiétée. Yves savait que la recherche de la vérité n'était pas toujours un parcours qui conduisait au bonheur.

Soit son frère était mort, soit il avait délibérément voulu disparaître. Mais pourquoi François aurait-il souhaité agir ainsi à vingt-cinq ans à peine ? Qu'avait-il bien pu faire de répréhensible qui l'aurait poussé à s'éclipser ? Et de cela, il s'en inquiétait un peu. Ballotté de famille d'accueil en famille d'accueil, puis en foyer pour jeunes, ce n'était pas un enfant de chœur. À quinze ans, il avait fait une grosse connerie, même si le pion l'avait mérité. Heureusement pour lui, comme il était mineur, cette bastonnade orchestrée avec ses potes du pensionnat n'apparaissait pas dans son casier judiciaire.

Yves avait pu parler à sa copine de l'époque, quelques semaines après sa disparition. Elle était encore sous le choc. Elle était rentrée dans leur gîte avant lui, le laissant discuter entre hommes avec son ami, Olivier, et un touriste français dans un bar. Ces derniers étaient partis bien avant lui. Sa petite amie pensait le voir rappliquer au petit matin, comme cela s'était déjà produit lors de leurs précédentes virées nocturnes. Mais il n'était pas revenu. Ni les jours suivants, ni au Beef Island airport le jour de son vol pour San Juan, une île où il voulait prospecter.

Les autorités de l'île de Tortola avaient effectué des recherches en mer, interrogé des clients de différents bars qu'il avait écumés. Y compris quelques petits revendeurs de marijuana, au cas où… Mais rien, il s'était volatilisé. Officiellement, son frère n'était pas mort, mais rien ne prouvait qu'il fût encore en vie. Yves avait mené sa propre enquête, quelques semaines après sa dispari-

1 beating
2 pals
3. ? visits
4 record

16

tion. Cependant, il était inexpérimenté et n'avait peut-être pas posé toutes les bonnes questions.

Il ramena son regard vers la surface de son bureau. Sa petite pause lui suffit tout à coup. Il replongea dans la pénibilité du boulot administratif.

Il achevait de terminer d'écrire un « A » en lettres capitales sur l'en-tête d'un énième formulaire lorsque son collègue, chez qui il devina un début d'embonpoint, entra précipitamment :

— Yves, viens écouter un peu. Il y a une cinglée d'Américaine, une certaine Harmony Flynt…

Et Jérôme prononça le « yn » comme « hein » à la française, ce qui le fit sourire. Il l'appréciait bien ce Jérôme Jourdan, même si depuis qu'il vivait aux Antilles, quelques poils avaient poussé dans les paumes de ses mains. Un effet secondaire de la « tropicalisation ».

— La nana, limite hystérique, nous prétend que son mari ne s'est pas présenté pour embarquer sur le dernier bateau. Elle l'aurait déjà cherché partout, et il se serait volatilisé comme par enchantement.

Intrigué, le gendarme Yves Duchâteau se leva d'un bond : vingt heures trente. Ça tombait à point nommé. Un peu d'action après ces heures fatigantes d'ennui dans la paperasserie.

Une disparition…

Immédiatement, il ne put que ressentir de l'empathie envers cette femme. Il ne devait pas laisser l'affaire entre les deux hémisphères cérébraux de Jérôme. Même si à Saint-Barth, il ne pouvait s'agir d'une disparition inquiétante. Encore un qui s'était sûrement trop attardé à un bar et qui cuvait quelque part… Quoique parfois, ça finissait mal. Une mauvaise chute dans un sentier perdu ou une noyade par excès de confiance n'étaient pas rares.

Chapitre 2

« Voyager plein d'espoir est plus important que
d'arriver à bon port »
L'étoile de Pandore de Peter Hamilton

Le puissant catamaran *Voyager* reliant l'île de Saint-Martin à Saint-Barth ralentit fortement sa vitesse, la balise rouge étant maintenant à portée de vue. Alors qu'il avait tracé jusque-là à vive allure, le capitaine ne pouvait plus dépasser les cinq nœuds. Knots

Dix heures du matin. Ils étaient à l'heure. Harmony Flynt se retira du cocon confortable formé par le buste robuste et les bras sécurisants de son mari. Elle enfonça aussitôt la main dans son sac en toile blanc, beaucoup plus profond que large. Un achat qu'elle reconnaissait volontiers comme un acte compulsif, effectué la veille à la boutique de leur hôtel. Mais il collait tant avec l'image qu'elle s'était forgée des séjours dans la Caraïbe. Les contours des îles de Saint-Martin et de Saint-Barth y étaient brodés aux côtés d'un couple de dauphins bleus. Ceux-ci sautillaient juste en dessous d'un soleil jaune, représenté par un cercle d'où partaient des rayons tels que le dessinaient les enfants. C'étaient ces détails, pourtant anodins, auxquels elle n'avait pas pu résister, de ceux qui la faisaient se sentir totalement sous les tropiques et en vacances.

Fouillant d'un geste plus exaspéré, elle tomba sur une crème hydratante, un brumisateur tout neuf, un fla-

1 nevertheless
2 innocuous
3 search

con de parfum Lancôme presque vide, un brillant à lèvres, son passeport américain et une pochette en tissu épais aux motifs fleuris. Cette dernière, très usée, tranchait avec le reste si moderne, en parfait état. Un trompe-l'œil. En réalité, elle contenait une somme d'argent non négligeable.

Elle s'agita davantage, car elle devait dénicher au plus vite son iPhone. Elle ne voulait en aucun cas rater l'entrée dans le joli port de Gustavia où l'on devinait déjà, à tribord, un passé singulier avec les ruines du fort de Gustav III. L'île avait brièvement appartenu à la couronne suédoise avant de redevenir française, d'où le nom de la ville qui rendait hommage à ce roi. C'était d'ailleurs sur ce monument historique haut perché qu'elle comptait se rendre sous peu. Elle ne désirait pas combler toutes ces prochaines heures en séances de bronzage.

Elle le tint enfin. Tout juste à temps ! Chaque année, grâce à son forfait téléphonique, elle pouvait en acquérir un flambant neuf, même si l'ancien pouvait encore servir. C'était le paroxysme de la société de consommation : jeter avant que ce ne soit usé. Malgré sa fibre écolo qui s'étoffait de plus en plus, elle jura qu'à son futur passage chez son fournisseur de téléphonie mobile, elle en choisirait un de couleur flashy : jaune ou rose. Ça trancherait mieux dans l'obscurité de ses sacs qui contenaient toujours trop de bric-à-brac. Ainsi, elle ne perdrait plus autant de temps à le trouver.

L'entrée dans la baie fut une authentique carte postale, nul besoin de Photoshop : ciel bleu avec de rares nuages blancs inoffensifs, mer lisse et turquoise sur la-

still

20

quelle des bateaux à voiles multicolores s'avançaient avec langueur vers leur lieu d'ancrage. Derrière les quais, on apercevait des bâtiments peu élevés, abritant pour la plupart des commerces. Leurs façades soigneusement entretenues donnaient déjà un avant-goût de la propreté qui pouvait régner sur l'île. Et ici, la salubrité allait de pair avec le luxe.

D'un coup d'œil furtif, Harmony observa juste à côté d'elle la jeune femme brune, plus affalée que réellement assise sur son siège métallique. Celle-ci retrouvait enfin quelques couleurs. Avec subtilité, elle changeait de teint en virant d'un gris verdâtre inquiétant, vers un rose pâle plus rassurant. Toutefois, des gouttes de sueur coulaient encore le long de son cou fin, épongées sur-le-champ par son compagnon attendri, au look de golfeur avec sa casquette blanche enfoncée, son polo orange et son pantalon trois quarts. Une fois qu'il l'eut soulagée, il reprit en main le magazine en papier glacé. Celui-ci, entièrement dédié aux montres haut de gamme vendues dans les boutiques de l'île, faisait fonction d'éventail. Pouponnée outrageusement, pour débarquer telle une starlette sur la terre des « people », la femme n'en menait pas large : mascara dégoulinant, rouge à lèvres débordant le contour de sa bouche, cheveux en bataille. Tout ce qui était censé rehausser sa beauté semblait s'être ligué contre elle.

En fin de compte, pour Harmony Flynt, la traversée fut idyllique. Elle n'avait éprouvé qu'un léger mal de mer et qui fut de très courte durée. Une fois l'île Fourchue dépassée, le creux des vagues avait nettement diminué et la mer s'était lissée à l'approche de la balise rouge. Elle était devenue presque aussi horizontale que la surface du lac Michigan où elle aimait tant flâner le long de ses rives, surtout les plus septentrionales, restées très sauvages. C'était là-bas sa résidence secondaire, une résidence à ciel ouvert où désormais son mari l'accompagnait. Même si elle devait le pousser un peu lorsqu'il régnait un froid de canard. Par amour pour sa femme, Maxence Rousseau avait délaissé la Floride, éternellement ensoleillée, pour rejoindre le Wisconsin, cet État beaucoup plus au nord où les mois frisquets supplantaient en nombre les mois chauds. Un territoire où le blizzard pouvait être si ravageur.

Les petites Antilles, c'était tout l'inverse de la météo qu'elle venait de quitter, ce qui la rendait radieuse. À cet instant, elle ne voulait être nulle part ailleurs. Depuis plusieurs jours, elle avait lu et épluché tout ce qui pouvait être intéressant au sujet de ces îles du Nord, des *French West Indies*. Malgré toutes les infos qu'elle avait trouvées sur Internet, elle s'était procuré le dernier *Lonely Planet*. Elle l'avait étudié de long en large, ainsi que tous les dépliants touristiques mis à disposition sur le bureau moderne, totalement transparent, de leur chambre d'hôtel.

Pour cette journée d'excursion, le programme fut choisi volontairement basique : visite des quelques monuments historiques de la ville dont les ruines du fort, puis déjeuner au restaurant Le Côté Port. Un couple de vacanciers italiens, rencontré lors du buffet du matin, leur avait renseigné cet endroit. Le prix du plat du jour y était appréciable, surtout pour les bourses de la classe moyenne comme la leur. Après le repas, ils avaient prévu le farniente sur la plage de Shell Beach, le lieu de baignade le plus proche et le plus agréable situé non loin de l'embarcadère pour le ferry. Ne connaissant pas l'île, ils préféraient ne pas trop s'éloigner.

S'il leur restait un peu de temps, ils se promèneraient dans les ruelles de Gustavia, avec une séance classique de lèche-vitrine dans le Carré d'Or de la ville, avant de reprendre le dernier bateau de 17 h 45. Tomber sur la robe de soirée originale serait la cerise sur le gâteau, espérait-elle, un gâteau déjà très alléchant rien qu'à observer l'entrée dans Gustavia !

Ce cinq décembre 2016 allait être une journée confortable, pas trop chargée, comme elle les appréciait. Elle ne s'était jamais sentie l'âme d'une aventurière et ce n'était pas à trente-deux ans qu'elle souhaitait commencer. Parcourir le monde avec un lourd sac à dos ou remplir ses vacances par un excès d'activités contraignantes, très peu pour elle ! Durant leur séjour, ils avaient prévu de réserver un voilier avec un skipper sympa pour une minicroisière de deux jours. Et pourquoi pas, s'était-elle dit quelques minutes plus tôt, ne pas découvrir l'île Fourchue qu'ils venaient de dépasser ? Une terre émergée, à mi-chemin entre Oyster Pond et Gustavia. Un territoire privé, mais inhabité, si elle avait bien retenu ce qu'elle avait lu à son sujet.

Elle regarda de plus près ses doigts puis les glissa sur son visage. Elle découvrit une pellicule de sel non négligeable qui s'y était déposée. Elle tenta de l'enlever avec la serviette rafraîchissante qu'elle avait conservée de leur vol reliant New York à Sint-Maarten. Cette escale à la « Big Apple » avait été un peu longue, plus de trois heures. Elle se souvint de cet Anglais d'âge mûr assis à côté d'elle qui l'avait complimentée sur sa tenue, un tailleur-pantalon fuchsia qui lui donnait déjà un air de vacances. Coquin et malin, l'homme l'avait flattée après avoir attendu que Maxence s'éloigne. Ce dernier voulait à tout prix dénicher un journal en français, si possible une édition du jour qu'il ne trouva d'ailleurs pas. Le voyageur anglais lui avait clairement fait « du rentre-dedans », une expression que Maxence venait juste de lui apprendre.

Le goût salé infiltrait ses lèvres jusqu'à sa gorge. Elle ressentit une soif intense. L'un des membres d'équipage au teint brun cuivré était pourtant passé à plusieurs reprises avec un plateau regorgeant de jus tropicaux. Son service l'avait épatée. Malgré le tangage, pas la moindre goutte de liquide n'était tombée à terre. Un job taillé pour un équilibriste ou pour ces clowns avec leurs habits trop amples. Ces derniers jouaient aux faux maladroits, feignant de trébucher maintes fois, sans jamais renverser le seau d'eau qu'ils portaient sur la tête.

Maxence avait bu d'une traite le verre de jus. Ensuite, il avait rejoint l'avant du pont pour catapulter le gobelet vide dans la poubelle fixée au sol. Sa journée aurait été gâchée si le déchet s'était retrouvé en pleine mer. Le réflexe de vouloir garder l'environnement propre en toutes circonstances, et si possible tout recycler, semblait inné chez lui. De ce fait, c'était toujours lui qui s'occupait du tri domestique. Résultat : zéro gaspillage, cent pour cent recyclage. Français immigré aux États-Unis, il avait réussi à persuader son épouse, l'incarnation même de la citadine américaine, à cultiver un potager. Et leurs légumes étaient excellents, surtout si c'était lui qui les préparait. Un véritable chef, de surcroît français. Quelle femme ne rêverait pas d'un mari cuisinier qui la libérerait de cette tâche, qu'elle considérait ingrate lorsqu'elle était quotidienne et donc obligatoire ?

Mais Harmony n'avait pas voulu de ces rafraîchissements, malgré l'insistance de ce serveur antillais. Son torse était moulé par un t-shirt bleu roi arborant le logo de la compagnie maritime, une bouée blanche entourant un gouvernail en bois. Il possédait des mollets fuselés dignes d'un sportif de haut niveau. Il s'épongeait régulièrement le front avec un foulard beige qu'il sortait de la poche arrière de son bermuda kaki. Plusieurs fois, il était venu se poster devant elle et planter ses yeux bruns, très clairs, dans les siens.

Elle avait été gênée par sa robe légère qui remontait à chaque bourrasque, révélant la racine de ses cuisses. Elle avait craint que ce vent indiscret n'aille jusqu'à dévoiler sa petite culotte trop échancrée, en dentelles noires. Elle l'avait choisie à la dernière minute, car elle voulait être sexy de la tête aux pieds. Après tout, c'était les vacances ! Les sous-vêtements conventionnels qu'elle enfilait pour se rendre au boulot, elle n'avait plus envie ni de les voir ni de les sentir sur sa peau.

Toutefois, le regard insistant du jeune homme avait provoqué un fard de honte sur ses joues. La prochaine fois, elle opterait pour un short, une tenue plus adaptée pour ce type de traversée. Cette robe trop cintrée à la taille favorisait l'envolée du bas, sans parler de son décolleté trop profond qui attirait l'attention. Inconsciemment, avait-elle voulu, elle aussi, endosser le personnage d'une starlette ? Surtout avec son chapeau rose à larges bords et ses lunettes de soleil aux montures rouges signées Michaël Kors. Un look glamour, mais totalement inadéquat. Le chapeau avait failli rejoindre les flots, Maxence l'avait rattrapé in extremis en plein vol.

Son mari, son éternel chevalier servant. Adossé contre le bastingage métallique du pont supérieur, elle s'était lovée contre lui, le trouvant tellement élégant avec sa chemise blanche et son bermuda gris clair en lin. Il avait choisi l'endroit idéal, à l'arrière, dans le sens du déplacement. Ils avaient pu ainsi voir défiler un spectacle ahurissant. Des bancs de poissons-volants semblaient vouloir les poursuivre. À l'horizon, ils avaient deviné les silhouettes de plusieurs îles dont elle ignorait le nom. De ce fait, teintées de mystères, elles invitaient à d'autres voyages, d'étranges découvertes.

Une traversée idyllique où ils avaient ri également lorsque les creux des vagues avaient provoqué de larges éclaboussures et cris de frayeur chez certains. Grâce à ce spectacle, Harmony avait pu feindre de ne pas voir les regards courroucés du serveur. Quel âge pouvait-il avoir ? Pas plus de vingt-quatre ans probablement. L'impertinence de la jeunesse s'était-elle couplée à l'atmosphère tropicale sensuelle qui donnait, semblait-il, la permission aux hommes de tout oser en matière de séduction, même lorsqu'une femme était adossée à son compagnon ?

Harmony adorait être dans les bras de son mari. Des membres solides, recouverts de poils noirs, comme l'était tout autant son torse. Un mâle, un vrai. Elle avait dû attendre longtemps avant qu'il ne surgisse dans sa vie. L'homme dont elle avait toujours rêvé : protecteur, viril, au caractère trempé, mais éperdument amoureux.

Ils s'étaient rencontrés quelques mois après qu'elle eut soufflé ses trente bougies. Un chiffre qui devenait sensiblement inquiétant pour une femme. Une horloge commençait à faire « tic, tac, tic, tac » dans la tête, dans le bas du ventre. Une bombe à retardement. Cet âge lui avait provoqué d'étranges sensations. À chaque fois que l'une de ses connaissances se félicitait de son mariage ou de la venue prochaine d'un enfant, elle les encourageait du bout des lèvres. Mais le sourire était forcé, confirmant ainsi son mal-être. À la joie de l'annonce, se mêlait une jalousie sourde de ne pas pouvoir bénéficier du même bonheur.

Puis, Maxence avait débarqué dans son existence. Une embellie dans sa vie, sans l'ombre d'un nuage. Enfin presque… Il y eut un petit doute, une suspicion passagère. Rien de méchant, rien d'important. Du moins, c'était ce qu'elle espérait, ce qu'elle croyait toujours. Elle ne songeait plus depuis de longues semaines à cet épisode. Pourquoi ses pensées se dirigeaient-elles vers de si mauvais souvenirs alors que le lieu ne s'y prêtait pas ?

Ils étaient pourtant arrivés à bon port, les quais qui les séparaient de Gustavia étaient presque à portée de main.

Les vacances ne faisaient que commencer.

Chapitre 3

*« Une suspicion de tous les instants est une garantie
de survie… »*
Aucune bête aussi féroce, Edward Bunker

Harmony regardait les enseignes de luxe qu'on devinait derrière les quais. Elle se souvint de ce jour de pluie, il y a six mois, pratiquement un an et demi après leur mariage, Maxence était sorti dans leur jardin sans emporter son iPhone. Un fait plutôt rare chez lui. Se séparer de son téléphone était devenu d'ailleurs exceptionnel pour presque tous les hommes et femmes de ce nouveau siècle numérique. Mais il y avait eu d'abondantes averses durant la nuit. Il voulait constater l'amplitude des dégâts sur les fleurs de son parterre ainsi que l'avancée de sa plantation de tomates qui, elles, étaient protégées sous une serre.

Son portable s'était mis à vibrer sur la table basse en verre de leur salon. Il commençait à se déplacer tel un animal perdu qui sautillait sur un territoire hostile. Un numéro avec l'*area code* 305 de Miami et le prénom Sonia s'étaient affichés sur l'écran devenu lumineux. Harmony qui lisait dans le canapé s'en était tout à coup saisie. Elle avait couru aussi vite qu'elle le pouvait vers la serre, assez imposante, sur laquelle dégoulinaient les eaux de pluie. Maxence l'avait lui-même construite, tout au fond du jardin, à l'endroit le plus ensoleillé.

Elle lui avait tendu le téléphone juste avant qu'il ne s'éteigne. Furtivement, il avait regardé l'écran sans décrocher. Son visage s'était figé, et reflétait un certain agacement. Mais ce fut d'un ton banal et d'une voix indifférente, peut-être trop indifférente, qu'il lui avait lancé : « Oh, encore une erreur ».

Une réponse étrange. On n'encodait pas un prénom avec un numéro si celui-ci était erroné ou ne correspondait pas à une connaissance, avait-elle tout de suite songé. Ses vieilles craintes, celles de la trahison, de l'infidélité, du mensonge, reprirent le dessus. Elle qui était pourtant persuadée de s'en être débarrassée, voilà que toutes ces peurs teintées d'angoisse devinrent incontrôlables, envahirent toutes ses pensées. Dès qu'il laissait son téléphone sans surveillance, comme lorsqu'il partait faire son jogging, elle ne se gênait pas pour fouiner dedans. Elle faisait aussitôt défiler tous ses contacts de A à Z, parcourait tous les numéros entrants et sortants récents.

Un jour, une crampe au mollet avait contraint Maxence à rentrer précipitamment. Harmony n'avait pas entendu la porte de la cuisine s'ouvrir. Maxence l'avait ainsi surprise, très concentrée, les doigts glissant sur l'écran tactile. Mais elle avait anticipé une telle situation. D'une voix neutre, elle lui avait pondu un alibi : n'était-elle pas en train de chercher les coordonnées du plombier qui s'était occupé de leur douche ? Celui qui, enfin, ne les avait pas arnaqués et avait résolu le problème. Et seul Maxence avait eu le réflexe d'encoder son nom et son numéro de téléphone. Harmony avait une fâcheuse tendance, par souci d'ordre permanent, à jeter sans réfléchir tout prospectus publicitaire. Or, lui avait-elle précisé, elle en avait absolument besoin pour le refiler à sa collègue, Dorothy Green, dont l'évier de la cuisine restait désespérément bouché. Tout ceci était véridique, ce qui rendait l'alibi crédible.

Dès que sa crampe cessa, Maxence avait pris en main son téléphone. Il lui avait retrouvé les coordonnées du plombier, Geoffrey Bowles, sans jamais - du moins elle l'espérait - comprendre sa manœuvre.

Le hasard, ou était-ce l'œuvre de leurs anges gardiens, avait fait que ce jour-là ils avaient décidé de se rendre au cinéma de leur quartier. Ils repassaient l'*Odyssée de Pi* de Ang Lee à l'occasion d'autres évènements culturels indiens qui avaient lieu un peu partout dans la ville de Milwaukee. Ils avaient poursuivi leur soirée sur le thème de l'Inde, en allant dîner au restaurant le Maharaja.

Une sortie exotique merveilleuse. Le film s'était révélé très émouvant, leur repas délicieux, comme pour booster leurs sentiments. Ils étaient complices, amoureux, sereins.

Elle s'était sentie à nouveau bien, en sécurité. C'était l'homme de sa vie. Elle s'était trouvée ridicule d'avoir été si suspicieuse. Maxence n'avait absolument rien à cacher. D'ailleurs plus jamais le numéro associé au prénom Sonia n'avait refait surface. Dans son répertoire, il ne subsistait que des contacts utiles : médecins, plombiers, livreurs de pizza, clubs de sport, sociétés de taxis, et aussi quelques voisins dont ils gardaient parfois le chien.

Elle avait donc cessé de l'espionner, ça devenait malsain. Elle se devait de lui faire entièrement confiance, les yeux fermés. Sinon à quoi rimaient leur engagement, leur mariage ?

Harmony regarda intensément Maxence, visiblement heureux d'être là avec elle. Il l'aimait avec passion et dévouement. Elle se sentait tellement apaisée depuis qu'ils vivaient ensemble. Elle avait assez de ses dix doigts pour compter le nombre de désaccords qu'ils avaient pu avoir. Seulement des désaccords mineurs, comme sur le choix d'un restaurant ou d'un hôtel pour une escapade le temps d'un week-end. Pas de réelle dispute, pas de ton violent. Quoique si, il y en avait eu au moins une. C'était en rapport avec son frère dont il ne voulait plus entendre parler. Et elle lui avait donné raison, même si ce fut douloureux de couper les ponts avec celui-ci.

Mais jamais, ils ne s'étaient couchés fâchés.

C'était l'un des leitmotive de Maxence, une règle permettant l'équilibre harmonieux de leur couple qu'ils formaient depuis presque deux ans.

Parfois, Harmony aurait souhaité qu'ils reçoivent un peu plus de monde ou qu'il accepte plus souvent les invitations à dîner dans le voisinage. Mais Maxence n'en était pas très friand. Il était poli avec les gens, rendait service, mais n'avait pas envie de plus.

Maxence, un homme qui appréciait le bonheur simple : un quotidien exclusivement à deux et tourné vers eux-mêmes.

Chapitre 4

« On trouve plus de certitude sur un visage que dans les paroles. »
De Massa Makan Diabaté, *Une hyène à jeun*

Gustavia, 10 h 15. La température, après seulement une heure de traversée, avait augmenté. Maxence Rousseau prit la main de sa femme tandis qu'ils se dirigeaient vers l'escalier métallique menant au pont inférieur. Bientôt, ils mettraient enfin un pied à terre. Il aimait toujours être aux petits soins avec elle. Pour la satisfaire, ne s'était-il pas renseigné sur la météo afin d'être certain que la mer serait clémente ce jour ? Harmony pouvait vite souffrir de mal des transports : en voiture en tant que passagère, en bus, et surtout en bateau. Elle l'avait déjà prouvé sur le ferry qui faisait la liaison entre Milwaukee et Muskegon, situé sur la rive est du lac Michigan. Il aurait cependant été contrarié si la mer avait été mauvaise, car il préférait réaliser cette excursion ce jour-là.

Le temps de traversée entre Oyster Pond et Gustavia n'était que de quarante-cinq minutes, voire moins dans le sens inverse, mais les creux pouvaient être redoutables surtout en ces jours de décembre. Prévoyant, il avait également réservé la veille les billets aller-retour. Après une vingtaine de mois de vie commune, il connaissait les petites habitudes et vicissitudes de son épouse. Elle ne supportait pas les imprévus « prévisibles ». Elle n'aurait pas toléré se voir refuser d'embarquer et de devoir retourner bredouilles tels des enfants punis de récréation.

Clic, clic, clic, clic, clic…

Harmony persévérait, d'une seule main, à mitrailler avec son iPhone leur arrivée à Gustavia. C'était un léger désaccord entre eux. Maxence préférait profiter de l'instant, observer de ses propres yeux plutôt que de devoir s'occuper d'un écran de téléphone. Découvrir Saint-Barth était l'un des objectifs prioritaires pour sa femme et elle n'allait pas en perdre une seule miette. Par souci d'équilibre budgétaire, comme il aimait à plaisanter en prenant l'intonation d'un homme politique, ils ne dormiraient pas sur place. Le prix de la nuitée, quel que soit le type de logement, demeurait largement plus onéreux qu'à Saint-Martin. De plus, les fêtes de fin d'année frappaient à la porte ; dormir à Saint-Barth aurait été indécent, un coup de sabre dans leur budget, selon les termes exacts de sa femme. En lot de consolation, depuis la terrasse de leur chambre d'hôtel, ils bénéficiaient d'une vue panoramique sur la silhouette fantastique de cette île qui abritait en toute discrétion des villas pour stars, oligarques russes et autres fortunés.

Harmony se prit tout à coup en selfie, puis se colla à lui pour tenter d'immortaliser leurs visages, joue contre joue, avec un sourire écarlate. Des complexes, elle en avait, mais de sa dentition, elle en était fière. C'était vrai qu'il était beau, son sourire. Des dents solides, alignées à la perfection, même si elle avait dû recourir récemment à un blanchiment, séquelles de ses excès de café.

Mais elle n'eut pas le temps de les photographier tous les deux, Maxence s'était déjà dégagé de l'objectif.

— Non, pas mon visage ! Combien de fois dois-je te rappeler que je ne veux pas ? Prends juste mes lèvres, si tu veux. Mes lèvres, elles sont toujours potables, mais pas le reste…

Maxence montra une mine irritée, mais son sourire reprit vite le dessus. Elle avait tenté encore une fois sa chance au cas où il aurait changé d'avis. Elle n'insista pas. Elle savait combien il avait horreur d'être immortalisé en photo. Il se trouvait trop cerné, le nez trop long, ou encore les cheveux mal coiffés. Il y avait toujours quelque chose qui ne lui convenait pas. Elle l'avait déjà taquiné en lui disant qu'il réagissait comme ces femmes coquettes qui refusaient d'être photographiées sans maquillage.

Ce n'était pas demain la veille qu'elle pourrait encadrer son portrait et le voir trôner sur son bureau du dixième étage de sa tour de verre. Maxence avec ce visage carré, ses cheveux bruns mi-longs avec de rares mèches grises sur les tempes qu'on ne pouvait deviner qu'en s'approchant de très près. Peut-être n'avait-il pas cette beauté fatale qu'avaient certains hommes et qui faisait tomber les femmes à la renverse. Mais il avait des yeux magnifiques. Des yeux bleus semblables au ciel de la Floride, là où tout avait commencé. Un regard qui avait fait chavirer sa future épouse dans cet hôtel de Miami. La ville était devenue leur endroit fétiche, le point de départ de leur idylle. Dès qu'ils entendaient ce nom, leurs pupilles s'illuminaient. Miami servait de mythe fondateur dont les couples avaient tant besoin. Une histoire à laquelle les amoureux se raccrochaient lorsqu'ils dérivaient.

Miami où elle était si seule, enfin presque. Il y avait son frère, mais ça ne comptait pas, il ne comptait plus… Maxence avait eu raison de l'obliger à arrêter tout ça. Son frère l'avait fait sombrer dans une mélancolie inquiétante.

Le bateau entama sa manœuvre d'amarrage. Ils s'embrassèrent pour marquer l'évènement.

Chapitre 5

« Un fantasme assouvi est un rêve déchu »
Elisabeth Carli

Au milieu de l'escalier métallique, devenu anxieux, Maxence serra un peu plus la main de sa femme.

Déjà trois mois s'étaient écoulés depuis ce jour où Maxence Rousseau avait imprimé les billets d'avion électroniques ainsi qu'une carte des petites Antilles. Avec d'épaisses flèches noires dessinées au marqueur indélébile, il y avait indiqué les îles de Saint-Martin et de Saint-Barth. Il avait placé les documents à l'intérieur d'une boîte mauve, la couleur préférée de son épouse. Ce ton revenait partout dans les éléments décoratifs de leur maison : lot de vaisselle, tableaux, serviettes de bain… Et surtout, leur chambre à coucher dont les murs avaient été repeints entièrement en lilas. Harmony, une romantique dans l'âme.

Ce penchant pour les femmes fragiles, sensibles, il l'avait sans doute toujours eu, et son épouse était de ce type-là. Il avait souvent rêvé d'une relation fusionnelle et tant pis si les psys trouvaient cela pathologique. Il se sentait sans cesse prêt à la protéger, à lui prodiguer de l'amour. Tout manque risquant de la faner. C'était dans cet état-là qu'il l'avait d'ailleurs rencontrée : une fleur en train de mourir, à deux doigts de plonger dans une dépression profonde dans cet hôtel de Miami.

Trois mois auparavant, pour leur petit déjeuner, il avait donc dressé la table sur la terrasse à l'arrière de leur maison. Celle-ci, protégée par une véranda, permettait de prolonger un peu l'été. À cette heure pourtant matinale, il faisait une température agréable, et avant de partir au boulot, elle aimait regarder le jardin fleuri. Le service en porcelaine qu'ils s'étaient offert comme unique cadeau de mariage avait été sorti pour l'occasion. Une table trop splendide pour un jour de semaine, mais il voulait l'émerveiller.

En se levant, elle avait découvert des pancakes, des toasts grillés, une salade de fruits frais et même des œufs brouillés. La boîte mauve trônait sur l'assiette de sa femme pour plus de mystère. Harmony l'avait ouverte, impatiente, ne sachant absolument pas ce qu'elle pouvait contenir. Le mois précédent, il lui avait offert une chaîne en or avec une topaze pour son trente-deuxième anniversaire. Pour le célébrer, ils avaient dîné au Carnevor, un restaurant situé dans la partie est de la ville de Milwaukee. De ce fait, elle écartait l'hypothèse d'un bijou, à moins qu'il ne soit devenu fou. D'autant plus que ses moyens étaient limités depuis la pause-carrière qu'il avait décidé de s'octroyer après leur mariage éclair.

Harmony avait déchiré l'enveloppe avec une sauvagerie inhabituelle. Il lui avait pourtant préparé un coupe-papier, connaissant sa manie de toujours vouloir que le courrier soit ouvert avec soin. Sa femme était une experte-comptable jusqu'au bout des ongles. Il s'était régalé en épiant ses yeux qu'il vit s'écarquiller peu à peu. Elle lui avait crié : « un voyage dans la Caraïbe, c'est une folie ! ». Ému, il lui avait répondu : « oui, car je suis fou de toi ».

Ils s'étaient embrassés avec fougue, sans même croquer dans un pancake, avaient fait l'amour dans leur salon en oubliant l'heure. Elle avait ensuite rejoint son bureau dans sa tour de glace en plein centre-ville. Avant de descendre de sa voiture garée dans le parking souterrain, elle avait noué ses cheveux blonds dans la nuque. Avec une coiffure plus stricte, elle pensait ainsi camoufler leurs récents ébats. Ce jour-là, ses collègues l'avaient trouvée étrangement radieuse pour une retardataire.

Pour ne pas attiser la convoitise, elle ne les avait pas tenus informés de ce merveilleux voyage. D'ailleurs, elle ne leur avait jamais présenté Maxence et évoquait rarement son couple. Cela ne le dérangeait pas, car lui aussi aimait protéger leur vie privée. De plus, Harmony n'entretenait que des relations strictement professionnelles avec les employés de la Miller Brewing Company, la plus ancienne brasserie de Milwaukee. Elle n'y avait pas de réelles attaches et ils auraient pu décider d'aller vivre autre part.

Sa femme vivait depuis peu à Milwaukee, un emménagement forcé, suite à son licenciement pour faute grave de son précédent boulot. Située dans le sud-est de l'état du Wisconsin, Maxence n'avait jamais entendu parler de cette ville avant d'y déposer ses valises. Mais, désireux de changer lui aussi radicalement de vie, il n'avait jamais regretté le choix d'avoir tout plaqué pour la rejoindre.

Sa femme quant à elle ne s'était liée d'aucune profonde amitié. Ni dans son voisinage ni dans son club de fitness. Des copines, elle semblait s'en méfier. Maxence l'avait deviné suite à quelques réflexions qu'elle lâchait souvent sur le sexe féminin. Seule demeurait l'amitié de Shirley Connors, qu'elle connaissait depuis l'adolescence. Elles ne se voyaient qu'environ une fois par an, Shirley ayant emménagé sur la côte ouest, et leur dernier rendez-vous avait dû être reporté. Maxence sortait à peine d'une mauvaise grippe, il n'était pas en état pour l'accompagner. Harmony se devait de rester auprès de lui. Shirley avait été déçue, elle aurait voulu enfin découvrir le mari de son amie. Cependant, ce n'était que partie remise : ayant eu la chance de ne pas tomber malade durant l'année 2016, les *paid sick days* qu'Harmony n'avait pas utilisés pouvaient être transformés en congés annuels.

Disposant de peu de jours de vacances, quinze par an, ce repos au soleil en hiver tombait à pic. Refaire le plein d'énergie était indispensable pour sa femme. Maxence, lui, n'en avait pas vraiment besoin. Il s'était autorisé une pause pour se consacrer à son rêve : écrire. Cela faisait plus d'un an qu'il bûchait sur son premier roman. Il ne voulait pas montrer le fruit de son travail tant que celui-ci ne serait pas achevé. Mais Harmony avait tout de suite été enchantée par son projet. Après avoir passé plus de six ans comme chef-coq dans le même hôtel à Miami, à trente et un ans, il concrétisait un rêve d'adolescent. Et puis, grâce à cette pause-carrière, il était très présent. Et de sa présence, elle en avait fichtrement besoin.

Harmony s'était juste quelque peu inquiétée du coût de ce séjour. Il l'avait rassurée en répétant sans cesse avoir suffisamment d'économies pour tenir plusieurs mois sans travailler. Les chiffres, les comptes, l'équilibre du budget. Une déformation professionnelle qui se prolongeait trop souvent dans la vie de tous les jours. Elle devait oublier tout cela. Au pire, il reprendrait le chemin des fourneaux un peu plus tôt que prévu si cela s'avérait nécessaire. Avec son CV en or, il n'avait aucun souci à se faire pour être engagé rapidement.

Ils arrivèrent en bas de l'escalier métallique du ferry.

Un grand nombre de voyageurs avait déjà franchi la courte passerelle qui menait à quai. C'était maintenant au tour d'Harmony. Elle repensa à ce couple de Colombiens dont l'accès à bord leur avait été refusé à Oyster Pond. Ceux-ci ne savaient pas qu'ils devaient obtenir un visa pour transiter de Saint-Martin à Saint-Barth. La guichetière leur avait expliqué avec un espagnol impeccable que c'était bien sûr toujours la France, mais pas tout à fait la France… qu'ils étaient *oversea*.

Un imprévu qu'ils auraient dû anticiper avait susurré Harmony à l'oreille de Maxence. Puis, elle lui avait donné « le baiser », celui qui claquait sur la joue, en remerciement de sa prévoyance. C'était grâce à lui, à son organisation, qu'ils étaient là.

Le bateau tangua juste au moment où elle dut franchir à son tour la passerelle. Machinalement, elle accepta la main tendue qui voulait l'aider. À son grand regret, c'était celle de l'employé antillais préposé à la distribution des jus. Elle capta à nouveau ses beaux yeux bruns clairs, et détourna aussi vite le regard. Elle lâcha dès qu'elle put sa main, les joues à nouveau en feu.

Une autre file les attendait pour un contrôle d'identité. Cela semblait plus relever de la formalité. Pas de fouille de bagage, pas d'interrogatoire. Par contre, il ne s'agissait pas de policiers aux frontières. De façon inhabituelle, des gendarmes assuraient cette mission. Vêtus d'une chemise bleu ciel et d'un pantalon bleu marine qui leur donnaient un air moins sévère, ils jetèrent un rapide coup d'œil sur les passeports. Un profond ennui se lisait sur leurs visages.

Harmony Flynt et Maxence Rousseau se retrouvèrent propulsés sur l'étroit parking de la gare maritime, tout à coup bondé de touristes, prêts à partir à l'assaut de l'île et de ses mythes.

Ils se lorgnèrent d'un regard complice. Ça y était, ils venaient de fouler officiellement la terre de Saint-Barth, et pour tous les deux, c'était la première fois.

Maxence savait que sa femme trépignait d'impatience. Mettre un pied sur ce territoire suscitait chez elle tous les fantasmes.

Que ressentirait-elle une fois celui-ci assouvi ? Satisfaite, comblée ou déçue ?

Chapitre 6

« Entre femmes jeunes et aimables, l'amitié n'est
qu'une trêve. »
Nicolas Massias, rapport de la nature à l'homme

Dans un crissement de pneus, le taxi s'arrêta juste à
la hauteur du couple Flynt-Rousseau. Un jeune conduc-
teur aux cheveux roux, plutôt nerveux derrière le volant
de sa Renault Clio blanche, espérait effectuer plusieurs
courses en un temps record. Plusieurs personnes se col-
laient déjà à eux, prêtes à les remplacer s'ils venaient à
montrer le moindre signe d'hésitation. Harmony et
Maxence ne s'attendaient pas à trouver une telle effer-
vescence sur l'île. Tous ces passagers déversés subitement dans la capitale locale aggravaient l'étroitesse de ce
territoire français ultramarin.

Le chauffeur s'adressa à eux d'emblée en anglais
avec un accent toulousain. Avec un sourire crispé, il leur
somma de se dépêcher. Il promit aux autres clients po-
tentiels d'être de retour sous peu. En haute saison, Lionel
Delmas devait assurer une certaine cadence. Faire vite
pour gagner plus, surtout lorsque le ferry venait
d'accoster. Pour tenir le coup, il ne s'encombrait pas
d'allumer cigarette sur cigarette, qu'il fumait en un
temps record.

Harmony et Maxence Rousseau n'hésitèrent plus par
peur de se retrouver sans moyen de locomotion. Mais
moins de deux minutes plus tard, après avoir emprunté

quelques ruelles, le chauffeur passa la première et se lança à l'assaut d'un chemin très pentu. Le véhicule s'immobilisa devant l'entrée principale du fort. Harmony prit une pause avant de descendre, flairant comme une arnaque. Elle sortit en claquant la portière pour marquer son mécontentement. Elle fulminait. La distance lui parut ridicule, un trajet qu'ils auraient pu faire à pied.

— Voilà, Madame ou Monsieur, ça fera vingt dollars, s'il vous plaît.

— Dites donc, ce n'est pas donné ! s'exclama Maxence en plongeant une main résignée dans sa poche pour y puiser son portefeuille en cuir.

— Ah, vous êtes à Saint-Barth, Monsieur. La vie ici coûte cher, faut bien que nous aussi on mange et qu'on se loge !

Irrité, Lionel Delmas empocha le billet vert que Maxence lui tendait et démarra aussitôt. Il n'avait pas de temps à perdre avec des récalcitrants. Et les radins, selon lui, n'avaient rien à faire sur l'île. Ils n'avaient qu'à se rendre à Santo-Domingo en « All Inclusive » avec un bracelet d'identification au poignet, grommela-t-il entre ses dents.

La mine déconfite de sa femme arracha un fou rire à Maxence. Il eut pitié d'elle et stoppa net. Dépenser ainsi de l'argent devait l'avoir mise en rage, il la savait si économe. Mais elle finit par en rire à son tour. Ils s'étaient fait avoir comme dans ces reportages TV. Des touristes, en short, baskets, appareil photo autour du cou, se faisaient plumer à peine après avoir posé un pied en dehors de leur bus. Toutefois, elle ne pensait pas qu'ils auraient pu en être victimes aussi facilement. Une leçon à retenir : toujours s'enquérir du prix de la course avant de s'engouffrer tête baissée dans un taxi, même si une foule nerveuse vous poussait dans le dos.

Cependant, ils n'étaient pas au bout de leurs surprises. L'allée menant au fort était non accessible. Un portail blanc électrique barrait l'entrée. Un panneau officiel de la République française indiquait la présence de la gendarmerie territoriale. Maxence fit tout de suite demi-tour. Par curiosité, Harmony appuya sur le parlophone. Au bout de quelques secondes, un homme à la voix grave lui répondit en français. Il lui confirma que le fort abritait effectivement les locaux de la gendarmerie. Il précisa que celui-ci était parfois accessible, que c'était d'ailleurs l'un des sous-officiers qui faisait office de guide. Malheureusement pour eux, ce n'était pas le cas ce jour-là. Cette fonction de guide touristique vint appuyer cette impression d'ennui qu'elle avait pu lire sur le visage des militaires lors du contrôle d'identité. Un peu déçue, elle prit néanmoins quelques photos à travers la grille. Le bâtiment dégageait une allure austère, ce qui contrastait avec le sentiment de bien-être qui semblait régner sur l'île.

— Bon, qu'est-ce qu'on fait ? lui cria Maxence, qui se montra quelque peu impatient.

Elle sortit la carte de Saint-Barth qu'ils avaient reçue avant d'embarquer sur le ferry à Oyster Pond. En détaillant de plus près le plan de Gustavia, elle comprit enfin la taille et la configuration de la ville. Elle n'avait pas fait attention à l'échelle de représentation. En tenant compte de celle-ci, elle aurait pu éviter ce taxi inutile. Gustavia avait été construite autour du port, lui-même ayant épousé une anse naturelle. Le territoire urbain ne devait pas s'étendre sur plus de deux kilomètres.

— Bon, chéri, je crois que j'ai trouvé de quoi nous occuper un peu intellectuellement. Allons vers l'hôtel de la collectivité, a priori, il y a un musée juste à côté. En espérant qu'ils n'y ont pas mis cette fois-ci une école ou un hôpital à la place, parvint-elle à ironiser.

La descente fut abrupte, elle comprit pourquoi le taximan avait pris de l'élan avant de monter. Elle sursauta en voyant s'enfuir sous la clôture d'un jardin un iguane monstrueux poursuivi par quelques poules. Elle n'eut pas le temps de l'immortaliser en le photographiant.

Parvenus en bas, ils filèrent vers le bord de mer et marchèrent le long de la rade. Ils se retrouvèrent très vite face à des bâtiments imposants soutenus par de volumineuses colonnes cylindriques. Harmony apprécia la décoration des jardins qui entouraient le musée et l'hôtel de la collectivité. Quelques statues originales amusaient des enfants. Peut-être était-ce une impression, mais elle sentit son mari très peu intéressé, ne venant se coller à elle que lorsqu'elle lisait les pancartes explicatives plantées devant les œuvres artistiques.

La visite du musée fut enrichissante, mais courte. Harmony reconnut le jeune couple qui était assis auprès d'eux durant la traversée. L'homme entourait sa compagne d'un bras au niveau de la taille. Ils contemplaient d'un même regard émerveillé la réplique d'un galion espagnol. La jolie brune semblait avoir repris toutes ses couleurs d'origine, dévoilant ainsi un teint hâlé.

Dans un élan inhabituel de sociabilité, Harmony se surprit à s'approcher d'eux et se mit à s'enquérir de la santé de la femme, espérant que le mal de mer l'avait définitivement quittée. Elle avait déjà connu l'expérience malheureuse que celui-ci persiste encore de longues heures, et ce malgré le retour sur la terre ferme.

Sylvia Reed s'était remaquillée et avait discipliné ses cheveux ondulés. Elle répondit « *yes* » suivi d'un « *thanks* » poli, mais froid. Aussitôt, elle détourna ses yeux. Elle s'en alla, toujours enserrée par son mari, vers une autre vitrine exposant des instruments de navigation antiques. La femme n'avait, de toute évidence, pas envie qu'on lui rappelle sa déconvenue, ni de profiter de la perche qui lui était tendue pour lier connaissance. Pourtant, les vacances, surtout sous les tropiques, le permettaient plus aisément.

Harmony fut vexée par cette attitude. Ce type de réaction, elle le vivait mal, tellement mal qu'elle pouvait ressasser la scène durant des heures, se sentant la victime d'une attaque ciblée. Elle se questionnait parfois sur sa personnalité. Était-ce elle qui n'attirait pas la sympathie ? Maxence avait beau lui expliquer, avec sa franchise caractéristique, que beaucoup de gens étaient cons de nature, et que c'était eux le problème, elle se sentait toujours un peu humiliée.

Depuis longtemps elle éprouvait ce sentiment d'être mise à l'écart. Adolescente, sa singularité s'était accentuée, et elle avait eu des difficultés à entrer dans l'univers des filles de son âge. Toutefois elle les observait à l'abri dans sa bulle protectrice. Elle les écoutait sans prendre part à leurs conversations qu'elle jugeait si futiles. C'était sans doute pour cela que dès la fin du lycée, elle n'avait gardé aucun contact avec ses anciennes camarades.

De cette période d'adolescence, seule l'amitié de Shirley Connors avait survécu. Elles ne s'étaient pas connues sur les bancs de l'école. Le contexte de leur rencontre avait été beaucoup plus dramatique. Admises presque côte à côte aux urgences, Harmony revoyait le sang qui tachait son pull rose à col roulé. Une infirmière l'avait découpé pour pouvoir mieux s'assurer de l'étendue des lésions. Mutique, Harmony observait ses mains recouvertes de sang presque séché, ignorant d'où il pouvait provenir.

Shirley, en pleine crise d'asthme, le visage enveloppé d'une brume artificielle portait un masque pour inhaler un bronchodilatateur. Elle contemplait Harmony de ses yeux noirs, terrorisés par le sang qui inondait sa voisine.

Puis ce fut un regard compatissant. Leurs deux paires d'yeux s'accrochèrent un instant. Une amitié naquit, une vraie. Pas la même que celle qu'elle eut avec Megan Sutton.

Megan, une amitié liée sur les bancs de l'université.

Une femme qui l'avait trahie.

Elle était décédée, depuis un peu plus de dix ans. Elle n'en ressentait aucun chagrin. Elle n'éprouvait aucun remords d'avoir souhaité sa mort, peu de temps avant que celle-ci survienne.

Chapitre 7

« Éviter les sujets sérieux en début de repas. Ils figent et font parfois flotter au-dessus de la nappe des nuages de malaise qu'il est ensuite très difficile de faire lever. »
Yves Beauchemin

Maxence ne manifesta plus aucun intérêt à visiter le musée. Tel un enfant gâté, il indiqua à sa femme son ventre plat devant lequel il effectuait des cercles concentriques. Sa façon de lui faire savoir qu'il mourait de faim. Malgré le copieux buffet proposé au petit déjeuner comprenant bacon, œufs et saucisses à volonté, son estomac criait déjà famine. Ils s'étaient levés tôt, vers six heures du matin, pour être parmi les premiers à être servis. Ainsi, ils avaient eu le temps de digérer avant de prendre le bateau. Mais midi approchait, il était l'heure de se restaurer.

— OK, chéri, j'ai saisi, nous allons manger. Mais on marche cette fois-ci. L'endroit qu'on nous a conseillé n'est pas loin. Tu vois sur le plan, nous sommes ici et le Restaurant Côté Port est juste là.

— À vos ordres, Princesse ! Va pour la balade à pied.

Lorsqu'il avait faim, Maxence avait les nerfs à vif, parlait peu pour ne pas se montrer désagréable. Ils délaissèrent le quartier de La Pointe sans plus attendre. Elle aurait pourtant voulu dénicher quelques cartes postales : une pour sa mère, une pour Shirley Connors et enfin une pour les Clark. Un achat à remettre à plus tard, sans doute après avoir mangé.

Des cloches d'église sonnèrent longuement, un enterrement avait lieu tout près de là. Entendre le son des cloches ébranla quelque peu Harmony. Cela la ramenait vers de vertes campagnes où sa mère conduisait son frère et elle pour fuir la ville. Mais ce qu'elle voyait autour d'elle ne collait pas exactement avec ces images de leur enfance : yachts, voitures haut de gamme, mer turquoise…

Le soleil était au zénith et les ombres réduites à leur minimum. Impossible de se protéger des rayons qui tombaient sur eux comme d'invisibles flèches brûlantes. Les alizés, pourtant censés être puissants à cette période-ci de l'année, avaient décidé d'effectuer une pause au moment le moins importun. En fin de compte, Harmony ne regretta pas de s'être coiffée d'un chapeau à bords larges. Son look de starlette allait enfin servir à quelque chose.

Des vibrations contre sa cuisse firent arrêter Maxence. Il prit le téléphone de l'une de ses poches, celle très ample qui se fermait avec un scratch. La mode s'était emparée des gadgets utilitaires des militaires. Celle-ci évitait à Maxence d'avoir à porter en permanence un sac banane autour de la taille ou pire, une sacoche pour hommes qu'il détestait, jugeant l'accessoire trop féminin.

Cependant, tout comme les sacs à main de sa femme, ses poches devenaient des fourre-tout. Harmony veillait toujours à vérifier qu'il n'y restait rien, avant de les placer dans le lave-linge. Cet été, elle n'avait pas pris cette sage précaution et avait envoyé son passeport à la lessive. Ce jour-là, elle le vit entrer dans une rage folle. Pas contre elle, mais contre lui. C'était la fois où il s'était rendu à la banque pour clôturer son compte personnel. Avant de se coucher, il avait lui-même balancé son pantalon dans le bac à linge sale, oubliant sa pièce d'identité à l'intérieur de celui-ci. Elle en fut tellement désolée qu'elle en avait pleuré. Il avait dû entreprendre toutes ces démarches contraignantes pour faire renouveler ses papiers d'identité. Il avait dû notamment se rendre à l'ambassade de France.

Maxence s'empressa de lire le SMS qui venait d'arriver. Aussitôt, il l'effaça. Comme à chaque fois qu'il recevait un message, il prenait soin de la tenir informée de son contenu. Depuis qu'il agissait de la sorte, cela avait le mérite de dissiper tout malentendu, empêchait toute suspicion de naître. Harmony n'était pas jalouse. Mais, le portable était devenu un outil qui pouvait créer des inquiétudes. Il l'avait un jour surprise en train de fouiller dedans. Il avait fait semblant de croire en son excuse. Elle recherchait soi-disant le numéro du plombier.

Pour lever toute ambiguïté, il lui parla d'une voix détachée :

— Oh, c'est l'opérateur de téléphonie locale qui me souhaite la bienvenue à Saint-Barth. On est quand même fliqué avec les portables, ils savent toujours où l'on se trouve !

Il la regarda droit dans les yeux, s'assura qu'elle était restée détendue. Elle ne manifesta aucune émotion particulière. De toute façon, il était persuadé qu'elle ne tomberait jamais sur quelque chose de compromettant. Il l'aimait et il ne voulait plus jamais qu'elle doute de lui, du moins de son amour.

À son tour, Harmony s'empara de son iPhone qu'elle attrapa par miracle à la première pioche dans son sac. Son utilité principale en vacances était visiblement de prendre des photos ou des vidéos. Elle tenta de filmer un pique-bœuf. Mais l'oiseau blanc aux pattes si longues et fines s'envola avant qu'elle ne puisse faire « clic ». Son visage marqua la déception, elle se consola en se disant que l'animal avait raison. Il valait mieux qu'il se méfie des humains, même d'une jolie blonde à l'expression angélique.

Maxence demeurait immobile et des perles de sueur envahirent son front. De microscopiques robinets semblaient s'être ouverts tout à coup sous la peau. Il devint livide. Le voyant à la traîne, elle revint vers lui et constata son malaise.

— Qu'est-ce que tu as ?

— Ça ne va pas, j'ai trop chaud, j'ai trop faim.

Pour le soulager, elle essaya de s'emparer de leur panier de plage, mais il refusa. Même malade au plus haut point, ce n'était pas dans ses habitudes de la laisser porter quelque chose. Il demeurait un gentleman en toutes circonstances et tant pis s'il en souffrait.

Maxence venait de lui mentir, toutefois ce n'était qu'un demi-mensonge. Bien sûr il avait extrêmement chaud et extrêmement faim. Mais le SMS ne provenait pas du fournisseur local. Ce dernier lui en avait bien envoyé un lorsqu'il était monté sur le ferry à Oyster Pond. L'île de Saint-Martin avait ceci de particulier que vous passez d'un opérateur français à un hollandais, parfois rien qu'en traversant une rue. Mais le SMS qu'il venait d'effacer n'avait absolument rien à voir. Ce message, en combinaison avec le cagnard et la faim, avait provoqué ce malaise. Un acronyme en quatre lettres et quatre points : « D.E.E.T ».

Parvenus au milieu de la rue Jeanne D'Arc, Harmony crut entendre derrière eux une femme héler quelqu'un. À la deuxième interpellation, elle se retourna par réflexe. C'était le prénom Arthur qui avait été cette fois-ci crié à pleins poumons. Elle distingua à peine la silhouette d'une femme plutôt de petite taille. Celle-ci s'engouffra dans une ruelle perpendiculaire à la leur et disparut. À sa suite, plus personne. Sans doute une mère qui courait après son enfant.

Bien que se sentant de plus en plus mal, Maxence continua à marcher. Adolescent, il était sujet à ce type de malaise, que les médecins précisaient en ajoutant l'adjectif « vagal ». Des malaises vagaux, il en faisait des tonnes surtout pendant sa poussée de croissance. La vue du sang, des efforts soutenus sous une forte chaleur, des émotions intenses et tout à coup, sa vision se brouillait, sa tête se vidait, ses jambes se dérobaient et il s'effondrait. Il était d'une pâleur extrême parfois accompagnée d'une coloration bleutée des lèvres. Ceux qui ne le connaissaient pas, étaient pris de panique et appelaient les secours. Mais ses copains, savaient ce qu'il fallait faire, ainsi que les surveillants de leur foyer pour jeunes : projection d'eau fraîche sur la tête, membres inférieurs surélevés à la verticale. Entouré par des visages inquiets, il revenait progressivement à lui.

À vingt et un ans, tout était rentré dans l'ordre, sans doute avec la fin de sa poussée de croissance. Mais ces soucis de santé s'étaient arrêtés trop tard, et aujourd'hui son quotidien ne serait peut-être pas celui-ci. L'un de ces malaises avait empêché un rêve de se concrétiser. La pression avait été trop forte et il n'avait pas pu la surmonter. Un échec qui déclencha une série d'évènements, un engrenage. « L'effet Papillon »…

Maintenant il menait une vie où il avait l'impression d'être en sursis. La peur que tout ne bascule alors qu'il avait enfin trouvé un équilibre avec sa femme.

Harmony extirpa son brumisateur de son sac en toile. Sans trop savoir pourquoi, elle avait pressenti, en l'achetant à la pharmacie de l'aéroport à New York, qu'il allait être utile. Elle aspergea son mari telle une plante desséchée. À nouveau, elle tenta de lui arracher leur panier en osier, mais il s'obstina et refusa. Il maintint ses doigts encore plus serrés sur les poignées en cuir tressé. Toujours aussi têtu ! Elle ne le changerait pas de sitôt.

Enfin, ils parvinrent devant le restaurant Côté Port. Maxence était à bout de force. Une marche en plein désert aurait produit le même effet. Immobiles sous l'auvent, une serveuse du type du Sud-est asiatique, avec de longs cheveux noirs noués en queue de cheval, s'avança aussitôt vers eux pour les accueillir.

— Bonjour, c'est pour déjeuner ?

— Oui, s'il vous plaît. Mais est-ce que le service est rapide, car mon mari ne se sent pas bien ?

— Si vous prenez le plat du jour, ça ira assez vite.

Malgré sa courte jupe rouge moulante, elle les fit traverser le restaurant d'un pas énergique et les conduisit vers une table à l'extérieur qui venait de se libérer. Elle sortit de son tablier un chiffon et essuya aussitôt l'eau qui avait transsudé des verres de précédents clients.

Le quai servait de terrasse au restaurant et Harmony eut la sensation qu'elle n'avait qu'un pas à effectuer pour être à bord de l'un des bateaux. Au même instant, un luxueux yacht vint s'amarrer en douceur. La coque blanche, tellement scintillante, pouvait laisser imaginer que quelqu'un passait son temps à la lustrer jour et nuit. Le jeune équipage était très glamour. Tous beaux ou rendus beaux par un teint bronzé, des cheveux épais châtains et soyeux comme s'ils avaient été sélectionnés pour ce critère physique. Ils étaient vêtus d'un polo classique, noir avec une ligne dorée qui soulignait le col. Le nom du bateau, *Evidencia*, brodé sur la petite poche voulait clairement signifier que l'équipage était privé. Cela donnait envie de monter à bord. Une nouvelle carte postale de vacances :

Clic, clic, clic…

Harmony ne put s'empêcher de mitrailler la scène avec son iPhone. Ils devaient eux aussi trouver un skipper pour réaliser leur mini-croisière. Elle s'imagina déjà aux côtés de son chéri fixant l'horizon et les silhouettes d'autres îles inconnues. Milwaukee et le stress du boulot continuaient à s'éloigner à grandes enjambées. Elle se retourna vers Maxence, celui-ci ne se portait pas mieux. Avant d'envisager cette sortie en voilier, il était absolument nécessaire qu'il soit rétabli. Et la terrasse qu'elle trouvait splendide ainsi flanquée à bord de quais n'eut pas le même effet sur son mari. Trop ensoleillée, sans la moindre miette de vent, la chaleur devint encore plus insupportable. Maxence eut la sensation d'être entré dans un four, totalement privé d'oxygène.

Ils décidèrent de retourner à l'intérieur pour s'asseoir autour d'une table au-dessus de laquelle un ventilateur brassait l'air à grande vitesse. Harmony ôta son chapeau et ses cheveux fins s'envolèrent. Maxence commença à mieux respirer.

Quelques instants plus tard, la serveuse revint, transportant dans ses bras un tableau noir qu'elle posa à terre contre un poteau en bois. Les plats du jour y étaient inscrits à la craie blanche, d'une écriture ronde, pareille à celle des institutrices : Salade Caesar aux crevettes, steak frites ou pizza aux quatre fromages.

Ils optèrent pour la salade. Le mot « frites » leur avait provoqué à tous les deux un haut-le-cœur. La présence de crevettes dans la salade fit pourtant hésiter Maxence. Il avait parfois une appréhension pour les produits de la mer. Il avait assisté un jour à la réanimation d'une collègue et bien plus encore... Sonia Marquès avait failli succomber à une allergie aux fruits de mer. Il s'en était fallu de peu. Mais peut-être que pour lui qu'il eut été préférable qu'elle crève ce jour-là. Avec des mots aussi durs, il se fit peur à lui-même. À nouveau, il pensa à « l'effet Papillon ». Si le pompier n'avait pas réussi à introduire ce tube en caoutchouc dans sa trachée, sa vie serait simple, toute tracée. Rien que lui et Harmony.

— Que veux-tu boire ?

— De l'eau plate, Princesse. Mais fais-toi plaisir, prends une bouteille de rosé !

— Une bouteille ? Tu boiras un verre avec moi ? s'exclama-t-elle en s'inquiétant d'une telle quantité d'alcool.

— Oui, s'il est très frais. J'espère qu'après avoir mangé, mon malaise passera.

— Tu iras encore mieux lorsqu'on plongera dans la mer, et tout ceci ne sera qu'un lointain mauvais souvenir, et elle lui caressa la main.

La serveuse, Tania Charbonnier, revint déposer un seau à champagne débordant de glaçons. La vue de la bouteille de vin enfoncée au beau milieu de ceux-ci procurait déjà une sensation de fraîcheur.

Discrètement, Tania tenta, en ôtant le bouchon, de mieux observer ce couple. Depuis qu'ils étaient entrés, ils éveillaient sa curiosité, en particulier l'homme. Elle se demandait bien pourquoi. D'habitude, elle se contentait de se concentrer sur son service. Être polie, efficace, et surtout garder une certaine distance. Elle méprisait ce personnel aux manières trop familières qui tutoyait en français les touristes francophones, ou qui lançait des blagues débiles pour détendre. Pire encore, ceux qui étaient tellement mielleux pour obtenir des tips que ça sonnait faux.

Plus qu'une heure, et le plus gros du boulot serait derrière elle. Pourtant, elle ne montrait jamais sa fatigue aux clients. Ils ne voyaient qu'une femme énergique avec une expression à la fois sérieuse et bienveillante. Elle tenait à son job et à cette vie dans ces îles, surtout celle-ci.

Aussitôt qu'elle s'éloigna de leur table, Maxence attrapa une poignée de glaçons pour les frotter sur son visage puis les fit glisser sur son cou. Le contact avec le froid le revigora. La serveuse lui rappelait quelqu'un. Mais selon lui, les jolies femmes du Sud-est asiatique avaient tellement de similitudes. Minces, le corps ferme, les longs cheveux noirs, le teint mat jaune brun, la peau lisse. Et sans doute que pour un homme asiatique, toutes les blondes aux yeux bleus devaient paraître identiques.

Les plats furent déposés sur leur table sans tarder. Maxence resta songeur, silencieux. Une attitude qui ne lui ressemblait pas. Lui si bavard, lui qui avait toujours le mot ou la grimace pour faire rire sa femme.

Celle-ci ne chercha pas à entamer la conversation, le laissant continuer à manger en silence, pour lui donner le temps de récupérer.

1 pensive
songer : to think

Chapitre 8

« Au fond, ce fameux coup de foudre dont on fait si grand cas n'est sans doute qu'un choc de cymbales. La simple percussion de deux disponibilités urgentes. »
Alexandre Millon, Mer calme à peu agitée

disponible : available

Maxence analysa sa vie si remplie.

Il replongea dans son enfance aussi loin qu'il put, remonta vers son adolescence, sa vie d'adulte.

Une existence de nomade. Sauf qu'au lieu de caravanes, il vécut dans de multiples familles d'accueil. Il changeait sans fin, passant d'une moins mauvaise à une autre jusqu'à finir dans ce foyer pour jeunes. Puis, il quitta la France.

Depuis qu'il s'était installé à Miami, son parcours avait été plus stable. Mais il était sans arrêt sur le qui-vive. Il craignait de devoir tout abandonner, tout claquer d'une minute à l'autre. Et Sonia Marquès était toujours dans ses pattes. Résigné, il l'avait pistonnée pour ce poste de réceptionniste un an après qu'il fut engagé comme chef-coq. Mais son salaire ne lui suffisait pas, Madame n'en avait jamais assez. Elle venait souvent se plaindre auprès de lui, de ses fins de mois difficiles. Il avait vite compris qu'il devait allonger. Avec quelques billets, elle lui foutait la paix. À l'époque, ils étaient souvent amants quand lui ou elle n'avait rien d'autre à se mettre sous la dent. La passion de leurs débuts s'était éteinte. Autrefois, elle l'avait pourtant étourdi. Elle avait

on the alert

61

vu en lui un homme ambitieux, prêt à tout pour réussir. Il l'avait probablement déçue.

Il avait enfin pensé avoir trouvé la stabilité grâce à son mariage d'amour avec Harmony. Son emménagement dans cette ville de l'état du Wisconsin était, supposait-il, l'ultime étape pour tourner la page de son passé. Mais celui-ci finit toujours par vous rattraper.

Harmony…

La femme, de ce qu'il croyait être la dernière étape de sa vie, la vraie. Ils auraient pu couler des jours heureux jusqu'à ce que la mort les sépare. Ces paroles de mariage prirent tout à coup tout leur sens. Finalement, était-ce cette maudite faucheuse qui seule pouvait rompre le cercle infernal ?

Méticuleusement, il croqua chaque feuille de salade et chaque croûton. Il n'était toujours pas en état de converser avec son épouse. Son malaise était un bon prétexte.

Il se remémora leur rencontre.

Miami, novembre 2014.

Dire que Harmony ne se souvenait même pas de ce qu'elle lui avait confié le soir de leur rencontre. Dommage qu'elle l'avait fait, dommage qu'il l'avait répété ensuite à la mauvaise personne.

Harmony passait ses vacances à Miami depuis une semaine au Kimpton EPIC Hotel, sur le Biscayne Boulevard Way. Elle l'avait choisi pour son architecture originale, avec entre autres, ce gratte-ciel rond qui semblait sortir d'un film de science-fiction. Et puis, il était situé à Downtown, un emplacement plus pratique pour profiter de la plage et de la ville. C'était la seconde fois qu'elle venait dans l'état de Floride, mais de son premier séjour elle n'en avait gardé qu'un amer souvenir. C'était cette fois-là où elle avait posé de faux jours de congé de maladie, les fameux *paid sick days* pour faire plaisir à son frère. Elle était tombée nez à nez avec Madame Ellen Wiggins, l'intraitable directrice des ressources humaines de sa boîte de Chicago à l'époque. Licenciement immédiat pour faute grave.

Mais pour ce deuxième voyage en Floride, il s'agissait de vraies vacances. Un soir, elle s'était rendue en cuisine pour féliciter le chef-coq. L'excellent tiramisu qu'elle venait de dévorer, son désert préféré, avait été, selon ses propres dires, préparé par les mains d'un maître. Elle n'avait pas pu lui parler dans l'immédiat. L'équipe était en plein « coup de feu ». Le grand Kevin Rivers, l'un des serveurs en salle, le tombeur de ces dames, au teint éternel de surfeur, lui avait demandé avec politesse de patienter. Maxence l'avait entraperçue. Il avait remarqué son attitude joyeuse. Peut-être avait-elle déjà bu quelques verres de trop ?

Harmony avait dû attendre la fermeture de la cuisine pour s'entretenir avec lui. Pendant ce temps, quelques coupes supplémentaires de vin avaient changé son humeur. Lorsqu'elle était revenue le voir, elle riait avec éclat et sa démarche n'était guère assurée. Elle s'était plantée devant lui, avait attrapé ses épaules à pleines mains pour l'encenser. C'était familier. Il s'était montré amusé, nullement offensé. Il savait reconnaître chez les gens, la cuite occasionnelle, de l'alcoolisme chronique. Elle avait la peau fraîche, les yeux intelligents. Elle était coiffée avec sobriété, ses cheveux coupés en un carré mi-long. Elle portait une tenue classique avec un polo blanc avec le célèbre logo du crocodile vert assorti à un short beige. Harmony Flynt semblait sortir d'un court de tennis de Wimbledon.

Quand elle avait ôté ses mains de ses épaules, elle avait failli tituber. Il avait insisté pour l'accompagner jusqu'à sa chambre. Vu son état, et parce qu'il était persuadé que c'était une fille « bien », il avait voulu s'assurer qu'elle ne se fasse pas trop remarquer. Déambuler ivre à travers les couloirs de l'hôtel pouvait ternir son image, même si elle ne vivait pas en Floride et n'était que de passage. Tout le monde photographiait n'importe quoi et n'importe qui. Vous n'étiez jamais à l'abri de faire le buzz sur Facebook et compagnie. Elle risquait aussi de tomber sur quelque Don Juan, tel Kevin Rivers, qui n'aurait eu aucun scrupule à abuser d'elle pour une nuit.

Elle logeait au trentième étage, le dernier, et l'ascenseur s'arrêta presque à chaque palier avant d'atteindre le sien. Non sans peine, elle avait ouvert la porte de sa suite. Elle avait glissé à plusieurs reprises la carte magnétique dans le boîtier jusqu'à ce qu'elle trouve le sens adéquat. La lumière avait enfin viré du rouge au vert. Il avait dû l'aider quelque peu à pousser la lourde porte, tellement lourde qu'on eut dit qu'elle était bloquée. Ensuite, elle l'avait entraînée à l'intérieur en le tirant par le bas de son t-shirt, il s'était laissé faire sans opposer la moindre résistance.

Dans sa chambre, elle s'était aussitôt mise à pleurer. Un véritable torrent de larmes. L'alcool venait de la faire sombrer dans la mélancolie. Elle s'était écroulée sur le fauteuil en velours gris clair placé près de la fenêtre. Elle avait adopté une attitude étrange en serrant dans ses bras une vieille peluche en ours. Elle avait fait « chuut » en indiquant l'un des lits jumeaux situé près de la porte d'entrée. En sanglotant, elle avait précisé que son frère dormait.

Mal à l'aise, Maxence avait détourné les yeux, puis avait balayé toute la suite du regard. C'était ultramoderne et sobre. Les draps, couettes et coussins étaient assortis dans les teintes beige et blanc cassé. Un mini-salon faisait face à un écran plat, et au-dessus des couchages, des tableaux avec des peintures abstraites dans les tons jaunes procuraient un peu de chaleur.

Il avait voulu partir, mais elle l'avait retenu. Alors, elle s'était laissée aller à des confidences. Bien sûr, elle lui avait raconté les difficultés qu'elle rencontrait avec son frangin. Ce frère qui la suivait partout, qui guidait sa vie et qui était la cause de son précédent licenciement. Mais surtout, elle lui avait expliqué ses fiançailles ratées, survenues quelques années plus tôt. Elle n'avait que vingt-deux ans. Elle avait aussi relaté dans les moindres détails comment tout cela avait tourné au drame. Elle lui avait également évoqué sa mère malade, hébergée dans une institution.

Presque assommé par les propos qu'elle lui avait tenus, Maxence ne savait pas si c'était le vin qui l'avait rendue mythomane ou si c'était la vérité crue et cruelle qui s'échappait de sa bouche grâce à celui-ci. D'une oreille attentive, il l'avait écoutée sans l'interrompre. En général, c'était l'auditeur qui s'endormait, mais dans ce cas elle avait fermé les yeux avant lui.

Ensuite, il était sorti, non sans l'avoir couchée convenablement dans son lit, ôtant ses ballerines bleu marine et la recouvrant d'un drap. Attendri, il avait même placé l'ours en peluche juste à côté de son visage. Il avait remarqué sur la table de nuit en bois laqué, une boîte de somnifères ouverte, à côté d'un verre à moitié rempli d'eau. Par réflexe, il avait emporté les médicaments avec lui.

En refermant la porte derrière lui, il était persuadé que cette vacancière était en grande souffrance, qu'elle était fragile psychologiquement. Elle l'avait ému, il se sentait en résonnance avec elle.

Mais le hasard, le mauvais, celui qui ne devrait pas surgir, celui qui faisait mal les choses et non l'inverse, s'était présenté devant lui. Sonia Marquès venait de s'échapper en catimini d'une chambre, sans nul doute, celle d'un amant éphémère. Contrairement à Maxence, elle ne se gênait pas pour coucher avec les clients de l'hôtel. Perdu dans ses pensées, il ne l'avait pas reconnue de suite, ses cheveux étant lâchés et mouillés.

Ce fut elle qui l'interpella.

— Eh, Maxence, qu'est-ce que tu fous ici ?

Avec le temps, l'absence de véritables amis, Sonia était devenue sa confidente par défaut. Il ne fréquentait qu'elle en dehors du boulot. Il lui avait alors raconté sa fin de soirée et sa rencontre avec cette vacancière éméchée. Elle avait rigolé, elle l'avait taquiné. Il lui avait répété tout ce qu'Harmony Flynt venait de lui dire. Jamais à cet instant, il n'avait imaginé les conséquences futures. Harmony n'était qu'une simple touriste qu'il avait reconduite galamment dans sa chambre.

Le lendemain, juste avant d'entamer son service, Harmony était réapparue sobre, la tête enfoncée entre ses épaules. Elle s'était confondue en longues excuses, avait insisté pour qu'ils se revoient dans des conditions plus « normales ».

Plus tard, devant deux tasses de café, il lui avait tendu la fameuse boîte de médicaments dérobée. Refusant de la reprendre, elle lui avait ordonné de s'en débarrasser. Cette boîte blanche avec des lignes mauves et noires, elle avait commencé à l'observer trop intensément. L'idée d'ingurgiter plusieurs cachets pour ne plus se réveiller avait fait son chemin, la méthode qui lui avait semblé la moins douloureuse pour l'aider à interrompre cette existence où elle ne trouvait plus aucun plaisir.

Initialement, Maxence était peut-être tombé amoureux pour un mauvais motif : vouloir la sauver, la protéger. Être celui qui lui redonnerait un sens à sa vie. Mais, fou d'elle, il l'avait été dès ce matin-là et il l'était encore.

Ils avaient répété ces moments intimes autour d'un café au petit déjeuner. Un soir, leur histoire d'amour avait véritablement commencé. Le temps était orageux. Des éclairs illuminaient le ciel menaçant de Miami qu'ils observaient depuis le trentième étage. La foudre s'était abattue avec violence, presque apocalyptique. Par instinct, Harmony s'était réfugiée dans ses bras, très vite leurs baisers s'étaient enflammés. Un coup de foudre réciproque. Des nuits torrides s'étaient enchaînées. Des réveils de plus en plus difficiles pour qu'il se rende frais et dispo à son poste en cuisine.

De ces fameuses bribes concernant ses fiançailles brisées, révélées pendant son état d'ivresse, elle n'en avait plus jamais fait la moindre allusion. Maxence était donc entré ce soir-là par effraction dans un pan de sa vie qu'elle voulait garder soit secret, soit oublier.

Et lui, aussi, désirant démarrer sur de nouvelles bases, n'avait jamais perdu son temps à remuer la vase du passé. Ils avaient commencé leur relation, les compteurs remis à zéro.

Le couple, une association parfaite de malfaiteurs, avait-il lu dans une revue de psychologie.

« Non, rien de rien,

Non, je ne regrette rien,

C'est payé, balayé,

Je m'en fous du passé » chantait Édith Piaff

Mais c'était faux, il l'avait compris il y a quelques mois, on ne repartait jamais de zéro.

On traînait toujours derrière soi les boulets du passé.

Et Sonia en faisait partie.

Maxence ferma les yeux quelques secondes, expira profondément pour revenir au présent, être auprès d'elle. Son malaise s'était dissipé. Sa femme était rayonnante, heureuse d'être là. Il fallait que ces prochaines heures restent un beau souvenir pour celle-ci, car sa décision était prise. Cette fois-ci, la page serait tournée définitivement.

Maintenant, il était grand temps de rejoindre Shell Beach. La journée était minutée.

— C'était excellent. Je me sens beaucoup mieux. Et toi, assez mangé Princesse ?

— Oui, tu veux autre chose, un café ?

— Non, merci. On doit y aller, on va régler la note ? C'est toi qui offres ?

— Comme d'habitude, répondit-elle d'un sourire complice.

Harmony se leva, presque légère, et se dirigea vers le bar où elle aperçut leur serveuse qui les observait. Ce n'était pas la première fois qu'Harmony l'avait surprise en train de les contempler. Sans doute, voulait-elle s'assurer qu'ils n'avaient besoin de rien. Elle paya cash avec l'argent contenu dans sa pochette en tissu. Son mari avait retrouvé son teint mat de Français du sud. Soulagée, elle se montra généreuse en laissant un « tips » de dix dollars. Le service était pourtant compris en France. Toutefois, Tania Charbonnier avait été non seulement professionnelle, mais sympathique, sans forcer et sans tomber dans l'excès du sourire commercial. Pour gratifier ces qualités-là, Harmony n'était pas radine. Tania la remercia d'une voix chaleureuse, non feinte. Celle-ci regarda une dernière fois, avec une insistance inhabituelle, le couple franchir le seuil de la porte. L'homme couvait sa femme des yeux, et celle-ci semblait heureuse d'être aimée.

not feigned

Il lui rappelait vraiment quelqu'un, mais qui ? Elle voyait tellement passer du monde.

Elle jeta un œil à l'horloge électronique suspendue entre deux planches d'étagère derrière le bar. Pourquoi n'avait-elle toujours pas été chez le bijoutier remettre des piles dans sa montre ? Peut-être par fatigue. Elle devait pour cela se rendre sur l'île d'en face, à Marigot auprès des commerçants indiens. Chez eux, elle était sûre d'être dépannée, quel que soit le modèle. Or sa montre était un bijou ancien.

Son service se terminait bientôt. Son petit ami, Brandon Lake, devait encore effectuer deux rotations avec le ferry. Elle avait hâte d'être le soir. Ils formaient un couple un peu atypique. Une Asiatique avec un Antillais anglophone. Ses copines le trouvaient un peu trop charmeur. C'était vrai qu'il flattait sans complexe les femmes, et qu'il n'hésitait pas à se retourner dans la rue pour mater une jolie paire de jambes ou de fesses. Mais tout cela, c'était du show. Tania ne s'en faisait pas. Elle savait qu'il tenait à elle.

Leur amour avait survécu jusqu'à ce jour. Sept ans déjà. Du solide. Était-ce à cause de ce qu'ils avaient vécu ensemble et n'auraient pas dû voir cette fameuse nuit ?

Chapitre 9

« Je t'aime, tu m'aimes, on sème. »
Maurice Chapelan

Ils étaient partis s'installer vers l'extrémité gauche de la crique. Plusieurs rochers épars, plus hauts qu'un homme, semblaient délimiter naturellement des morceaux de plage. Harmony se reposait sur sa serviette de bain, étalée entre deux masses rocailleuses noires qui tranchaient avec les eaux turquoise de la mer Caraïbe qui leur faisaient face.

— Waouh, déjà seize heures ! Dans une heure et demie, « Princesse », on doit être à l'embarcadère.

Tout en badigeonnant le dos de sa femme, Maxence prononça chaque mot avec un timbre doux, mais profond. L'huile de monoï dégageait un parfum puissant. Il admira sa peau si ferme, sans imperfections ; son corps musclé en finesse par sa fréquentation assidue du club de fitness. Il aimait la caresser ; elle était d'une douceur inhabituelle, proche de celle d'un nourrisson. Cela l'avait frappé la toute première fois qu'il l'avait touchée. À ce souvenir, un frisson de désir le parcourut.

— Dis-moi, si tu devais être obligée de choisir un endroit pour le reste de tes jours, quel lieu souhaiterais-tu ?

— C'est une drôle de question, je ne comprends pas.

— Bon, je vais te la poser autrement. Tu as remarqué que lorsqu'on est gravement malade ou lorsqu'on est très vieux, proche de la mort, on connaît exactement la place où l'on veut se trouver. Toi, ce serait où ?

— Là où tu seras !

— Je m'en doutais, mais ce n'est pas une réponse.

— Si, dis-moi dans quel pays, quelle ville, toi, tu voudrais être, et ce sera la même chose pour moi.

— En Suède…

— Ah bon, dans le froid ? Je n'aurais jamais deviné. Je pensais que tu allais opter pour une destination sous le soleil pour tes vieux jours.

— Les apparences, Princesse, sont souvent trompeuses. Il faut parfois imaginer l'autre dans une situation à l'extrême inverse. Tu t'en souviendras ?

— Euh, oui.

— Harmony, j'insiste sur ce point, tu dois m'imaginer dans une situation à l'extrême inverse. Répète pour voir !

— Tu rigoles ?

— Est-ce que j'ai une tête à plaisanter ?

Harmony dut admettre que non, il paraissait très sérieux. Elle lui répéta, un peu intriguée, ce qu'il souhaitait entendre : qu'elle devait l'imaginer dans une situation à l'extrême inverse.

— Bon, Princesse, ce n'est pas tout, il faut que tu t'actives si tu veux dénicher une tenue chic pour ce soir.

— Oh, on est bien là, restons encore. Finalement, je me contenterai de mes vêtements qui se trouvent à l'hôtel. Pourquoi pas ma longue robe rouge ? Après tout, je ne l'ai mise que deux fois.

— Mais, non. Fais-toi plaisir. Tu y tenais tant. Réalise que tu vas peut-être tomber sur une robe que Scarlett Johansson a touchée de ses doigts de star.

— Tu te moques de moi.

— Jamais ! Allez, je remballe tout. File déjà. Moi, de toute façon, j'essayerai de me trouver une chemise assez classe, si mon portefeuille me le permet. Si on se perd, on se retrouve au plus tard à 17 h 30 devant le portail en bois qui donne accès au quai. Le bateau part à 17 h 45. Tu situes où c'est ?

— Pour qui me prends-tu ? Ce port est minuscule, je crois qu'on ne peut pas se tromper et encore moins s'égarer. Je ne suis pas complètement idiote…

— Idiote non, un peu saoule oui. Combien de daiquiris t'es-tu fait livrer sur la plage ?

— Oh, seulement deux. Ce n'est pas avec ça que je vais être ivre !

— Tu oublies les trois verres de vin au restaurant…

Faussement froissée, elle se retourna et dévoila ses seins en forme de pomme. C'était la première fois qu'elle faisait du « seins nus ». Leur peau rose fragile n'avait pas supporté les UV caribéens et avait trop rougi. Un coup de soleil au mauvais endroit. S'asseyant en tailleur, elle lui tapota légèrement la joue comme pour le gronder. Puis, elle se leva d'un bond, enfila sa robe par-dessus la culotte encore humide de son bikini noir. Elle n'avait pas envie de gesticuler derrière une serviette pour se changer ni devoir regarder autour d'elle, en chien de faïence, qu'aucun œil masculin ne l'observe. Tant pis, au pire son vêtement s'imprégnerait d'un peu d'eau de mer. Sous les

1 pack
2 ? drunk

73

tropiques, le niveau de tolérance vis-à-vis des tenues débraillées était plus élevé. De surcroît, en fin de journée, après les baignades successives.

Elle empoigna ses chaussures. Son unique paire de tongs était restée à l'hôtel. Elle avait pourtant hésité à les glisser dans leur panier. Elle soupira à l'idée de devoir encore marcher avec ces hautes semelles compensées. Sans parler de ces lacets interminables qu'elle devait nouer jusqu'à mi-mollet, imitant ainsi les sandales romaines de l'antiquité. C'était sexy, mais pas pratique pour un sou. Décidément, même pour ses pieds, elle n'avait pas été heureuse dans ses choix pour cette journée d'excursion. Seule exception, le chapeau, qui tout à l'heure avait trouvé son usage. Elle le remit d'ailleurs sur sa tête, bien que le soleil semblât déjà vouloir tirer sa révérence.

Elle longea la mer, laissant les vagues venir une dernière fois caresser ses pieds. Elle repassa devant l'unique restaurant qui comprenait plusieurs étages de terrasse. L'architecte avait réussi l'exploit de l'encastrer dans un mur de la falaise. Des transats en toile beige avaient été disposés en face des premières tables qui jouxtaient la plage. La plupart d'entre eux étaient occupés par de jeunes gens qui semblaient sortir d'un magazine de mode. Des femmes rivalisaient à celle qui serait la plus jolie, la plus dévêtue, mais avec élégance. De la musique lounge qui s'échappait du bar parachevait cette impression d'être parmi des « people ». N'ayant pas trouvé utile de payer pour prendre place sur un transat, l'un des beach boys avait eu l'amabilité de venir jusqu'à eux leur

Set in the cliff

74

servir leurs cocktails. À l'abri entre les rochers, ils avaient apprécié ce côté plus sauvage, plus intime. Maxence ajouterait « moins cher ». Elle admettait que ce dernier point avait eu son importance.

Elle s'interrompit, fit marche arrière et revint vers lui. Son visage affichait l'expression de quelqu'un ayant été victime d'une terrible injustice. Il avait déjà adopté ce petit air vexé qu'elle lui connaissait. Elle avait omis l'essentiel : lui donner un ultime baiser. Il ne supportait pas qu'elle le quitte sans l'embrasser, même si c'était pour quelques instants. Amusée par son attitude, elle l'embrassa et déguerpit aussitôt.

La rue de La Plage était asphaltée, ce qui lui facilita la marche. Elle voulut en profiter pour accélérer, mais avec ses chaussures inadaptées, elle préféra ralentir. C'était ridicule de prendre le risque de se fouler bêtement une cheville. Éviter tout accident était primordial. Combien de personnes ne lui avaient-elles pas déjà raconté ce genre de désagrément : entorse, bras cassé, lumbago et blessures variées qui avaient gâché leurs vacances ? Elle continua avec plus de prudence jusqu'à se retrouver au rythme lent d'une mère de famille. Celle-ci peinait à transporter seaux, pelles, râteaux, moules et autres accessoires de ses deux enfants en bas âge. L'un, très blond, devait frôler les deux ans. Le deuxième, étonnement noir de cheveux, avoisinait les quatre ans. Des garçons un peu récalcitrants. Toute la panoplie pour façonner les mythiques châteaux de sable figurait dans un grand sac transparent qui menaçait de se déchirer.

1. cleared off
2. to slow down

Enfant, Harmony n'avait jamais eu l'occasion d'aller en villégiature en bord de mer, et encore moins sur la côte ouest des États-Unis. La Californie… Sa mère l'évoquait souvent. Un rêve inaccessible. Des vacances trop chères auxquelles ils n'avaient jamais eu droit. L'été, ils se contentaient de partir tous les trois dans un camping à Silver Lake Resort, le long du lac Michigan. Avaient-ils été pour cela plus malheureux que les autres ? Elle avait parfois envié certains voisins et leurs destinations. Mais être tous les trois dans un hôtel californien au lieu d'être dans une caravane ne les aurait pas fait remonter sur l'échelle du bonheur.

Elle se revit avec leurs coupes de glace surmontées d'un minuscule parasol en papier. Ils s'amusaient à les collectionner. Son frère conservait les bleus, les verts et les jaunes. Elle, les roses, les rouges et les violets. Ça convenait plus aux filles selon lui. Elle aimait les faire pivoter entre ses doigts. Ils les utilisaient également comme ombrelle pour les Barbie et les Ken. Disposés dans un territoire qu'ils avaient délimité par un mur de sable, ils pouvaient y rester des heures entières. Leur galaxie imaginaire ne devait pas dépasser la taille d'un living-room.

L'ultime fois où ils y avaient joué, construisant des rues bordées de gratte-ciel, de centres commerciaux, elle avait douze ans. Rosanna Flynt en découvrant la naissance d'une poitrine chez sa fille, avait songé que c'était bientôt fini de la voir s'amuser avec de tels jeux. Rosanna Flynt avait vu juste, mais ce n'était pas l'entrée dans l'adolescence qui avait mis fin à leurs loisirs innocents…

Elle balaya ces souvenirs de camping, de sa pauvre mère et de son frère.

La femme débordée par l'attirail de ses deux oisillons choisit d'abandonner quelques ustensiles au pied d'un cocotier assez haut, dégarni de ses fruits. Cela pouvait prêter à rire, mais les accidents, parfois mortels, liés aux chutes de noix de coco étaient fréquents. C'était pour cette raison que celles-ci étaient souvent ôtées de la cime avant qu'il ne soit trop tard.

Sans pudeur, Gisèle Sapotille se mit à maugréer contre son mari qui aurait dû la rejoindre avant seize heures. Elle posa le plus petit sur une hanche et tira l'autre par le bras. Ce genre de situation, Harmony espérait ne pas la connaître avec Maxence. Jamais il ne l'avait laissée en plan. Ce n'était pas avec des marmots sur le dos qu'elle l'imaginait agir de la sorte.

Elle avait parfois surpris ces mères, assises sur ces bancs dans les parcs publics, mettre en garde de futures mamans. L'arrivée d'un enfant bousculait le couple, transformait l'homme trop souvent dans le mauvais sens. Au lieu d'endosser avec honneur et fierté le rôle de chef de famille, ils faisaient une sorte de régression. Ils s'agrippaient tout à coup à leur ancienne vie de célibataire qui, tout compte fait, n'était pas si loin, au point de vouloir y retourner…

Le cagnard qui régnait le midi s'était éclipsé. Un rideau épais de nuages camouflait le soleil. Les alizés s'étaient mis à souffler avec force. Le sable se soulevait par endroits, les chevelures s'ébouriffaient. Maxence et Harmony avaient eu mille fois raison de venir aujourd'hui. Cette nuit, le temps allait se gâter. L'apparition de rafales de vent allait s'accompagner d'une houle importante. Vigilance jaune puis orange, avait annoncé météo France. Pas question pour Harmony d'être en mer durant ces heures-là. S'ils trouvaient un skipper, il faudrait choisir leurs dates en fonction des prévisions. En espérant une accalmie avant leur départ dans une dizaine de jours.

Rue de la Place d'Armes.

Elle allait tourner à gauche, mais elle se retint, pressentant une présence. Elle ralentit, jeta un œil timide derrière son épaule. Maxence avançait d'un pas assuré. Il souriait et lui murmura quelques mots. Aux mouvements de ses lèvres, elle devina qu'il lui lançait un : « je t'aime ». Elle aurait juré qu'il le lui susurrait d'une manière plus intense qu'à son habitude. L'approche des fêtes de fin d'année ravivait la profondeur des sentiments. Si on aimait, on aimait encore plus. L'inverse étant vrai également.

Toutefois, elle ne souhaitait pas qu'il la rattrape. Elle désirait choisir sa robe sans l'avoir à ses côtés. Au début de leur vie commune, il l'accompagnait partout. Croyant l'aider, il donnait son avis sur tout et l'influençait sur chaque achat. Il pensait bien faire, mais au fil du temps, elle n'osait plus essayer n'importe quoi devant lui. Une sorte d'autocensure s'était installée. Peur qu'il la trouve « moche », « grosse ». Les complexes usuels et injustifiés des femmes sportives, minces et jolies. Elle hésitait sans fin, enfilait une multitude d'articles. Souvent, ils ressortaient bredouilles d'une boutique pour réessayer ailleurs

78

et recommencer la même scène. Une perte de temps inestimable pour Harmony. En personne organisée, les heures étaient toujours précieuses, comptabilisées. Du coup, depuis quelques mois, elle préférait réaliser ses emplettes seule. Au moins, l'effet de surprise était garanti. Et surtout, elle choisissait selon ses propres goûts. De toute façon, avait-il fini par reconnaître, une femme ne se trouvait belle que lorsqu'elle se sentait irrésistible dans ses habits.

Elle disparut de sa vue et lui de la sienne, juste après lui avoir soufflé depuis la paume de sa main, le bisou « qui vole ».

C'était ainsi qu'ils désignaient leurs baisers adressés de loin. C'était enfantin. C'était simple comme l'amour. Ils s'aimaient tellement, pensa-t-elle à nouveau. Mais pourquoi sa gorge se serra-t-elle en se retrouvant sans lui ?

1 purchases

Chapitre 10

« On peut laver sa robe et non sa conscience. »
Proverbe persan

Elle déboucha sur un trottoir de la rue du Général de Gaulle. Le charme et le chic à l'état pur. Des volets en bois rouge vermeil, d'autres bleu ciel, égayaient des façades blanches en bois ou en pierre, entretenues à la perfection. La rue pavée conférait un cachet romantique et ancien. Le terme « ville » octroyé à Gustavia était quelque peu exagéré. Harmony n'y voyait rien d'urbain. Certes, il s'agissait du chef-lieu de Saint-Barth, mais la localité renvoyait plus vers l'image d'un village cossu destiné à de fortunés vacanciers qui autorisait la classe moyenne à y venir casser sa tirelire. Tout le monde voulait s'offrir du rêve.

Au bout de la rue, elle longea un bâtiment abritant un café qui détonait avec le reste. Les briques rouges avaient été laissées à nu. La terrasse extérieure, ombragée grâce à quelques arbres était parsemée de tables en bois et de chaises en plastique. Du mobilier solide, mais rudimentaire. L'ensemble faisait penser à ces bistrots, durant les beaux jours, des cités universitaires belges. Sur l'enseigne, elle lut « Le Select ». Un nom sans doute résolument provoc au vu du type de décoration. L'ambiance semblait très décontractée, simple. L'île n'était a priori pas que du « bling bling ».

Une Mini rouge s'arrêta pour la laisser traverser et elle rejoignit la rue de La République. Saint-Barth, à travers le choix du nom de ses rues, voulait démontrer qu'elle était française, même à sept mille kilomètres de la métropole. Une affiche placardée à l'intérieur d'une vitrine attira sa curiosité. Une agence immobilière mettait en avant une maison à la vente, proche de la baie de Saint-Jean. Quatre-vingts mètres carrés à peine, avec toutefois, précisaient-ils, une petite cour à l'arrière et des travaux à prévoir. L'ensemble pour la modique somme d'un million six cent mille euros hors taxes et hors frais d'agence… Le prix d'un terrain sur l'île atteignait chaque année un nouveau record historique. Il devenait difficile pour les locaux de ne pas céder à la tentation de vendre un bout de leur patrimoine ou la maison familiale quand des sommes aussi astronomiques leur étaient proposées. Mais céder à la tentation, c'était prendre le risque de disparaître.

Elle imagina le quotidien, ici. Avoir toujours autour de soi une vue idyllique, que même la venue de quelques nuages gris ne pouvait dénaturer. Habiter dans un site d'une propreté exemplaire. Avoir la possibilité de pratiquer des activités nautiques, de s'asseoir à la terrasse ensoleillée d'un restaurant chic ou pas, il y avait le choix. Un mode de vie que certains devaient trouver paradisiaque. Mais elle n'en voudrait pas toute l'année. Elle avait besoin de la ville et de ses expositions, de ses concerts voire besoin de palper l'agitation urbaine. Toutefois, elle comprenait la raison qui poussait les « people » à venir se détendre quelques semaines par an sur cette île.

Elle continua son chemin, puis s'arrêta à nouveau pour s'extasier devant une vitrine décorée avec goût autour du thème de Noël. Une maman ourse polaire et ses petits entourés de multiples cadeaux emballés avec du papier glacé rouge et doré. Les articles de mode n'étaient, à coup sûr, pas pour toutes les bourses. Elle avait remarqué que beaucoup de boutiques n'affichaient pas leurs prix, ce qui laissait entrevoir le pire.

Même s'ils pratiquaient le « duty-free », Harmony n'était pas prête à jeter l'argent par les fenêtres. Maxence la trouvait « près de ses sous ». Il en riait, mais elle était économe et non radine. Elle ne pouvait oublier les fins de mois difficiles de son enfance. Peu après la naissance de son frère, leur paternel, Justin Flynt, avait claqué la porte du domicile conjugal. D'ailleurs, en y réfléchissant, c'était lui, le prototype de l'homme qui n'avait jamais pu endosser le costume de « père ». Il avait déserté alors qu'elle avait à peine cinq ans. De ce fait, les souvenirs qu'elle avait de lui étaient flous. Elle l'avait revu brièvement à ses douze ans pour l'entendre confirmer qu'il ne s'occuperait jamais d'elle.

Après l'abandon de son mari, Rosanna Flynt avait dû jongler avec ses horaires de serveuse dans un fast-food de Chicago et des heures de ménage dans le quartier huppé de Gold Coast pour clôturer les fins de mois, qui débutaient plutôt vers le 15. Chaque dollar était compté. Et elle ne s'était pas gênée de le répéter sans cesse à ses enfants. C'était pour toutes ces raisons qu'Harmony évitait, autant que possible, d'employer sa carte de crédit. Même si Jonathan Clark, son protecteur depuis ses douze ans, se sentant redevable vis-à-vis d'elle, n'hésiterait pas à lui venir en aide si nécessaire. Mais elle voulait s'assumer.

Payer cash permettait de visualiser l'argent qui filait. Dans son sac, elle avait toujours sa vieille pochette en tissu épais, presque crasseuse, pour ne pas attirer l'attention. Dans celle-ci, elle y glissait le budget calculé pour la journée. Une somme qu'elle se forçait à ne pas dépasser. Pour sa robe de soirée, celle-ci avait été exceptionnellement revue à la hausse. Une douce folie, la seule qu'elle s'autorisait durant leur séjour. Hors de question de flamber au casino où Maxence voulait l'emmener. Les chances de gagner étaient tellement infimes. S'évertuer à jouer en espérant que la chance finirait par tourner n'était que pure perte.

Toutefois, elle s'y rendrait volontiers pour palper l'ambiance « James Bond » et pour faire plaisir à son homme. Il allait être trop beau ce soir. Elle lui demanderait de plaquer ses cheveux avec du gel comme lorsqu'ils se sont mariés à Las Vegas. Aussi, il se vêtirait de sa chemise italienne et de son pantalon gris chiné qu'il réservait pour les grandes occasions...

Elle s'immobilisa soudainement. Une tenue lui avait enfin tapé dans l'œil : quatre cent quarante-neuf dollars. En poussant la porte de la boutique, elle avait déjà en tête de négocier le prix. Une vendeuse aux cheveux châtains bouclés s'avança vers elle, les yeux pétillants.

— Hi, can I help you, Madam ?

Les commerçants repéraient avec une facilité déconcertante n'importe quel citoyen américain. Harmony allait pourtant lui répondre dans la langue de Molière qu'elle maîtrisait depuis son intégration au lycée français de Chicago. Monsieur Jonathan Clark, toujours soucieux de son avenir, l'y avait inscrite pour qu'elle y reçoive l'un des meilleurs enseignements. Avec Maxence, elle avait pris l'habitude de converser en français. Malgré ses longues années de présence aux États-Unis, il parlait l'anglais « comme une vache espagnole ». L'expression lui provoqua une ébauche de sourire. Elle se promit de rechercher sur le net l'origine de celle-ci.

— Bonjour ! Je voudrais jeter un coup d'œil à vos robes de soirée. Mais j'en ai déjà repéré une en vitrine, je peux l'essayer ?

— Celle sur le mannequin ? L'argentée ?

— Tout à fait !

— Très bon choix, je suis sûre qu'elle vous ira comme un gant. Une pièce unique et je crois que c'est votre taille. Trente-huit français ?

— Oui, c'est exact. Vous avez l'œil !

Vivre avec Maxence lui avait également permis de jongler avec les équivalences entre les tailles française, espagnole, voire italienne. Il y avait là encore matière à harmoniser dans cette cohue de normes européennes. Cela la fit tout à coup repenser à son boulot, et les comptes si complexes liés aux exportations.

Lorsqu'elle avait dû prendre ce poste à Milwaukee, les premiers mois, elle s'y était rendue à reculons. Elle avait dû quitter ses repères de Chicago. Mais elle ne pouvait refuser vu les conditions dans lesquelles elle avait perdu son précédent job. Monsieur Jonathan Clark lui avait obtenu ce travail grâce à ses relations.

Ses yeux firent le tour de la boutique. Des meubles en bois très rustiques apportaient une certaine chaleur. Avec leurs peintures gaies, jaunes et bleu ciel, ils semblaient être sortis d'un vide-grenier provençal. Mais les lampadaires étaient très modernes, gris métallique et diffusaient une lumière blanche, froide. Un contraste qui détonnait, entre l'ancien et le high-tech.

Des robes occupaient tout un pan de mur sur la gauche et certaines, très transparentes, paraissaient importables, mais peut-être pas ici… Près du comptoir était posée une cabane de plage, sorte de réplique de celles de Deauville, avec des lattes en bois, peintes en bleu et blanc. L'idée était originale, car celle-ci servait de cabine d'essayage. La porte, expressément trop courte, laissait entrevoir une grande partie des jambes.

Elle passa en revue une à une les différentes robes regroupées par couleur : jaunes, bleues, noires, rouges, vertes. Mais celle en vitrine demeurait sa favorite. La vendeuse revint vers elle d'un air conquérant. Clémentine Cuvelier venait de réussir à enlever la tenue du mannequin, et ce, sans écraser les bijoux et les bibelots exposés autour de celui-ci. Elle sentait qu'elle avait affaire à une cliente sérieuse. Pas encore une de ces touristes sans-le-sou qui enfilait un tas de vêtements, prenait une tonne de photos pour les publier ensuite sur son compte Facebook et crâner.

Rodée aux techniques commerciales, Clémentine Cuvelier lui tendit la robe argentée en compagnie d'une autre. Noire aux reflets brillants, celle-ci possédait un dos presque nu, avec de délicates bretelles qui se croisaient dans le dos.

À l'intérieur de la cabine d'essayage, Harmony s'observa, immobile, devant le miroir. La vendeuse, sans le vouloir, avait déclenché un souvenir douloureux. Elle se revoyait dans le même style de tenue quelques années plus tôt. Un vêtement acheté pour plaire à son fiancé de l'époque, lui qui l'obsédait jour et nuit avant qu'elle ne rencontre Maxence. Cet épisode de sa vie, elle le lui avait caché, c'était l'année de ses vingt-deux ans. Elle venait d'être diplômée, et le mariage semblait être la suite logique de la relation qu'elle entretenait avec Steven Reardon depuis presque trois ans. Lorsqu'elle l'avait présenté à Jonathan Clark, celui-ci, d'ordinaire méfiant, l'avait tout de suite trouvé sympathique. Il avait vu en lui un jeune homme à l'avenir prometteur, quelqu'un qui pouvait la rendre heureuse.

Les futurs époux comptaient emménager dans un duplex, dans le secteur de Near North Side à Chicago. Là où Harmony venait de décrocher son premier job d'expert-comptable et qui n'était pas trop éloigné de Steven. Les parents de celui-ci, des chrétiens pratiquants, tenaient aux traditions. Ils avaient émis le souhait que les fiancés soient d'abord unis par les liens sacrés du mariage avant de vivre sous le même toit. L'idée ne déplut pas au jeune couple. Ils trouvèrent que cela donnait un côté cérémonial, gage de sérieux.

Ce dix-huit novembre 2006, Steven l'avait appelée pour annuler leur dîner chez Kamehachi, un restaurant japonais qu'ils avaient réservé quelques jours plus tôt. Expert-comptable, lui aussi, il effectuait ses premiers pas dans un tout nouveau cabinet d'avocats. Il n'avait pas terminé de rédiger un rapport important pour une affaire en cours qu'il devait restituer pour le lendemain. Il était vraiment désolé. Déçue, elle avait mis du temps à ôter sa robe noire, avec le décolleté profond dans le dos, qu'elle avait spécialement achetée pour l'occasion.

Cela faisait plusieurs semaines qu'à cause de leurs jobs respectifs, ils se voyaient moins. Harmony pensa qu'il était grand temps de célébrer leur union et de vivre sous le même toit. La date du cinq mai, fixée pour le mariage, lui parut soudain lointaine.

Elle avait eu du mal à fermer les yeux, avait enchaîné la lecture de plusieurs magazines de déco. Elle avait tenté de se consoler en se projetant dans leur futur duplex qu'elle réaménagerait selon leurs goûts. Elle avait fini par s'endormir en oubliant d'éteindre la lumière. Au milieu de la nuit, elle s'était réveillée en sursauts. Un cauchemar vécu de façon trop réelle l'avait extirpée de son sommeil. Elle s'était vue dans une église bondée, en robe de mariée, attendant Steven, mais en vain. Le soleil s'était couché, et tous les invités étaient partis, la laissant seule avec deux alliances dans la main.

Au milieu de la nuit, elle s'était levée, inquiète. Elle l'avait appelé à plusieurs reprises. À chaque fois, c'était son répondeur avec un message d'accueil qui l'agaçait. Une intuition l'avait poussée à se rhabiller. Il fallait qu'elle aille le trouver et braver les températures glacia-les. Elle avait renfilé sa tenue sexy, le dos presque nu, et s'était remaquillée maladroitement, laissant déborder le rouge à lèvres.

Avant d'ouvrir la portière de sa Ford Ka, elle avait vu Monsieur Phil Peterson, son voisin, qui l'observait depuis sa fenêtre. Elle n'en avait pas été étonnée. Bran-cardier, celui-ci était parfois insomniaque. Il avait des horaires décalés, ceci expliquant cela. Le couple Peterson était plutôt sympa et leurs enfants, des ados sans his-toire. Elle se garait souvent en face de chez eux comme ce soir-là. Elle l'avait salué d'un geste de la main, avait pris place derrière son volant et avait foncé droit chez Steven.

Elle n'avait pas eu la sensation d'avoir roulé vite. Pourtant, elle s'était étonnée lorsqu'elle avait reconnu les premières maisons du quartier Jefferson Park où vivait Steven. Un trajet qui en plein jour lui prenait parfois une heure et demie, elle l'avait effectué en trente minutes.

La voiture de Steven était à son emplacement habi-tuel, juste devant la fenêtre de son salon dont les volets électriques étaient descendus. Sa maison occupait l'extrémité d'une rangée de maisons mitoyennes. Un ter-rain de basket ainsi qu'une aire de jeux séparaient celle de Steven d'une nouvelle série d'habitations. C'était sou-vent au niveau de cet espace inhabité que les invités des riverains se garaient.

Mais lorsqu'elle avait cherché à parquer sa Ford, elle avait de suite reconnu celle d'une autre. Et elle comprit. Peut-être l'avait-elle toujours su sans oser se l'avouer ? Politique de l'autruche.

Quelques heures plus tard, Harmony avait conclu que Dieu, parfois, punissait les méchants. Steven Reardon et Megan Sutton, son amie depuis la fac, avaient été retrouvés morts après avoir succombé à un tragique accident de la route.

Mais leur trahison laissa des traces. Après cet épisode, Harmony n'avait plus jamais voulu lier de nouvelles amitiés. Ni surtout imaginer un mariage avec des centaines d'invitations, une salle immense accueillant un splendide banquet dont on parlerait pendant des lustres. Pendant des années, elle n'avait plus fait confiance aux hommes. Même si elle s'était parfois consolée dans des relations virtuelles sur des sites de rencontre, mais qui avaient aggravé son dégoût d'elle-même.

Puis, il y avait eu Maxence, leur coup de foudre.

Et l'idée d'une union à Las Vegas lui avait plu tout de suite. Ils s'étaient dit « oui » dans l'anonymat de la ville dédiée aux jeux de hasard, sans famille, sans amis. Juste elle et lui. Même pas Shirley, même pas le couple Clark.

Harmony remonta la large fermeture éclair placée à l'avant de la robe argentée. Là, pour le coup, c'était carrément « bling-bling ». Mais c'était les vacances, le moment idéal pour tout oser. Elle admira son ventre plat. Dans quelques mois, ils s'étaient fixé leur plus beau projet : avoir un bébé. Un mélange de Maxence et d'elle. Elle se demanda quel teint, quelle nuance d'yeux bleus, quel type de cheveux, leur enfant posséderait ?

Maxence avait le teint mat, une chevelure épaisse mi-longue, d'un brun foncé d'un authentique Méditerranéen. Harmony avait la peau rosée, des cheveux blonds très fins, des yeux bleus tirant sur le gris. Il s'était tout de suite mis en tête que ce serait un fils. Il ne voulait pas imaginer que cela puisse être une fille. Ce serait trop difficile à gérer, avait-il ajouté en s'esclaffant. Si elle était aussi belle que sa maman, il se voyait déjà dégageant à coups de pied au derrière les éventuels prétendants. Cette projection dans l'avenir lui donna du baume au cœur. Un futur heureux. Une famille avec un père, une mère et des enfants qui couraient dans le jardin. Maxence qui l'aimerait toujours et elle réciproquement.

Le bonheur pouvait être si simple.

La vendeuse avait raison. La couleur argentée mettait en évidence ses yeux gris. De plus, la robe moulait ses courbes fessières que Maxence appréciait tant. Il allait saliver, tel le loup de Tex Avery. La comparaison lui arracha un nouveau sourire franc devant le miroir.

Quelques secondes plus tard, elle sortit de la cabine en adoptant un air très désintéressé. Clémentine Cuvelier feignit d'ignorer son attitude de femme qui semblait peu convaincue. Elle devait agir comme si la vente était déjà conclue.

— Un conseil, lorsque vous la porterez, coiffez-vous avec une queue de cheval nouée très haut sur le crâne. Pas besoin de collier, la tenue est assez « tape à l'œil ». Il vous faudra juste des boucles d'oreilles, mais discrètes. Et évidemment, des talons aiguilles.

— Les chaussures et les boucles d'oreilles, je les ai. Par contre, j'hésite pour la robe. Je n'avais pas fait attention au prix. Je reviendrai peut-être avec mon mari. Merci quand même.

Clémentine savait qu'elle ne pouvait pas la laisser filer comme ça, si près du but. Elle ne pouvait pas compter sur un hypothétique retour. De surcroît, ils risquaient d'aller acheter ailleurs et elle était payée à la commission. C'était pour cela qu'elle chouchoutait toujours ses clientes. Même les plus chiantes, les plus odieuses, les plus pétasses. Elle ravalait son orgueil au nom de cette foutue commission. Elle avait le don de pouvoir sourire de façon si naturelle, alors qu'au fond d'elle-même elle en aurait pourtant étranglé plus d'une. C'était sans doute pour cela que la nuit tombée, elle s'éclatait peut-être trop dans les soirées privées qui foisonnaient sur l'île. Il fallait que toute cette hypocrisie s'évacue.

Elle respira profondément, fit un rapide calcul mental et baissa le prix, toujours avec le sourire.

Harmony ressortit avec la robe emballée dans un fin papier gris, déposée au fond d'un sac cartonné. L'enseigne de la boutique était inscrite en lettres dorées avec son adresse à Saint-Barth. Ça faisait « *so chic* ». Ce sac-là, elle ne le jetterait pas. Elle avait correctement manœuvré. Une comédie rodée que sa mère lui avait apprise à jouer dans certains commerces. « *One dollar is one dollar* ». La devise de Rosanna Flynt.

Maxence allait encore hocher la tête de droite à gauche puis de gauche à droite quand elle lui racontera le discount qu'elle avait réussi à obtenir par ruse.

Mais surtout, elle enfouit au plus profond de sa mémoire, le souvenir de cette robe noire et de Steven Reardon.

Chapitre 11

17 h 15, déjà.

*Pourquoi le temps file toujours aussi rapidement lorsque
les femmes font leur shopping ?* songea-t-elle. Harmony
n'avait pourtant pas l'impression d'avoir traîné. Cette
robe, elle l'avait vite essayée, vite négociée, vite achetée.
Elle rejoignit l'embarcadère en se forçant à ne plus jeter
le moindre coup d'œil aux boutiques si alléchantes.

Une foule commençait à s'agglutiner devant le portail qui donnait accès au quai. Maxence n'était pas encore
là, sans doute faisait-il lui aussi une ultime course. Peut-
être cherchait-il des cartes postales pour lui faire plaisir,
ou était-il en quête d'une nouvelle chemise ?

De l'autre côté de la chaussée, un commerce à
l'étroite façade suscita sa curiosité. L'enseigne, représen-
tant plusieurs cornets de glace, éveilla sa gourmandise.
Elle avait un peu de temps devant elle. Sans réfléchir,
elle traversa à grandes enjambées la rue et pénétra aussitôt chez le glacier artisanal. Tout en longueur, la pièce
avait juste l'espace nécessaire pour accueillir le présentoir transparent. Face à celui-ci, trois clients attendaient
d'être servis, dont un russe avec une casquette rouge qui
se trouvait le matin sur le même ferry. Sur cette île, force
était de constater qu'on finissait toujours par se recroiser.

drag (feet)

Une fois son tour venu, elle choisit sa combinaison préférée : une boule vanille accompagnée d'une autre à la fraise. Cette dernière devait être déposée contre le biscuit, afin de la déguster en dernier lieu. Un TOC anodin, une réminiscence de son enfance. Les jours de printemps et d'été, la musique du marchand de glace ambulant s'engouffrait dans le quartier de Pilsen. Flanquée de son frère, ils accouraient dehors tout joyeux. Leur petit bonheur dominical. Pourquoi lui manquait-il autant tout à coup ? Presque deux ans qu'elle n'avait plus conversé avec lui. Maxence... L'homme de sa vie était responsable de ce silence. Mais il l'avait convaincue que c'était pour son bien.

À 17 h 25, elle retraversa la rue en sens inverse. Des voitures garées en double file l'embouteillaient. Le chauffeur d'une camionnette de livraison de fleurs, impatient, osa klaxonner sans toutefois résoudre le problème. Il aurait dû passer un peu plus tôt. Sur l'île, tout le monde savait que c'était la mauvaise heure. Mais l'homme était nouveau ici et il n'avait pas encore capté toutes les habitudes de circulation de ce petit territoire. L'arrivée et le départ d'un bateau provoquaient toujours beaucoup de raffut.

Sur le muret, situé à côté du portail d'accès au quai, Harmony s'assit. Elle croisa les jambes et dégusta sa glace. Le léger retard de Maxence commençait à la faire languir. Lorsque le matin, elle filait au boulot, elle n'aspirait qu'à une seule chose : que les heures tournent en accéléré pour pouvoir le retrouver. Le soir, elle se fai-

I Languish in uncertainty

96

sait une joie de retirer la clé de sa voiture et de le re-joindre sous l'auvent de l'entrée où il l'accueillait.

Où pouvait-il bien être ? Il ne devait absolument plus tarder. Pourquoi traînait-il ainsi ? S'était-il laissé tenter par l'achat d'une chemise ? Hésitait-il encore dans son choix ? C'était son petit point faible : devoir trancher lors d'une course. De toute façon, il en avait une superbe dans la penderie de la suite de leur hôtel qui l'attendait. Une chemise de marque italienne qui rendait n'importe quel homme beau et chic.

17 h 30. Le bateau en provenance d'Oyster Pond qui devait les ramener sur Saint-Martin accosta. À sa vue, Harmony s'énerva quelque peu. L'heure de leur rendez-vous était bel et bien dépassée. Il avait pourtant insisté sur ce point. Elle l'appela : messagerie. Elle réessaya, mais elle tomba encore sur son répondeur.

La petite foule qui était jusqu'alors restée calme s'agita et forma une file informe, un peu comme ces troupeaux de vaches. Les bêtes faisaient la queue machi-nalement chaque jour, à une heure très précise, antici-pant l'arrivée du fermier, voulant être certaines de ne pas être oubliées.

Harmony s'était mise debout, et elle dansait presque sur ses pieds tant elle hésitait. Devait-elle s'intégrer au troupeau ? C'était là qu'elle était censée l'attendre. Mais même de cela, elle finit par en douter. Elle ôta son passe-port et les billets retour de son portefeuille, les coinça fermement entre ses doigts. Son portefeuille devenait vraiment trop épais. Il fallait qu'elle trouve le temps de faire le tri parmi toutes les cartes de fidélité accumulées. Un peu comme elle l'avait fait en amitié, pour n'en garder qu'une… La plus précieuse, Shirley Connors. Elle avait souvent eu du mal à refuser la proposition d'une vendeuse qui lui vantait les avantages de la fameuse carte. Elle l'acceptait en se disant : « On ne sait jamais. Un dollar de gagné est un dollar de gagné… ». Toujours la célèbre formule de sa mère.

17 h 37. Ouverture du portail, le cheptel de passagers frémit, puis s'engouffra lentement. On ne se poussait pas, mais aucun centimètre n'était laissé à l'adversaire derrière soi. Chacun tendit son billet tel un sésame. Harmony rangea sa pièce d'identité. Dans le sens retour, apparemment, il n'y avait pas de contrôle d'identité. Les vérifications étaient si strictes pour débarquer à Saint-Barth, alors que n'importe qui pouvait repartir vers Saint-Martin. Maxence avait préféré qu'elle conserve les billets, mais son passeport, il l'avait sur lui.

17 h 45. Elle était la dernière, se sentit ridicule à se tâter ainsi à mettre ou pas un pied sur le quai. Elle continuait à chercher Maxence du regard, scrutant la moindre silhouette masculine qui pouvait de loin ou de près lui correspondre. Le contrôleur, un grand blond, dont la peau ébouillantée par le soleil lui fit pitié, la pressa de monter à bord. Elle eut envie de lui donner un coup de brumisateur. Mais elle se contenta d'essayer de gagner du temps. Il ne s'agissait que de l'affaire de quelques secondes, lui affirma-t-elle, son mari devait arriver, il

n'était jamais en retard. Jamais ! répéta-t-elle en articulant chaque syllabe.

17 h 48. La sirène du départ retentit, lui provoquant, elle ne sut pourquoi, un déchirement. Un son synonyme d'adieu.

— Madame, nous ne pouvons plus attendre. Embarquez immédiatement sinon nous partons sans vous.

— Patientez un tout petit peu, SVP.

17 h 50. L'équipage enleva la passerelle d'accès à bord. Le contrôleur, toujours aussi rouge, se retourna vers elle d'un air inquiet :

— Le prochain bateau, ce n'est pas avant demain matin. Je suppose que vous avez un logement pour cette nuit, sinon vous allez en claquer du fric ! Et il accompagna ses paroles en roulant entre ses doigts, de fictifs billets de dollars.

Harmony regarda le ferry se détacher du quai. Elle pria, elle ne sut quel dieu, pour que Maxence surgisse encore. Elle se projeta en s'imaginant effectuer des gestes désespérés vers le bateau afin qu'il fasse demi-tour. Mais très vite, celui-ci fut hors de vue, et son mari n'avait toujours pas réapparu.

Combien de temps déambula-t-elle dans les ruelles de Gustavia, qu'elle trouvait tout à coup trop nombreuses, trop longues, toutes identiques ? Elle eut l'impression étrange que tout le monde la dévisageait comme si elle-même était perdue. Elle croisa la vendeuse, Clémentine Cuvelier, qui s'apprêtait à chevaucher une mobylette. Harmony lui demanda à tout hasard si elle n'avait pas vu son mari. Elle se perdit en foule de détails pour le décrire, ne possédant même pas une photo de lui.

Presque une heure s'écoula. Elle revint pour la énième fois vers l'embarcadère. Pas de Maxence. Maintenant, l'énervement fit place à une angoisse qui l'étreignit. Sa gorge se noua et elle perçut une sourde douleur à la poitrine. Pourquoi n'était-il pas là ? Se serait-il trompé d'heure ? 18 h 45 au lieu de 17 h 45 ? Mais, si c'était le cas, sa montre affichait déjà 18 h 40. Il devrait être là.

Sans qu'elle s'en rende compte, la nuit venait de tomber brutalement comme si quelqu'un là-haut avait appuyé sur un interrupteur.

Jamais Maxence n'était arrivé en retard à un rendez-vous.

Chapitre 12

« La disparition d'un être proche touche davantage
les adultes que les enfants, car seule la douleur des
adultes se nourrit d'imaginaire. »
De Bertrand Godbille /Los Montes

Harmony repensa à ce malaise qu'il avait présenté
juste avant de prendre leur déjeuner. Toutefois, il semblait tout à fait rétabli durant l'après-midi. Elle l'avait
d'ailleurs trouvé si attentionné, si tendre lorsqu'il lui
passait de l'huile de monoï sur le dos. Se serait-il senti
brusquement à nouveau mal ?

Elle décida de retourner vers Shell Beach.

La ville était devenue déserte sans aucune transition.
La plage également. Seuls quelques employés
s'affairaient à ranger le mobilier de l'unique restaurant
bordant la crique. Elle se renseigna auprès de ceux-ci,
mais personne ne se souvenait de lui, d'elle, d'eux. Trop
de touristes d'un jour débarquaient pour quelques
heures. « Ils se ressemblaient tous », lui balança, Tom
Loeb, un saisonnier aux bras hypertrophiés à force de
soulever, chaque soir, la douzaine de transats alignés sur
la plage. Il poursuivit en précisant qu'il ne retenait le visage que des « très chiants » ou des « très généreux »…

« Ou les filles avec de gros nichons », ajouta avec
ironie son collègue plus maigrelet, Rahul Khan, un Indien, qui se contentait de donner un coup de chiffon sur
les tables. Fin de boulot oblige, ils se laissaient aller, rigo-

deck chair

lèrent en chœur, en pensant à ce petit faible qu'avait Tom Loeb pour les poitrines opulentes. Ils ne s'aperçurent pas du décalage de leurs rires avec l'angoisse qui envahissait cette touriste aux yeux perdus.

Harmony questionna le beach boy, Simon Picot, à la peau si chocolatée, qui leur avait apporté leurs cocktails sur la plage. Celui-ci tomba un peu des nues. Ayant couru toute la journée, il se rappelait vaguement cette femme, mais pas de son mari. Maxence était à l'eau lorsque celui-ci était revenu leur apporter leurs boissons. Elle avait réglé tout de suite la note, exigée poliment illico presto par le serveur. Des touristes d'un jour étaient déjà partis sans payer et il avait reçu l'ordre d'encaisser sans délai.

Harmony quitta Shell Beach et se mit à courir gauchement dans la rue de La Plage. Maladroite avec les chaussures à semelles compensées, elle finit par se tordre une cheville. Elle expulsa sa douleur en hurlant « Maxence, Maxence, Maxence ». Les Ducos, une famille guadeloupéenne installée à Saint-Barth depuis dix ans, avec leurs trois enfants alignés par taille décroissante, interrompirent leur marche. Tous furent surpris de voir cette blonde dans un état proche de l'hystérie. Elle cria de plus belle. Les enfants prirent peur y compris l'aîné, âgé de neuf ans. Aussitôt, les parents entourèrent leur progéniture de leurs bras protecteurs, accélérèrent le pas sans demander leur reste. Encore une qui avait trop bu. Ici, on n'aimait pas du tout ce genre de spectacle.

Madame Jeanne Questel, une octogénaire dont les héritiers pouvaient encore attendre longtemps avant qu'elle ne passe l'arme à gauche tellement elle se sentait en forme, épiait derrière sa fenêtre, camouflée par ses rideaux en dentelles. Elle les avait crochetés elle-même. Avant, c'était son gagne-pain, maintenant ses vieux doigts se reposaient depuis qu'elle louait grassement une chambre d'hôte. Elle se retint de sortir. C'était tellement rare ce type de cris aigus sur leur île. Parfois des cris festifs ou d'ivrogne, mais pas ce timbre de détresse. Elle décrocha son téléphone fixe et prévint la gendarmerie. À l'autre bout du fil, Jérôme Jourdan l'écouta avec amabilité, conservant tout le sérieux dont il pouvait faire preuve, ne fût-ce que par respect pour l'une des doyennes de l'île. Mais dès qu'il raccrocha, il pouffa de rire. Ce coup de fil était devenu un rituel cocasse. Madame Questel les appelait au moins une fois par semaine. Elle leur racontait un fait tellement insignifiant qu'il ne pouvait même pas atterrir dans la rubrique des chiens écrasés du journal local. Il quitta le bureau d'accueil pour entrer dans celui d'Yves Duchâteau. Une envie subite de rigoler un bon coup avec un collègue.

Dario Alvès, exténué d'avoir passé toute la journée à réparer le toit de l'école maternelle, s'approcha de cette femme en panique. Sa salopette grise, entachée par de nombreuses éclaboussures de peinture, attestait de son dur labeur. Les Portugais étaient devenus les constructeurs de l'île.

— Ça ne va pas, Madame ? Je peux vous aider ?

— Oui, merci. Je cherche mon mari. Nous étions ici en fin d'après-midi. Il ne s'est pas présenté à l'embarcadère pour prendre le dernier ferry pour Saint-Martin avec moi.

— Pour retourner du côté français ou hollandais ?

— Du côté français, à Oyster Pond.

— Vous êtes sûre qu'il ne s'est pas trompé et qu'il n'est pas monté sur celui qui repartait à Philipsburg ?

— Oui, j'en suis certaine. Et d'ailleurs, c'est impossible qu'il soit parti sans moi, j'ai les billets.

— Vous êtes allée demander à l'hôpital ? Il y est peut-être.

— J'y ai pensé, mais il se portait parfaitement bien quand on s'est quitté. Mais vous avez raison, il doit être là-bas, je ne vois pas d'autres possibilités. Encore merci, Monsieur.

— Vous avez une carte avec le plan de la ville ?

— Oui, pourquoi ?

— Donnez-la moi, je vais vous montrer où c'est. Ici, rien n'est jamais loin, mais parfois on peut quand même se perdre…

Tout en boitillant, elle se remit en marche. Elle adressa un dernier regard reconnaissant vers l'ouvrier. De son visage, à la peau tannée comme du bon vieux cuir, surgissaient d'éblouissants yeux d'un vert bleu, d'une extrême douceur. Une expression qui lui rappelait ceux de son frère. Cette île, sans cesse, n'arrêtait pas de la ramener à son souvenir. Était-ce une coïncidence ?

Elle recomposa le numéro de portable de Maxence, mais c'était toujours son répondeur qui débitait le même

104

message en anglais. Comique en d'autres circonstances, il finit par l'irriter :

« Hey, hey, pas de bol, je ne suis pas là. Peut-être que je fais un gros dodo. Peut-être aussi que je n'ai pas envie de te répondre. Rappelle plus tard, si tu en as le courage ».

Sueurs froides à profusion. Elle devait ressembler à cette touriste américaine assise auprès d'elle sur le ferry. De légers vertiges la saisirent tout à coup. Elle subissait, comme à retardement, le mal de mer. Maxence restait introuvable et cela devenait de plus en plus inquiétant. L'ouvrier portugais avait peut-être raison. Il pouvait avoir été pris d'un malaise et tout logiquement secouru puis transporté à l'hôpital. Maintenant, c'était la crainte que quelque chose de grave lui soit arrivé qui traversa son esprit. Il y avait toujours ces moments où au volant de sa voiture, elle se figeait quelques secondes en écoutant à la radio, ces drames relatant des morts subites, totalement inattendues. Des hommes, d'apparence en bonne santé, souvent des sportifs, qui succombaient brutalement. Une malformation méconnue, un trouble de la conduction cardiaque qui avaient décidé de frapper mortellement. Histoire de rappeler aux autres vivants que rien n'était définitif, que nul instant de la vie n'était inutile, que chaque jour qui se levait pouvait être le dernier.

La rue qui menait jusqu'à l'hôpital se révéla très pentue, la forçant à se pencher de façon excessive. Elle lorgna les bas-côtés, à la recherche d'une branche tombée au sol qui aurait pu lui servir de bâton pour s'appuyer.

Mais tout autant que les plastiques, les déchets végétaux semblaient inexistants sur cette île trop propre.

Elle parvint devant l'Hôpital Debruyn, essoufflée, et avec une cheville qui avait augmenté de volume. La chair œdématiée tentait en vain de trouver de l'espace entre les lanières de sa sandale. Le terme « hôpital » était à nouveau exagéré : il s'agissait d'une sorte d'ensemble de villas de plain-pied, en style créole, avec les murs peints en bleu ciel, les portes et les fenêtres en blanc. Le lieu pouvait être facilement confondu avec des gîtes touristiques haut de gamme.

Adossé contre la façade de l'accueil des urgences, Ghassan Nasser, jeune médecin d'origine libanaise, fumait un deuxième cigarillo. Il s'ennuyait. Les semaines se ressemblaient toutes et l'absence de saisons n'arrangeait rien. Saint-Barth commençait à lui sortir par tous les trous. Il étouffait et fumer, paradoxalement, l'aidait à respirer. Demain, c'était sa journée off. Qu'allait-il pouvoir faire hormis un saut à la plage, un « plouf » dans sa piscine ? Malgré le monde qui pouvait surgir tout à coup sur l'île, c'était toujours avec les mêmes personnes qu'il conversait : ses collègues médecins, les agents de santé, son boulanger, son épicier. Le plus souvent, cela s'apparentait plutôt à de la causerie que de véritables discussions de fond.

À ses côtés, Sandra Chapiteau, une plantureuse infirmière martiniquaise, décomptait les minutes qu'il lui restait à prester avant la relève par l'équipe de nuit. Cela la ravit de voir débouler cette femme blonde qui boitait. Ghassan n'était pas très bavard, avoir eu une courte liaison avec elle quelques mois plus tôt l'avait rendu mutique dès qu'ils se retrouvaient ensemble. Et demeurer ainsi à ne rien faire rallongeait le temps et l'ennui.

— Bonjour, excusez-moi de vous déranger. Je cherche mon mari, Maxence Rousseau. Il a raté le dernier bateau et il est introuvable. Je viens vérifier s'il n'a pas été admis ici.

Le duo de soignants décela tout de suite l'accent anglophone malgré le phrasé parfait de la femme.

— Non, désolé, répondit un peu surpris, le médecin, qui se décolla du mur, tout en expirant son ultime bouffée de cigarillo.

— Permettez-moi d'insister, mais est-ce que vous pourriez quand même jeter un œil dans vos registres ?

Le médecin ne put réprimer un éclat de rire et par contagion entraîna Sandra dans une sorte de gloussement accompagné de secousses d'épaules. En se souvenant de sa bonne humeur qu'elle manifestait également au lit, il regretta d'avoir rompu après une seule nuit de plaisir. Il avait craint qu'elle ne s'attache et ne l'attache. Il ne voulait pas faire plus de trois années successives sur l'île, et c'était normalement sa dernière. D'autres avant lui avaient eu la même expérience. Partis pour une courte période, ils étaient restés souvent pour une femme, puis des gosses avaient suivi.

Se ressaisissant, il se força à se montrer plus sérieux :

— Nos registres ? Vous savez, c'est plus un dispensaire qu'un hôpital. Il y a exactement cinq patients dans nos lits et je les connais par cœur. Je peux aussi vous dire où ils habitent et le nom de leur chien. Et les personnes qui sont venues nous consulter en urgence, je ne sais pas pourquoi, mais c'étaient toutes des vieilles dames ou des enfants. Pas un seul homme !

— OK, je comprends mieux pourquoi je vous ai tant fait rire. Et il ne peut pas avoir été transporté ailleurs ? Sur Saint-Martin ou sur une autre île voisine comme Anguilla ?

— Non, impossible ! Toute évacuation de malade doit transiter par notre hôpital. Bon, à part quelques stars qu'on ne voit jamais et qui filent directement aux States avec un avion privé. Par contre, vous devriez nous montrer cette cheville. Vous boitez, ça sent l'entorse.

— Oui, je me suis tordu le pied. Je soignerai ça plus tard, il faut que je retrouve mon mari. Excusez-moi encore de vous avoir dérangés !

Pourquoi venait-elle de leur dire ça ? Ils n'étaient certainement pas très occupés. Sûrement par habitude, par peur de gêner. Toujours vouloir se faire toute petite, disparaître aux yeux des autres, ne pas déranger. Son père avait disparu très tôt de sa vie sans jamais par la suite s'enquérir de ce qu'elle devenait. Était-ce pour cela qu'elle s'était parfois sentie aussi insignifiante ? Maxence lui remontait souvent le moral lorsqu'elle broyait ce genre d'idées noires. Il la valorisait, lui répétait sans cesse qu'elle était la plus belle, la plus intelligente. Tous les adjectifs étaient passés au superlatif.

Mais il n'était pas là, elle ne comprenait plus rien. On ne pouvait pas disparaître comme ça.

Si tu n'es pas ici, alors où es-tu Maxence ?

Elle fit demi-tour, tourna le dos au médecin et à l'infirmière. Mais pour partir vers où ?

— Attendez, vous ne pouvez pas marcher ainsi, laissez-nous vous appliquer quelques minutes de la glace. Puis, nous placerons un bandage, ça vous soulagera. Ensuite, vous devriez poser le moins possible le pied à terre.

Harmony se laissa convaincre, si cela pouvait la débarrasser un peu de cette douleur lancinante. Sandra Chapiteau revint avec un *ice pack* qu'elle appliqua quelques instants contre sa peau. Harmony s'étonna qu'on s'occupe d'elle ainsi, au bord de la route, sans devoir payer ni montrer sa carte d'assurance. Cela était inimaginable aux États-Unis. Ou peut-être que ces gestes gratuits existaient-ils dans les coins perdus ? Car dans les villes, vous aviez intérêt à montrer patte blanche avant de vous faire soigner !

Elle les remercia et redescendit la rue. Sa cheville ainsi contenue dans une large bande lui parut moins douloureuse. Elle fourra sa chaussure devenue inutile dans son sac, jeta un coup d'œil à sa montre : déjà vingt heures ! Elle dirigea son regard en direction du fort. Elle ne voyait plus d'autre solution. Il fallait qu'elle grimpe jusque-là. Le médecin et l'infirmière avaient eu raison d'insister pour la soigner. Au moins, elle pouvait marcher sans trop grimacer.

Mais elle avait mal partout ailleurs, à la tête au ventre, aux épaules. Une douleur généralisée provoquée par la peur et l'imagination. Car s'il n'était pas à

l'hôpital, que pouvait-il lui être arrivé d'autre qu'un malaise ?

Une agression ?

Chapitre 13

« Il appréhendait fort cet interrogatoire, m'a-t-
il confié, ayant ce qu'il appelle, je crois,
un complexe de culpabilité. »
Journal, 1943 de
Julien Green

Le souffle court, le cœur palpitant, elle débaula dans le hall d'entrée de la gendarmerie, mais plus question cette fois-ci de demander des renseignements pour une visite guidée. Juste derrière elle, un homme trapu d'une soixantaine d'années fit irruption. Subtilement, il tenta de passer devant elle, mais le militaire ayant décelé la manœuvre lui fit signe de patienter sur un banc à l'écart. Monsieur Barnabé Philippe ronchonna. Il déposa sa casquette verte sur ses genoux et observa ses mains qu'il avait rarement propres, continuellement salies par l'huile de moteur. Il avait eu une rude journée au garage, et ce qu'il réparait, ce n'était pas n'importe quoi : des bateaux. Il n'avait qu'une envie : rentrer chez lui, prendre une douche. Ensuite, il plongerait avec sa femme dans un bon film américain qu'il téléchargerait de préférence, plutôt que d'aller chez le loueur de DVD. Sinon, tout St Barth apprenait ce que vous regardiez et on finissait par vous coller une étiquette en fonction de vos goûts.

Harmony s'approcha du bureau de la réception, mais ne sut plus trop quoi dire.

— Oui, Madame, c'est pourquoi ?

— Mon mari, mon mari a disparu… J'ai peur que des délinquants ne s'en soient pris à lui.

Jérôme Jourdan souleva un seul sourcil. Une mimique à la « Sean Connery » que la plupart des gens normalement constitués ne pouvaient exécuter. Physiologiquement, les deux sourcils synchronisaient leurs mouvements. Cette particularité, ses collègues la trouvaient hilarante.

Jérôme Jourdan, alias JJ pour les intimes, pensait avoir une permanence tranquille. C'était lundi, le week-end semblait déjà loin derrière et le prochain loin devant. La nuit de vendredi à samedi avait été agitée plus que de coutume : arrestation de plusieurs vacanciers éméchés, accidents de scooters. Rien de grave, mais beaucoup de boulot, surtout en paperasserie. Yves Duchâteau enfermé dans son bureau y était encore collé. Dimanche, la veille, comme toujours, avait été « morne pleine ». Pas un chat à Gustavia, la plupart des boutiques étant fermées, les touristes d'un jour ne se précipitaient pas.

Une nuit de week-end mouvementée, mais rien à voir avec l'île d'en face. Il avait souvent une pensée pour ses collègues de Saint-Martin qui eux passaient leur temps sur des interventions à haut risque : braquages, violence conjugale, règlement de comptes en tous genres. Jamais de répit, et quand il y en avait un, ce n'était jamais bon signe : du lourd allait sortir. Comme cette fois où la bijouterie Goldfinger avait été cambriolée à Marigot en plein jour et qu'il y avait eu cette course-poursuite sur le front de mer avec un échange de tirs entre les forces de l'ordre et des gangsters vénézuéliens.

Ici c'était une île sans criminalité, c'était le paradis. Qu'est-ce qu'elle venait lui raconter cette Américaine qui s'exprimait si bien en français ? Déjà ça, ce n'était pas banal. Ils ne faisaient jamais d'efforts ceux-là, comme si ça coulait de source que tout le monde sache parler leur langue. D'ailleurs, il était fatigué de faire des efforts en « English ». Plus qu'un an et retour dans la vraie France. Il espérait quand même ne pas être muté trop au nord pour ne pas accuser le choc thermique.

D'où elle sortait cette femme ? Une mythomane ? Des psys, il en déboulait souvent ici. L'autre jour, une New-Yorkaise prétendait s'être fait voler son portefeuille sur la plage, mais elle l'avait tout simplement laissé dans sa chambre d'hôtel. Rien de méchant en général.

Il y avait aussi ces nouveaux arrivés qui vivaient pour la première fois toute l'année sur l'île, et qui à force de tourner en rond sur vingt-quatre kilomètres carrés « pétaient un fusible ». Ce que confirmait leur commandant, Thierry Roland. Il savait de quoi il parlait son chef, sa femme n'en était pas loin, du « pétage de plomb ».

Mais mieux encore, il y avait le mari qui n'avait pas réellement disparu, mais qui, comme partout ailleurs, avait fui quelques heures une épouse chiante. Elles l'étaient toujours à un moment donné. Lui aussi voulait le faire parfois. Pas plus tard qu'hier, une dispute conjugale s'était déclenchée autour de la préparation du goûter des enfants. Il avait omis les fruits. Surtout que c'étaient des melons à découper et il n'avait pas envie de s'emmerder avec ça. Il les avait remplacés par des chips. Le soir, sa femme l'avait fusillé en s'apercevant de la supercherie. Il avait haussé les épaules, elle s'était encore plus énervée. Il avait quitté leur appartement de fonction situé juste à côté du fort. Il avait fait le tour de l'île avec sa moto, puis il était revenu. Elle avait fait semblant de cesser de râler. Le lendemain, leur vie avait continué avec obligation de pommes épluchées et de bananes dans la boîte à goûter des enfants. Elle gagnait toujours. Elle le dressait année après année.

— Bon, reprenons depuis le début, calmement de A à Z, Madame.

— Je suis calme, Monsieur, je suis juste très inquiète. Je suis arrivée ce matin avec mon mari. Nous devions repartir sur le bateau de 17 h 45 vers Saint-Martin. Il ne s'est pas présenté à l'heure de l'embarquement. Je l'ai cherché partout, il est introuvable. Je suis même allée vérifier s'il n'avait pas été admis à l'hôpital.

— Où l'avez-vous vu pour la dernière fois ?

— À Shell Beach. Enfin non, dans une ruelle, peu après avoir quitté la plage. Je suis partie un peu avant lui, car j'étais pressée.

— Vous étiez pressée ?

— Oui, je voulais m'acheter une robe de soirée. Je l'ai vu à une cinquantaine de mètres derrière moi avant que je n'emprunte une autre rue. Je ne souhaitais pas qu'il me voie.

— Vous ne vouliez pas qu'il vous voie ?

Pourquoi dès lors que les gens franchissaient la porte d'un commissariat ou ici en l'occurrence une gendarmerie, ils s'embrouillaient toujours un peu ? Ils adoptaient un discours qui pouvait passer comme incohérent à leurs yeux, voire suspect. Elle comprenait mieux pourquoi Jonathan Clark l'avait tant protégée après la disparition brutale de son fiancé. Si les flics ou l'inspecteur de l'assurance-vie l'avaient questionnée de cette façon, quelle impression leur aurait-elle laissée ? Auraient-ils découvert qu'elle n'avait pas dit toute la vérité ?

Elle se força à se tenir plus droite, et se mit à tout réexpliquer à Jérôme Jourdan, sans rien omettre depuis leur arrivée à Saint-Barth. Un autre gendarme s'approcha pour l'écouter. Plusieurs interrogatoires s'enchaînèrent. Leurs questions se répétaient, s'entrecroisaient, s'entremêlaient. Si elle était parano, elle pourrait croire qu'ils souhaitaient la déstabiliser pour qu'elle craque. Elle n'osa pas imaginer la situation des gens détenus en garde à vue.

Jérôme Jourdan s'éclipsa brièvement. Il réapparut quelques instants plus tard avec un collègue qui semblait plus dans l'empathie. Yves Duchâteau lui servit même un café avec un brownie garni de pépites au chocolat. Pas fait maison, mais le goût s'en rapprochait. La seule douceur de la soirée. Il lui parut juste étrange qu'il lui demande de confirmer l'identité de son époux. Il lui fit répéter plusieurs fois « Rousseau », c'est ça « Maxence Rousseau ». Elle n'était pas dingue. Elle connaissait quand même le nom de son mari. Elle n'était pas affolée au point de se tromper.

Puis, il y eut tout un déferlement de questions, « Vous êtes-vous disputés ? Cela lui est-il déjà arrivé de quitter le domicile ? »

Plusieurs contre-interrogatoires s'enchaînèrent et même un test d'alcoolémie en soufflant dans leur fameux ballon, pour qu'ils parviennent à cette conclusion inattendue :

« Votre mari a peut-être été emporté en mer, par des courants qui l'ont fait dériver. »

L'intrusion de leur chef, Thierry Roland, qu'on avait extirpé du divan familial, au beau milieu d'une émission politique, n'avait rien changé à la tournure des débats.

La suite des évènements devint incontrôlable. Elle n'était plus maître de rien. Tout le monde se pressa, s'agita.

Elle perçut des bribes de phrases :

« à l'hôpital de Saint-Martin et de Sint-Maarten, aucune admission au nom de Maxence Rousseau. Ni à celui d'Anguilla, ni de Sint-Maarten, ni de Saba. »

« bateau SNSM sera là dans quinze minutes »

« hélicoptère pas possible, il fait nuit, temps se dégrade »

Tout le monde courut, se prépara pour un sauvetage en mer. Une mission hypocrite puisqu'ils recherchaient plutôt un noyé. Des gendarmes de la brigade nautique, accompagnés de plongeurs professionnels, se mirent en route vers Shell Beach. Harmony les suivit tel un robot et se retrouva à l'arrière d'une vieille jeep bleue inconfortable.

Retour à la plage de leurs derniers moments à deux. Des moments heureux. Le massage avec l'huile de mo-

snatches

noï, l'ultime baiser, la promesse de sortir le soir au casino pour s'émoustiller.

Elle voulait qu'ils arrêtent toute cette agitation, toute cette expédition qui n'avait aucun sens. Elle voulait qu'ils cherchent autre part, dans toutes les rues et ruelles de Gustavia, vers les autres quartiers de l'île, tous les sentiers, qu'ils interrogent tout le monde, qu'ils vociferent dans un haut-parleur :

« Qui a vu Maxence Rousseau, bel homme de trente et un ans, au teint mat, aux yeux bleus, de corpulence moyenne ? Le plus beau des hommes, le plus tendre, le plus fiable. Il était vêtu d'un bermuda gris clair *battle* et d'une chemise blanche en lin à manches courtes. Il portait un panier contenant leurs effets de plage ».

Au lieu de cela, elle se retrouva tout à coup propulsée au centre de la plage, parmi des badauds, apparus tels des mouches attirées par l'odeur d'un cadavre.

Elle eut l'impression que tous la regardaient d'un air culpabilisant. La femme qui laissa son mari se noyer.

Chapitre 14

« Toute angoisse est imaginaire ; le réel est son antidote. »
Henry Kissinger

Deux heures trente du matin, mardi six décembre. La vedette de la SNSM, Société Nationale de Sauvetage en Mer, reconnaissable de jour grâce à sa coque bleue et sa cabine orange, filait à vive allure vers le port de Gus-tavia, laissant derrière elle un large sillage zigzagant. Le dernier plongeur, à bout de force, venait de remonter à bord. Le pilote, qui connaissait les îles du Nord mieux que sa poche, avec toutes ses passes et les pièges tendus par les barrières de corail, adressa un ultime signe néga-tif de la tête en direction du commandant de gendarme-rie.

Thierry Roland, planté tel un solide piquet au milieu de la plage, les regarda partir jusqu'à ce qu'ils se fondent dans la pénombre. Le ciel avait perdu ses étoiles, une chape de nuages l'ayant couvert tout à coup. Très vite, le bateau n'était plus qu'une lumière s'éclipsant dans un horizon invisible.

La cinquantaine débutante, le crâne rasé par choix et non par « calvitie », du haut de son imposant mètre quatre-vingt-dix, il se retourna. D'un pas alourdi par la fatigue, il se dirigea vers le véhicule de service. Une vieille Peugeot P4 qui avait trop roulé, mais les caisses de l'État étaient vides. Pour autant, elle démarrait toujours du premier coup, et aucune panne au compteur n'était à signaler malgré son âge.

Les prochaines heures allaient s'avérer encore plus difficiles que celles qu'il venait de vivre. À vingt heures, il s'était pourtant calé dans son divan, les jambes tendues, les pieds nus posés sur un pouf en cuir brun. Pour une fois, il passait un excellent moment devant une émission politique. Après s'être délecté d'une salade niçoise, un verre de vin rouge l'attendait sur un accoudoir. Les enfants étaient sagement couchés. Sa femme avait collé sa tête contre son épaule. La soirée s'annonçait bien. Trop beau, trop cool pour durer. Il y eut ce coup de fil de ses hommes qui l'arracha au confort de son foyer.

Comment allait-il gérer l'épouse du disparu qu'il épiait du coin de l'œil, toujours aussi immobile sur le même rocher ? Elle lui faisait penser à un oiseau migrateur égaré. Il aimerait tant pouvoir éviter cette partie du boulot : parler aux proches des victimes. Il fallait les informer en restant le plus humain, mais se préserver en adoptant une certaine distance. Un équilibre difficile à trouver. Auparavant, on lui avait déjà reproché, tantôt d'avoir été trop froid, tantôt trop investi. Mais Mulhouse, sa dernière affectation, ce n'était pas Saint-Barth. Ici, il se croyait à l'abri de ce genre de situation. Sur l'île, on était juste censé être fauché par la vieillesse ou la maladie. L'annonce du décès se faisait par le médecin. Parfois comme au bon vieux temps par le curé, mais pas par un gendarme. Quoique, des noyés, ce n'était pas si rare. Un retraité en vacances porté disparu avait finalement été retrouvé noyé à l'anse du Gouverneur. Et puis, il y avait ces gens qui surestimaient leur capital santé et se lançaient dans des randonnées périlleuses qui leur étaient fatales.

La musique électronique émise par son portable le fit sursauter. Il pensa à toutes ces applications inutiles que son smartphone contenait. Émergences d'un monde futuriste auxquelles son cerveau n'avait pas complètement accès. Un univers que son petit dernier de dix ans manipulait avec facilité, comme s'il en avait été gavé dès ses premiers biberons. Thierry Roland se sentait parfois si décalé. Son enfance à lui, vers la fin des années soixante-dix, c'était encore les crayons, les dessins sur du papier, les jeux de société, les billes. Il se souvenait même de l'arrivée des premiers téléphones à touches.

Pas pressé de répondre, la sonnerie sembla s'emballer. Cela pouvait paraître invraisemblable, toutefois il avait la conviction que son mobile retentissait différemment en fonction de l'humeur de son interlocuteur. Une musique qui se faisait plus douce quand il s'agissait de Julie, sa fille aînée de seize ans. Une sonnerie plus molle, lorsque sa femme était en phase de déprime. Un état dans lequel elle plongeait de plus en plus souvent, sa façon de lui faire comprendre qu'il n'était pas question de prolonger la durée de sa mutation. Lilloise d'origine, sa ville et son folklore lui manquaient parfois avec cruauté. Ses épaules s'affaissaient tout à coup, écrasées par un poids invisible. Un manque viscéral que ni les repas alcoolisés entre nouveaux amis ni la cigarette ne pouvaient combler. Et Dieu seul savait combien les cigarettes pouvaient s'enchaîner entre les doigts fins de sa femme. Surtout qu'ici, elle pouvait s'en procurer hors taxe…

Il décrocha en tentant de ne pas laisser transparaître son agacement. S'il ne se trompait pas, car la fatigue commençait à l'assommer, cela devait être le vingtième coup de fil qu'il recevait. Le seuil du harcèlement était atteint.

— Oui, Monsieur, c'est exact. Nous interrompons les recherches à l'instant. C'est plus prudent pour les hommes, expliqua-t-il à son correspondant de plus en plus angoissé à l'autre bout du fil.

Par respect, quasiment inné, envers la hiérarchie, il se força à l'écouter, tout en rivant ses yeux las vers sa jeep. Il raccrocha après avoir prononcé une dernière phrase sur un ton courtois :

— Oui, Monsieur. Je vous tiens évidemment au courant s'il y a du neuf.

Le préfet délégué, Simon Coffre, fraîchement promu à la tête de la sous-préfecture des îles du Nord, aurait préféré que l'affaire soit clôturée dès cette nuit. Il aurait pu se rendormir en toute sérénité. Affaire classée, et tant pis si c'était un drame ! Trouvera-t-il quand même un peu de sommeil ? Connaissant le caractère anxieux de celui-ci, Thierry Roland émit de sérieux doutes. Il l'imaginait en train de se tortiller sous ses draps soyeux. Sa coquette femme s'était, à l'opposé de la sienne, pleinement épanouie sur l'île. Sans aucun effort, elle était passée du luxe de son appartement du XVIe parisien, au luxe tropical d'une villa avec piscine à débordement.

annoyance
threshold

Cinq heures déjà qu'ils fouillaient de part et d'autre de la plage de Shell Beach. Toujours pas de corps et aucun indice pour orienter les recherches. La forte houle annoncée par météo France avait amorcé ses assauts successifs sur la côte. Il était temps de ramener les plongeurs. Le commandant ne voulait prendre aucun risque, surtout pour repêcher un cadavre. Il venait d'opter pour la plus sage des décisions. Comme toujours rajouterait sa femme.

Assise sur l'un des rochers noirs, Harmony Flynt observait la trace du sillage provoqué par le départ de la vedette. Celui-ci s'estompait peu à peu comme tout espoir de retrouver Maxence en mer. Ses genoux repliés étaient maintenus fermement contre sa poitrine par ses mains moites. En proie à d'étranges pensées où se mêlaient profonde angoisse et rage folle, elle arborait pourtant un regard à l'expression insondable, presque froide. Ce qu'elle vivait au fond d'elle-même, personne ne pouvait le deviner. Elle avait toujours eu des difficultés à faire correspondre ses émotions réelles avec l'expression de son visage.

La couverture gris clair, déposée sur ses épaules par l'unique femme sapeuse-pompière de l'île, pourrait laisser supposer qu'elle venait de survivre à un naufrage. Mais il n'en était rien. Patricia Lallemand, une brune athlétique, mais aux gestes maternels, avait perçu ses frissons comme s'ils étaient siens. Ils furent d'abord légers puis s'intensifièrent, s'accompagnant de claquements de dents. Le vent frais nocturne soufflant depuis le

swell

littoral associé à une peur extrême avait provoqué cette réaction chez Harmony Flynt.

Elle finit par se déplier telle une contorsionniste quittant sa caisse étroite. Elle se leva et sortit enfin de sa torpeur. Elle ôta la couverture, s'avança pour la restituer à Patricia Lallemand qui la fixait avec des yeux désolés, cherchant des mots de réconfort. Mais rien ne lui vint. Alors elle se tut. Parfois, il valait mieux opter pour le silence que pour des phrases maladroites. La communication non verbale était souvent plus efficace que les paroles vides de sens ou mal choisies. De toute façon, Patricia savait ce que l'épouse vivait dans sa chair. Sa vocation pour ce métier avait émergé suite à une malheureuse expérience. L'eau ne fut pas la coupable, mais le feu qui lui avait pris un être cher.

Harmony la salua d'un mouvement de tête, puis s'éloigna en la gratifiant d'un merci en plissant les yeux. Elle non plus ne parvint pas à parler. Elle tenta de ne pas trop prêter attention à l'endolorissement de son corps. Depuis combien de temps était-elle ainsi recroquevillée sur le rocher ? Des heures atroces, des heures interminables, des heures rongées par l'angoisse. Elle n'avait pas bougé d'un pouce, hormis ces claquements de dents qui firent hocher sa tête, les premiers de sa vie. Le comble, c'était que cela se soit produit ici, sous cette latitude tropicale et jamais à Chicago sa ville natale, ni à Milwaukee sa ville d'exil. Même pendant leurs hivers si rigoureux, même durant ses longues promenades autour du lac gelé, jamais elle n'avait claqué des dents.

Maxence, où es-tu ? Que t'est-il arrivé ?

Elle écrasait de ses pieds les milliers de coquillages qui tapissaient Shell Beach. La plage n'avait pas usurpé son nom ni nécessité de longues minutes de réflexions. Elle devait quitter ce lieu au plus vite. Une crique paradisiaque s'était muée en un endroit cauchemardesque. Avec fermeté, elle tint sa paire de chaussures dans une main. Sur l'autre, elle remarqua quelques entailles sur la paume, peu profondes, qui la gênaient un peu. Elle s'interrogea sur l'origine de celles-ci. Elle ne se souvenait plus comment elle s'était infligé cela, sans doute sur les rochers. Elle ne fouilla pas dans sa mémoire. Cela n'avait aucune importance en comparaison avec le drame qu'elle vivait.

Elle grimaça en marchant pieds nus. Les débris de ces coquillages la martyrisaient un peu plus, en s'enfonçant dans sa chair. De plus, sa cheville restait douloureuse malgré le bandage. Au moins, elle n'avait aucun doute, elle était toujours en vie. Même si elle préférait se réveiller d'un mauvais rêve.

Cette expédition de sauvetage avait été décidée et organisée à la va-vite. Quelle précipitation ! Bien sûr que le temps était compté dans les cas de disparitions en mer. Chaque minute écoulée était une minute de trop, lui avait répété plusieurs fois l'un des gendarmes, Yves Duchâteau. Celui qui lui avait servi un café et un brownie dans les bureaux de la gendarmerie. Le seul qui semblait dans l'empathie. Mais aux environs de vingt-deux heures, il les avait quittés pour seconder une jeune collègue sur une autre plainte, beaucoup moins grave que la recherche d'un noyé. Mais c'était d'un habitant de St-

cuts

Barth dont il fallait s'occuper. Monsieur Philippe voulait signaler qu'un pêcheur de l'île d'Anguilla avait sûrement débarqué des touristes sur l'anse Chauvette. Personne ne s'en serait aperçu si la saintoise du pêcheur n'avait pas présenté une avarie. Il avait dû se rendre chez Monsieur Barnabé Philippe, réparateur de bateaux, dans le quartier du Gouverneur. Et ce Barnabé, c'était l'œil de Moscou. Il avait vu arriver de loin James Richardson, suivi de près par un couple, chacun tirant une valise. L'homme et la femme, de type latino, étaient partis vers le morne Lurin tels des clandestins.

Monsieur Barnabé Philippe avait accompagné James Richardson jusqu'à sa saintoise. Près de celle-ci, il avait remarqué de larges lignes parallèles sur le sable. Elles étaient compatibles avec des traces laissées par des valises que l'on tire derrière soi. Or débarquer des vacanciers de cette façon était formellement interdit. Et son île, il voulait la préserver de toute racaille. Pas question que le bruit ne circule que des touristes pouvaient aller et venir ainsi sans aucun contrôle. Il y mettait presque du cœur à aider la gendarmerie surtout depuis que les « vrais » St-Barths ne le considéraient plus comme « un Maudit Corbeau ». C'était le terme utilisé pour désigner les étrangers qui achetaient un terrain sur l'île. À force de tout faire pour s'intégrer, Mr Philippe était même passé au stade de « Blanc-manger ». Il était devenu l'un des leurs.

S'il n'avait pas eu autant de boulot de la journée, il l'aurait signalé beaucoup plus tôt. Mais ce n'était qu'aux environs de vingt heures qu'il avait pu fermer boutique.

Il avait de justesse manqué de passer avant Harmony Flynt.

Depuis, il patientait le retour d'un homme qui avait de la bouteille pour terminer sa déposition, et sa patience avait atteint ses limites. Même s'il comprenait que rechercher un noyé était bien plus important et plus excitant. C'était d'ailleurs par curiosité qu'il était demeuré sans trop râler pour écouter en direct les infos qui arrivaient à la gendarmerie. Encore mieux que la TV. Mais la nouvelle recrue, en plus une femme, restée seule avec un stagiaire ne savait plus quoi lui raconter. Monsieur Philippe voulait s'entretenir avec un officier qui était en fonction depuis un certain temps sur l'île.

Après le départ d'Yves Duchâteau, Harmony se retrouva donc sans solide soutien parmi les gendarmes. Ceux-ci s'étaient engouffrés dans une étrange piste à laquelle elle ne s'attendait pas. Une perte de temps. Un véritable gâchis. Son mari ne pouvait pas avoir été emporté au large par les courants, et encore moins s'être noyé. Ils ne voulaient pas l'entendre et la croire. Sinon, ils devaient envisager une toute autre hypothèse : celle d'une disparition inquiétante.

Thierry Roland désirait maintenant rejoindre sans détour son domicile et son lit. Avec une démarche qui se voulut déterminée, il s'approcha d'elle. Il avait décidé d'adopter un ton ferme pour éviter une discussion sans fin avec cette femme qui - il le sentait - ne désirait pas imaginer le pire.

— Désolé, Madame, nous devons arrêter les recherches momentanément. La météo s'est trop dégradée.

Nous reprendrons vers six heures avec l'appui d'un hélicoptère qui survolera l'île. Je ne sais pas comment je peux vous aider pour affronter ces prochaines heures qui seront très difficiles. Je suppose que vous ne connaissez personne ?

— Non, personne. C'est la première fois que je viens ici.

— Nous pouvons vous trouver quelque chose pour dormir. Si vous voulez, nous réquisitionnons une chambre à l'hôpital. En plus, je serai rassuré de vous savoir entourée par des professionnels médicaux, vous avez subi un tel choc.

— Une chambre d'hôpital ? Oh, non ! Tout sauf ça ! Ne vous inquiétez pas pour moi, je vais me débrouiller. Et puis, vous faites fausse route. Je vous répète depuis le début qu'il ne peut pas s'être noyé. S'il était retourné se baigner comme vous le prétendez, pourquoi nos effets de plage et notre panier n'ont-ils pas été retrouvés ici ?

— C'est un détail insignifiant. Peut-être ont-ils été volés ? Ou les employés du restaurant les ont trouvés et rangés ? Ils font souvent ça avec les objets oubliés par les touristes. On le leur demandera à la réouverture. Vous êtes dans l'incompréhension. Je réagirais sans doute de la même manière. C'est difficile d'accepter ce genre de drame. Quelques instants plus tôt, votre mari est ici avec vous, et quelques instants plus tard, il n'est plus là. C'est normal, c'est humain. Pourtant, il vous faut vous préparer au pire même si un miracle est toujours possible. À l'île de La Réunion, il y a quelques années, un randonneur a été surpris et emporté par la crue d'une ravine, il s'est retrouvé au large en plein Océan Indien. Il a été sauvé, car il avait son matelas gonflable sur lequel il est demeuré couché pendant plus de vingt-quatre heures. Il a aussi survécu malgré les requins qui infestaient la zone. C'est un pêcheur qui l'a secouru. Un miracle !

— Taisez-vous, s'il vous plaît avec vos histoires à dormir debout !

— C'est une histoire vraie, je voulais juste rester sur une note plus positive.

— Je sais que vous pensez agir de votre mieux, mais j'en ai assez entendu et supporté pour cette nuit. Vous faites fausse route, point final !

Chapitre 15

« Toutes les eaux sont couleur de noyade »
Emil Cioran

Harmony évita de se fatiguer à convaincre cet homme, rempli de condescendance. Thierry Roland s'était engouffré dans une voie absurde. Mais elle était lasse de tenter d'argumenter. Le commandant était têtu comme tous ces hommes pensant détenir le pouvoir ou le savoir. Ils voulaient rarement reconnaître leurs erreurs. Question d'orgueil, peur de perdre la face. Pourtant, son mari n'était certainement pas là, dans ces eaux turquoise devenues noires à la faveur de la nuit.

Un sauvetage en mer, c'était tellement plus facile à organiser. Il suffisait d'appeler les secours, sonder la mer, longer les côtes, partir dans le sens où le courant aurait pu emporter le rescapé ou le corps. Au pire, attendre que la mer le leur livre. Et là, l'étape ultime : réaliser leur fameuse autopsie pour découvrir la cause du décès. S'était-il noyé d'épuisement ou avait-il présenté un malaise ayant provoqué la noyade ? C'étaient les deux scénarios que Thomas Teisseire, aussi beau qu'imbu de sa personne, lui avait récités sans aucun tact. Un authentique paon, fier d'étaler ses connaissances en médecine légale.

Vers les vingt-deux heures, dans le brouhaha du départ de la vedette de la SNSM, ce jeune gendarme s'était retrouvé juste à ses côtés, parmi les quelques badauds. Il avait cru bon lui expliquer la noyade classique qui se déroule en quatre phases.

La première, l'aqua stress, celle où la victime paniquait en remontant et en s'enfonçant dans l'eau. Elle tenait à la vie, s'y accrochait, devait chercher tout autour d'elle une aide quelconque.

La deuxième, la petite hypoxie, celle où la personne commençait à s'épuiser. Mais elle était toujours visible à la surface de l'eau et consciente. Pourtant, elle avait bu plusieurs fois la tasse. Sans doute, devait-elle voir défiler les étapes essentielles de sa vie.

La troisième, la grande hypoxie, celle où elle ne se maintenait plus à la surface, car elle était complètement exténuée. Elle avait déjà inhalé beaucoup d'eau, elle perdait peu à peu connaissance. Elle devait dire adieu à ses proches, leur dire qu'elle les aimait.

Et la quatrième phase, l'ultime. L'homme ou la femme n'était plus conscient, ne respirait plus, et ne montrait plus aucun signe d'activité cardiaque… C'était le noyé « bleu », le visage cyanosé à l'extrême, les conjonctives injectées de sang.

Pour couronner le tout, Thomas Teisseire lui avait expliqué que tous ne passaient pas par ces quatre stades. Par exemple, en cas d'arrêt cardiaque brutal ou d'hydrocution. Ces victimes-là étaient, à l'inverse des autres, blanc cireux.

Sans parler évidemment des victimes de meurtre, que l'on retrouvait flottant à la surface de l'eau, avait-il rajouté. Des cadavres jetés à la mer pour que celle-ci efface toute trace de crime. Pourtant, l'autopsie montrait sans difficulté qu'ils n'étaient pas morts par noyade, avait-il précisé.

Thomas Teisseire, aux cheveux aussi courts qu'une barbe d'un jour, lui avait parlé tel un médecin légiste. Il avait rajouté quelques détails d'ordre psychologique sur ce que pouvait penser et vivre la personne. Celle-ci voyait défiler sa vie, le visage des êtres qu'elle aimait le plus. Le buste droit, orgueilleux de ses connaissances, il avait enfin posé ses yeux sur Harmony. Son sourire satisfait s'était effacé aussitôt. Il venait de se rendre compte qu'il avait parlé sans aucun tact, à une probable future veuve d'un noyé. Une gaffe de débutant. L'expression de sa mère « tourne sept fois ta langue dans ta bouche avant de parler » lui était revenue du trépas de son enfance. Un défaut qu'il avait développé très tôt et qui s'était aggravé avec l'âge.

Harmony l'avait fusillé du regard, puis avait balayé celui-ci sur son uniforme, de haut en bas, en signe de mépris total. La tête courbée, il s'était éloigné portant le poids de son énorme bévue. Elle s'était plainte auprès du commandant. Celui-ci avait de suite trouvé une excuse à l'indélicat gendarme : inexpérience et impulsivité de la jeunesse. Ce fut à ce moment-là qu'elle s'était réfugiée sur les rochers noirs. Seule Patricia Lallemand était venue briser sa solitude en lui déposant une couverture sur ses épaules grelottantes.

Se noyer.

Un classique des bords de mer, d'autant plus que les baignades n'étaient pas surveillées sur l'île. Et les militaires n'avaient pas envie de se lancer dans une enquête pour disparition inquiétante. Ça ne collait pas avec l'image idyllique de leur île hyper sécurisée où l'on pouvait laisser ses clés sur la voiture, la maison ouverte avec le portefeuille en vue sur la table de la terrasse. Des vols de menus larcins, cela s'était pourtant déjà produit, garnissant la une de la feuille de chou locale. De banals faits divers traités tels de véritables meurtres en série.

Une enquête pour disparition inquiétante, ça les changerait certainement de leur boulot peinard qui devait se limiter à verbaliser les excès de vitesse, les conduites en état d'ébriété et les tapages nocturnes. Enfin, c'était les seules infractions qu'Harmony imaginait sur l'île. Que pouvaient-ils bien faire d'autre ici ? Ah, si : rechercher de prétendus noyés ! Ils n'avaient pas voulu la croire quand elle leur avait répété maintes fois que son mari avait quitté cette plage peu de temps après elle.

Oui, elle était pressée d'aller faire les boutiques avant le départ du bateau qui les ramènerait vers Saint-Martin. Mais, elle ne pouvait pas marcher vite à cause de ses chaussures débiles à semelles compensées qui risquaient de lui tordre la cheville à chaque pas mal assuré. D'ailleurs, l'entorse avait fini par se produire.

Non, il n'était pas épuisé de leur journée ni de leur voyage. Il avait amplement eu le loisir de récupérer depuis leur arrivée. De plus, ils n'avaient pas eu à supporter de décalage horaire.

Non et non, ils n'avaient pas bu plus que de raison. Pourquoi s'étaient-ils acharnés sur elle en lui martelant cette question ? Tout ça parce qu'elle avait accepté la requête du gendarme Jérôme Jourdan : souffler dans leur ballon. Elle était à 0,4 g/dl. Cela avait appuyé leur théorie de noyade : ivre, il serait retourné une dernière fois se baigner. La fois de trop pour ce touriste inconscient…

Elle imagina déjà la une de leur journal local.

Non, et certainement que non, qu'il ne prenait pas de somnifères ou de médicaments pour le cœur.

Non, il ne fumait pas.

Non, il n'avait pas d'antécédents dépressifs.

Non, non, et non, ils ne s'étaient pas disputés juste avant sa disparition. La dispute conjugale ! Furieux, l'homme retourna à la mer, après avoir bu un dernier cocktail puis bu la tasse…

Eh oui, leur avait-elle précisé, son mari était un excellent nageur et très endurant. Cette information-là, elle leur avait répétée, mais ça ne les avait pas trop intéressés. D'excellents nageurs qui se noyaient, ils en avaient connus également…

Leur intérêt avait encore été moindre lorsqu'elle leur avait affirmé que jamais il ne serait retourné à l'eau alors qu'ils allaient reprendre le bateau. Surtout pas après l'avoir vu ranger dans leur panier tous leurs effets de plage qu'il avait pris soin de débarrasser du moindre grain de sable. Autant il aimait la mer, autant il détestait avoir du sable qui s'incrustait partout. C'était toujours lui qui accomplissait cette tâche et qui ensuite portait tout. C'était comme ça qu'il s'était déjà comporté pendant leurs vacances en Californie lors de leurs noces de coton. Ils avaient célébré leur première année de mariage en s'offrant ce séjour à Malibu.

Où était donc leur panier ?

Celui-ci renfermait leur matériel de snorkeling ainsi que d'immenses serviettes. Une, bleu marine et une pourpre avec leurs prénoms brodés dessus. Et tout cela personne ne le retrouvait. C'était, paraît-il, soit conservé dans le restaurant, soit dérobé. Un chapardage de panier en osier qui ne contenait rien de précieux. Aucun portefeuille, aucune clé, aucun passeport. Un larcin ridicule sur une île où on ne volait presque jamais rien.

Et enfin oui, oui, oui, leur avait-elle martelé sans arrêt qu'elle était certaine de l'avoir aperçu à moins d'une centaine de pas derrière elle. Sur leur carte à grande échelle qui occupait un pan de mur, elle leur avait indiqué l'endroit précis où elle l'avait vu pour la dernière fois, en plein milieu de la rue de la place d'Armes. C'était pour cette raison qu'il ne pouvait pas être reparti nager sur un coup de tête. Cela n'avait aucun sens.

Toutes leurs questions l'avaient rendue folle. Ils avaient même réussi à la faire hésiter sur le nombre de cocktails et de verres de vin qu'ils avaient bus ainsi que sur le type de repas qu'ils avaient pris lors de leur déjeuner : léger ou gras ? Deux salades César aux crevettes, quoi de plus léger ? Ils auraient préféré qu'elle réponde « steak frites avec sauce béarnaise » pour encore plus soutenir leur thèse de noyade : après avoir trop bu et trop mangé, il retourna une dernière fois à l'eau et se noya !

Harmony devait les convaincre plus tard, pour cette nuit, cela s'avérait inutile.

Thierry Roland avait déjà mis un pied dans la jeep, puis changea d'avis et remis le pied à terre pour revenir une ultime fois à la charge :

— Laissez-moi au moins vous déposer à un hôtel ! J'aimerais être sûr qu'il y a une chambre de libre pour vous.

— Non, merci, je veux être seule. Ne vous occupez pas de moi, je vais me débrouiller.

Il s'attendait à son refus catégorique. Il la trouvait bornée depuis le début. Déni de la réalité. C'était pour cela qu'il lui avait sciemment raconté cette histoire de rescapé sur l'île de la Réunion. Il avait essayé qu'elle adhère à la possibilité que son mari soit retourné en mer. Ensuite, passer à l'étape tragique : qu'il s'y soit noyé. Un concept de progressivité qu'on lui avait inculqué dans ces journées obligatoires de formation continue où il bâillait surtout en continu.

Il remonta dans le véhicule qu'il trouva très poussiéreux, et ordonna au collègue gendarme de démarrer. Il savait qu'il allait avoir du mal à s'endormir malgré la fatigue. Quelles plaies ! Un noyé introuvable, une épouse qui se retrouve à errer dehors pour le reste de la nuit. Une SDF sur une île dédiée au tourisme haut de gamme, le comble de la luxure.

Chapitre 16

« Les passeports ne servent jamais qu'à gêner les honnêtes gens et à favoriser la fuite des coquins. »
Jules Verne, Le tour du monde en 80 jours.

Cinq décembre 2016

15 h s'affichaient sur le four à micro-ondes. La pile de sa montre avait rendu l'âme, elle espéra que l'horloge était réglée correctement. Bien qu'il ne lui restât plus beaucoup de temps, Sonia Marquès sentit néanmoins la pression retomber. Avoir raté le bateau pour une histoire de visa ! Ils avaient tout organisé, et ce détail, ils n'y avaient pas songé. Pour transiter entre Saint-Martin et Saint-Barth, les autorités françaises exigeaient un visa pour certains ressortissants non européens. Mais elle ne pouvait absolument pas annuler la traversée. Tout serait à recommencer, tout serait plus difficile. Reporter son plan si minutieux à plus tard risquait de tout faire foirer. Elle avait dû trouver une solution en toute urgence, et ce fut à la gare maritime de Marigot qu'elle fut sauvée. Et ça y était, elle était enfin à Saint-Barth, dans la fameuse villa. Elle pouvait pousser un ouf de soulagement.

Fernando Sanchez l'accompagnait, toujours prêt à rendre service, surtout lorsqu'il pouvait joindre l'utile à l'agréable. Sonia avait choisi un point de chute de rêve et discret. Elle avait réglé les billets d'avion. Fernando l'avait quand même un peu interrogée sur l'origine de tout cet argent. Il n'était pas con, ce n'était pas avec son salaire de réceptionniste qu'elle pouvait s'offrir tout ça. Cette bicoque de riches, c'était grâce à une vieille connaissance qu'elle pouvait en disposer. Un pigeon qu'elle pouvait rallumer d'un simple coup de fil et des « je t'aime mon chéri, tu me manques tant ».

Fernando ne comprenait pas la fascination de certains hommes pour cette femme. Elle pouvait les rendre fous. Elle et lui, heureusement, c'était de la stricte amitié. Du moins, chacun tirait profit comme il pouvait de l'autre.

Si Sonia avait mis Fernando dans la confidence, c'était parce qu'elle attendait de lui quelque chose en retour. D'une part qu'il la protège au cas où cela tournait mal. Ce qui avait étonné Fernando, car elle lui avait assuré que tout serait « pépère ». D'autre part, parce qu'elle souhaitait passer incognito sur l'île. Depuis leur arrivée à Saint-Martin, elle se servait du passeport colombien de la sœur de celui-ci, Gloria Sanchez. Qu'est-ce qui ressemblait de plus à une latino d'un mètre soixante, qu'une autre d'un gabarit identique ? Et puis, de mêmes cheveux longs noirs, un visage rond, des lèvres pulpeuses. La seule différence était que Sonia était une latino « made in France », descendante d'immigrés espagnols, tandis que Gloria, la cadette de Fernando, une Colombienne « made in Bogota » qui préparait l'*ajiaco* comme jamais Sonia ne pourrait le faire.

Sonia n'avait pas voulu en dire trop à Fernando sur ce choix de destination. Moins il en savait, moins il ferait de faux pas. Mais elle lui avait promis qu'en retour, elle lui offrirait cinq mille euros cash. Des vacances dans un lieu de rêve et de la « tune » sans effort, que demander de plus ? Alors, Fernando avait décidé de ne pas trop ouvrir sa bouche.

Cependant, il ne savait pas qu'il fallait un laissez-passer entre les deux îles françaises. Comment aurait-il pu deviner cela ? Dans quel état d'énervement elle s'était retrouvée lors de l'embarquement à Oyster Pond ! Ils auraient pu tout simplement prendre le bateau du soir, après avoir récupéré le fameux document. Mais non, So-nia avait voulu arriver à tout prix avant quinze heures dans cette villa. Elle était soi-disant chronométrée. Ça commençait fort les vacances. Elle avait trouvé une solu-tion plus rapide grâce à un pêcheur d'Anguilla, James Richardson. Mais la saintoise était tombée en panne à trois miles des côtes. Encore un peu, Fernando s'était imaginé ramant à la force des bras ou secouru par les garde-côtes en pleine mer des Caraïbes. L'incognito qu'elle avait souhaité était mal engagé. Finalement, le moteur avait redémarré et tenu le coup jusqu'aux côtes de Saint-Barth.

Après avoir accosté, ils s'étaient un peu perdus en marchant à travers l'île, le pêcheur, James Richardson, les avait mal renseignés. Mais ils avaient eu le réflexe de suivre les avions qui entamaient leur descente vers l'aérodrome. Ils savaient que près de celui-ci se trouvait l'agence de location de voiture Avis. Sonia y avait réser-vé un véhicule, toujours sous le nom de Gloria Sanchez. Après avoir rempli leurs formulaires, payé comptant la garantie, ils avaient récupéré une Jimny Tole rouge aux vitres ultra teintées, très efficaces contre la chaleur et surtout pour la discrétion. De l'extérieur, personne ne pouvait deviner ce qui se tramait à l'intérieur. C'était ce que Sonia recherchait : voir sans être vue. Elle avait eu de la chance d'en trouver une. Une loi en France interdisait prochainement ce type de vitres à l'avant. L'explosion de la délinquance au volant et les attentats étaient passés par là.

Tout en sifflotant, Fernando fit un tour complet sur lui-même. Rien à reprocher, la villa était nickel chrome. Un immense salon protégé par des portes-fenêtres se prolongeait par un deck en bois. Au milieu de celui-ci, une attirante piscine à débordement. Les eaux se fondaient en arrière-plan avec celles turquoise de la mer Caraïbe. Il mourait d'envie d'y plonger. Ensuite, il s'étalerait sur le matelas pneumatique jaune qui y flottait. À ses côtés se trouvait une table gonflante rose fluo sur laquelle des niches pouvaient accueillir quelques verres. Il y imagina un ti-punch débordant de glaçons. Du rhum, du citron et un peu de sucre de canne, tous les ingrédients étaient dans le frigo. Il n'avait plus qu'à se servir. C'était la première chose qu'il avait vérifiée : l'état de remplissage du frigidaire. Un réflexe de survie d'enfant issu d'une famille nombreuse abonnée aux favelas.

Sonia l'avait prévenu que son ancien amant, grâce à qui ils pouvaient squatter ici, serait bientôt là. Le fameux pigeon, Cédric Deruenne, qu'elle avait latinisé « Cederico ».

Il y aurait également dans un peu plus d'une heure, un autre invité. Mais ce dernier, Fernando ne le verrait guère. Un homme d'affaires, un certain Stéphane, qu'il ne fallait déranger sous aucun prétexte et qui resterait enfermé pour la plupart du temps dans sa chambre. C'était les magouilles à Sonia, toujours aussi secrète. Ça ne le regardait pas, chacun sa vie, chacun ses emmerdes. Tant qu'elle lui passait les cinq mille euros promis, tout irait dans le meilleur des mondes.

Fernando allait sûrement sortir le soir, histoire de voir si les nanas du coin étaient farouches ou pas. Ou mieux, les touristes. Loin de chez elles, les femmes osaient plus. Après tout, c'était les vacances, autant en profiter, même s'il n'avait pas réellement de boulot officiel le reste de l'année. Il n'était pas millionnaire, mais il savait user de son charme latino. Des yeux de braise, un beau teint de celui qui vivait toujours en plein air. Tant pis si pour certaines, il pouvait manquer de culture. Une fois au pieu, il leur montrerait la sienne.

Sonia visitait les nombreuses chambres, six au total, chacune avec leur salle de bain privée avec du mobilier blanc laqué et quelques touches de bleu ciel au niveau des poignées. Sans hésitation, elle en choisit une avec vue sur mer. Elle pouvait ainsi observer l'arrivée des bateaux qui se dirigeaient vers Gustavia.

Avait-elle bien fait de demander à Fernando de l'accompagner ? La réponse fut « oui ». Elle avait besoin du passeport de sa sœur pour passer incognito et qu'il la protège si besoin du mystérieux invité. Ce qui l'énervait, c'était que Fernando s'embrouillait sans cesse. Il ne parvenait pas à utiliser le prénom de sa sœur. Il avait commis cette gaffe sur le bateau du pêcheur et puis chez Avis. Mais devant son ancien amant, Cédric Deruenne, Fernando devait l'appeler Sonia. Tout cela était peut-être trop complexe pour la cervelle de ce bellâtre.

Cédric s'était inquiété de ne pas les avoir vus descendre du ferry à dix heures. Il avait essayé de joindre Sonia mille fois. Agacée par le contretemps, elle ne lui avait répondu qu'après avoir récupéré la voiture de location.

Le pêcheur d'Anguilla, l'impatience de Cédric, et Fernando qui confondait les prénoms, tout cela était devenu difficile à gérer en même temps. Des mois de préparation qui auraient pu terminer à la poubelle. Heureusement, ils n'en avaient pas pour très longtemps. Dans une dizaine de jours, elle espérait que tout serait fini. Elle aurait son fric, sa vengeance. Ce n'était pas demain la veille qu'on l'entourlouperait comme Maxence Rousseau avait tenté de le faire. Elle allait le lui faire payer.

Après avoir été licencié de son poste de chef-coq, il avait brutalement quitté Miami. Elle l'appelait sans cesse. Initialement, il lui répondait pour lui débiter sûrement des bobards. Notamment, il lui avait prétendu enchaîner des petits remplacements sur Chicago. Mais il lui mentait depuis le début. D'abord, il n'avait pas été mis à la porte. Il avait démissionné de son plein gré. Elle l'avait appris il y a quelques mois, par hasard, en surprenant une conversation entre deux cadres de la direction des ressources humaines qui regrettaient son départ. Elle l'avait rappelé pour avoir des explications. Il n'en avait donné aucune de fiable, c'était flagrant qu'il ramait à lui fournir quelque chose de crédible. Il finit par lui sortir avoir été contraint de poser sa démission en raison de plaintes de clients sur la qualité de la cuisine. Son explication sonnait faux. Par la suite, il n'avait plus répondu, même lorsqu'elle cachait son numéro.

Il se méfiait. Mais elle l'avait retrouvé. On ne la larguait pas comme ça ! Elle avait mené son enquête. Sa fameuse cliente dépressive dont il avait pitié, il l'avait revue plein de fois. Le grand Kevin Rivers, le serveur en salle, avait surpris Maxence quittant l'une des suites du trentième étage en compagnie d'une jolie blonde. Sonia avait eu une géniale intuition. Elle avait retrouvé les coordonnées d'Harmony Flynt qui vivait à Milwaukee avec son nouveau mari...

Sonia composa le code à trois chiffres de sa valise, l'ouvrit. Elle se déshabilla entièrement, s'enduisit de crème solaire indice trente, enfila son maillot deux pièces couleur or qu'elle avait pris soin de placer en dernier lieu dans son bagage. Elle s'observa dans le miroir fixé à la porte coulissante de la penderie. Elle n'était pas peu fière de sa généreuse poitrine débordant de son haut de bikini à balconnet, de sa taille de guêpe, de ses fesses rebondies. Elle oublia même son complexe d'infériorité que lui procurait parfois sa petite taille de femme méditerranéenne. Mais n'ayant pas encore eu d'enfants, elle pouvait se pavaner avec cette silhouette en sablier. Deviendrait-elle comme sa mère, après une ou deux maternités, d'un seul bloc ? Elle se jura que jamais.

Elle avait beaucoup transpiré durant cette marche forcée à travers les sentiers de l'île. Quelle course contre la montre ! Car cette journée était minutée. Elle avait tout juste le temps de plonger une tête dans la piscine. La nervosité la gagna à nouveau. Ensuite, ils devaient se rendre à Gustavia. Elle préférait être un peu en avance, qu'être en retard. Sinon, tout serait à refaire.

Avant de filer vers la terrasse, elle vérifia que le passeport de Gloria Sanchez était dans son sac et cacha le sien dans sa valise...

Chapitre 17

> « Infiniment nous cherchons un abri. Un lieu où le vent siffle moins fort. Un endroit où aller. Et cet abri est un visage, et ce visage nous suffit. »
>
> Falaises (2005) Olivier Adam

Six décembre 2016

Trois heures moins dix du matin.

Plus une âme. Malgré tout, Harmony se sentit soulagée. Elle pouvait se vider la tête, espérer que ce mal de crâne, agissant tel un étau compressif, s'en aille. Elle déambulait dans les ruelles de Gustavia, refaisait pour la énième fois le même chemin qu'elle avait emprunté quelques heures auparavant. Les lieux devenaient presque familiers, comme si elle s'y était déjà rendue à plusieurs moments de sa vie. Pourtant, elle aurait voulu oublier ces dernières heures, les engloutir dans la catégorie des mauvais rêves. Mais tout cela était trop réel.

Rue de la place d'Armes. Elle reconnut l'endroit précis où lorsqu'elle s'était retournée, elle avait découvert Maxence. C'était bien là, car il y avait ce graffiti si visible sur un mur blanc. Un cœur entourant deux initiales additionnées. Un N plus un A qu'on avait tenté d'effacer. Son mari lui souriait et avait murmuré un « je t'aime » qu'elle avait trouvé intense. Elle fut persuadée, le connaissant, qu'il se réjouissait aussi de la voir joyeuse, pressée d'aller trouver « la robe ». Elle avait ensuite accéléré le pas, pour qu'il ne découvre pas dans quelle boutique elle allait faire son choix. Elle ne l'avait plus revu depuis.

Il était évident que dans ce dernier souvenir, elle n'était plus tout à fait sûre s'il portait ou non leur panier en osier. Parfois, elle le revoyait nonchalant, les mains dans les poches. Une autre fois, c'était plutôt le souvenir d'une main enserrant les poignées du panier. Le cerveau reconstruisait souvent les souvenirs à son bon vouloir. S'il avait les mains dans les poches, était-il possible qu'il soit retourné à la plage pour récupérer les effets oubliés ? Et qu'ensuite, il aurait succombé à la tentation de replonger dans ces eaux turquoise comme les gendarmes le prétendaient ? Elle balaya cette hypothèse.

La sensation désagréable d'être suivie la poussa à se retourner subitement. Personne. Elle attendit quelques secondes pour être tout à fait rassurée. Pas un chat, ou plutôt si, deux exactement. Un tout blanc et un roux. Ils se jaugeaient en hypertrophiant leurs muscles. Ils tournaient en rond, yeux dans les yeux en poussant leurs cris de guerre. Ces petits félins pouvaient être impressionnants. Maxence ne les appréciait guère, il se méfiait de leur côté sournois. Mais aucun être humain en vue. Elle reprit sa marche en claudiquant. Foutue cheville !

Au bout de quelques instants, elle s'immobilisa devant la boutique où quelques heures plus tôt, elle avait fait l'acquisition de sa robe argentée. La vitrine, illuminée par de nombreuses guirlandes électriques de Noël, était surréaliste, en décalage avec la douceur tropicale. Un mannequin avait été revêtu de la fameuse robe noire à fines bretelles et aux reflets brillants. La ressemblance avec celle qu'elle portait cette terrible nuit où elle rendit une visite-surprise à Steven Reardon était encore plus saisissante. Elle chancela.

Le passé, tel un boomerang, revenait toujours à celui qui l'avait lancé au loin pour l'oublier. Aurait-elle dû parler à Maxence de cet épisode tragique ? La mort de Steven et de sa soi-disant meilleure amie de fac, Megan Sutton. Une amie si sage, aux prudes manières. Avec le recul, Harmony aurait dû se méfier de son sourire, toujours en coin, peu naturel. Mais qu'est-ce que ça lui aurait apporté de raconter tout cela à Maxence ? Après tout, la police avait conclu à un banal accident de la route. Elle avait enfin rencontré l'homme de sa vie. Non, elle avait bien fait de se taire. Cela n'aurait fait que remuer la vase, apporter questionnements puis suspicions. Rien de bon !

Elle avait touché une prime d'assurance assez conséquente suite au décès de son fiancé. L'argent dormait chez elle, bien caché. Jamais elle n'y avait touché. De l'argent maudit. Elle avait déjà pensé à l'offrir à une association, comme de celles qui s'occupaient d'améliorer le sort des victimes d'accident de la route. Mais Jonathan Clark le lui avait déconseillé. Nul ne pouvait prédire de quoi était fait le futur. Il savait aussi qu'il n'était pas éternel, et que cette somme lui viendrait peut-être un jour en aide.

Ces fiançailles, cette robe noire, cette fameuse nuit glaciale. Ces années-là, elle avait voulu les enterrer définitivement. Se marier, recommencer une nouvelle vie jusqu'à ce que la mort les sépare. Faire table rase du passé. Et bientôt, ils devaient concevoir cet enfant qui scellerait avec les liens indéfectibles du sang, leur amour.

149

Elle s'empêcha de sangloter, elle ne voulait pas envisager le pire. Thierry Roland et toute cette bande de gendarmes l'énervaient. Maxence allait réapparaître.

Le sac contenant la robe argentée était toujours dans sa main. Un achat onéreux qui ne lui servirait peut-être jamais. Elle la rendait en quelque sorte responsable de tous ces malheurs. Si elle ne s'était pas obstinée à vouloir l'acquérir à tout prix, peut-être que tout cela ne se serait jamais produit ? L'enchaînement des évènements, « l'effet Papillon » dont lui parlait souvent Maxence.

Elle serait demeurée tout ce temps auprès de lui. Ils auraient emprunté le même chemin, ils auraient mangé ensemble une glace avant de monter sur le bateau. Ils seraient repartis dans la suite de leur hôtel à Oyster Pond. Ils se seraient habillés tel un couple princier pour s'amuser au casino. Là-bas, ils se seraient émoustillés, seraient revenus un peu ivres dans leur chambre, se seraient jetés dessus, et auraient fait l'amour sans retenue, sans peur que les voisins ne les entendent. C'était ça aussi les vacances : s'en contreficher des autres. On ne les connaissait pas, et surtout on ne les reverrait pas.

Elle bâilla pour la première fois. L'adrénaline qui la maintenait éveillée s'était diluée. Il fallait qu'elle se repose un peu. Les recherches allaient reprendre dans moins de trois heures. Ils stopperaient à un moment ou à un autre. Ils finiraient par comprendre qu'elles étaient vaines. Alors, ils l'écouteraient enfin et admettraient leurs erreurs. Quel ton, presque ironique, ils avaient pris lorsqu'elle leur avait évoqué la possibilité d'avoir été victime de délinquants. Elle entendait encore leurs sous-entendus cinglants : « Pourquoi voudriez-vous qu'on kidnappe votre mari, êtes-vous riches ? Non, n'est-ce pas ? Sinon, vous seriez venus en avion privé et pas en ferry comme Monsieur et Madame Tout-le-Monde. Et vos métiers ? Expert-comptable, et votre mari en congé sabbatique pour écrire un livre, pas de quoi attirer l'attention. Vous ne roulez pas sur l'or. Et puis, on est à Saint-Barth, pas de criminalité chez nous. Vous lisez trop de polars ou vous regardez trop de séries TV, Madame... »

Elle ressassait leurs paroles en boucle tel un disque rayé quand elle finit par déboucher dans la rue de La République, juste en face de l'embarcadère. Une lumière tamisée émanait de l'intérieur d'un petit hôtel, le « Sunset ». Elle l'avait aperçu et l'avait même pris en photo depuis le pont supérieur du bateau. Épuisée, elle poussa la porte sans réfléchir. Sur la droite, un canapé rayé bleu et blanc semblait l'inviter à venir s'y allonger. À l'opposé, derrière un imposant comptoir en bois de l'époque coloniale, dépassait la tête blonde d'un homme vautré dans un fauteuil en cuir brun.

Le jeune réceptionniste, hypnotisé devant le nouvel écran courbé et concave, suivait un match de football du championnat anglais. Le meilleur de tous, selon lui. Manchester menait 2-1 contre Liverpool. « Quelle invention le replay ! », n'arrêtait-il pas de se convaincre à voix basse. Accro depuis son enfance au ballon rond, il ne ratait jamais une rencontre du championnat anglais. Cependant, il admettait que cela perdait un peu de cette tension dramatique que l'on pouvait ressentir en direct.

Mais il ne connaissait pas le score. Pour lui, le suspense restait donc entier. Malgré l'incursion de cette femme à qui il avait jeté un salut discret, il ne semblait pas prêt à quitter son match. Il avait disposé encore plus confortablement ses pieds sur la chaise en bois, placée juste devant son fauteuil.

Le ballon finit par sortir du terrain, très loin dans les gradins, derrière le but de Liverpool. Coup de pied de but à suivre pour l'immense gardien. Rien de dangereux qui se profilait à l'horizon et l'arbitre se préparait à siffler la fin de la première mi-temps. Loïc Pirson en profita pour s'intéresser à la femme aux yeux si fatigués. Il se remit debout sur ses longues jambes d'échassier, passa machinalement une main dans ses cheveux.

— Bonsoir Madame, enfin plutôt bonne nuit. Vous êtes une cliente de l'hôtel ?

— Non, je cherche une chambre pour le reste de la nuit. Auriez-vous quelque chose de disponible, s'il vous plaît ?

— Comme ça, tout à coup en pleine nuit, c'est bizarre…

Loïc Pirson s'interrompit, ravala sa salive. Si son patron l'avait entendu parler avec autant de familiarité, il lui aurait passé un terrible savon. Et son boss marseillais s'y connaissait en savon. Ce match lui avait fait oublier où il travaillait. Saint-Barthélémy, Saint-Barth, St Barts… People, riches, oligarques russes, service haut de gamme, dollar, caviar, langouste, champagne. Des mots qui lui donnaient le tournis. Vivement la fin de la saison pour retourner dans sa campagne profonde : vaches, prairies,

telling off

152

ruisseau. L'authenticité. Mais, son patron n'était pas là, c'était ça qui comptait. Et, pas de caméra, elle était en panne depuis la veille. Même si elle fonctionnait, ce n'était de toute façon que des images. Il n'y avait jamais de son.

Harmony avait marqué un temps d'arrêt avant de lui répondre, se sentant presque fautive de se retrouver à errer seule au beau milieu de la nuit.

— J'ai raté le dernier bateau. C'est trop long à vous expliquer, mais je veux juste dormir, au moins quelques heures, dans un lit.

— Vraiment désolé, Madame, mais tout est complet, et au moins jusque fin janvier.

— Je m'en doutais, merci quand même.

Harmony avait déjà enroulé sa main sur la poignée dorée de la porte, s'imaginant devoir s'allonger sur un banc public, lorsque Loïc Pirson s'égosilla derrière elle.

— Attendez ! Prenez place dans le sofa. Je vais me renseigner s'il n'y a pas une chambre de libre ailleurs. Je suppose que vous recherchez dans la même gamme de prix que les nôtres ?

Lasse, Harmony hocha la tête, signifiant par là son manque d'optimisme quant à espérer qu'on lui trouve un toit. Elle ne savait même pas dans quelle gamme de prix pouvait être cet hôtel. Elle alla s'affaler de tout son poids sur le canapé. Tout reste de pudeur s'envola. Elle qui d'habitude s'affichait toujours avec un style irréprochable, se trouva dans celui d'une clocharde : robe chiffonnée et tachée, peau recouverte de sable, cheveux emmêlés. L'ensemble, aggravé par son regard apeuré de quelqu'un qui recherchait un toit. Une douche fraîche, des vêtements propres, c'étaient les seules choses qu'elle souhaitait à l'instant. Et avant tout, qu'on retrouve rapidement son mari sain et sauf.

Ses paupières étaient tout à coup lourdes et le confort du canapé l'entraînait vers l'assoupissement. Elle devait cependant résister, attendre que le réceptionniste termine ses investigations.

Loïc Pirson venait d'effectuer le tour des rares gîtes et chambres d'hôte aux prix abordables. Tout était complet. Il lui restait à utiliser sa « dernière cartouche ». Il ôta un flyer, plié en deux, de son portefeuille. Il le déplia : la photo d'un voilier dans un coin en haut, et dans un autre en bas la photo de l'intérieur d'une cabine rangée avec soin. Il composa le numéro inscrit en grand au milieu du flyer. Un homme avec un discret accent, des « r » trop appuyés, lui répondit. Loïc réitéra sa requête plusieurs fois. À l'autre bout du fil, son interlocuteur semblait sourd. Quelques instants plus tard, il raccrocha en ajoutant « Merde, j'aurais dû m'arranger pour y être à cette putain de soirée ».

Mais il retrouva son enthousiasme, fier d'avoir trouvé quelque chose pour dépanner cette femme. Il était temps, les joueurs regagnaient le terrain et il n'avait pas envie de mettre sur pause.

— Bon, j'ai quelque chose pour vous, mais ce n'est pas une chambre d'hôtel.

— C'est-à-dire ?

— Il y a une cabine de libre sur un voilier. Ça ne vous coûtera pas trop cher, du moins pour l'île. Deux cents euros la nuit avec petit déjeuner offert.

— Dormir sur un voilier ?

— Oui, ne vous inquiétez pas. C'est quelqu'un d'ici, enfin presque. Il vit depuis quelques années sur son bateau et il loue des cabines. Comme dépannage, vous ne pouvez pas dénicher mieux. Je peux vous appeler d'autres hôtels, mais accrochez-vous, on part sur une fourchette entre huit cents et deux mille euros la nuit.

— OK, de toute façon, je suppose que je n'ai pas le choix, à part dormir à la belle étoile ou jeter l'argent par les fenêtres.

— Je vous aurai bien proposé de dormir sur le sofa, mais mon boss serait furieux s'il venait à l'apprendre. Et à six heures trente, c'est sûr il sera là. Bon, je rappelle le gars pour qu'il vienne vous chercher ?

— D'accord, répondit-elle en laissant échapper un soupir.

— Ne vous tracassez pas, il sera vite là. Vous avez de la chance, il est justement à terre. Pas loin d'ici, à une soirée privée, rajouta-t-il en réfléchissant à ce qu'il aurait préféré : être devant son match ou entouré de filles faciles et bien roulées ?

Harmony le remercia et sortit attendre son sauveur sur le trottoir. Trois mois plus tôt, en déchirant la fameuse enveloppe contenant leurs billets électroniques, comment aurait-elle pu imaginer qu'elle se retrouverait dans cette situation ? Maxence introuvable et elle attendant patiemment au beau milieu de la nuit un parfait inconnu.

À quelques mètres de là, elle crut entrapercevoir une ombre furtive qui s'effaça aussitôt. Quelqu'un l'épiait ? Elle se faisait sûrement un scénario, pourquoi la suivrait-on ?

Chapitre 18

« D'être hanté par mes vieilles obsessions, cela me
rassure. Mieux vaut un cauchemar apprivoisé que la
blessure à vif d'un souvenir récent. »
De Daniel Sernine /Quand vient la nuit

Une Chevrolet break grise s'arrêta juste devant elle.
Des planches de surf et des paddles étaient empilées
dans le coffre, avec en prime un énorme chien noir, un
Terre Neuve. L'animal tirait la langue, intrigué par cette
femme blonde, stoïque, les bras croisés sur le trottoir.

Un homme plutôt mince, du milieu de la vingtaine,
en descendit aussi vite. Un métis au crâne natté, aux
yeux très noirs, lui offrit une poignée de main plutôt virile. Le personnage tranchait avec la population majori-
tairement blanche qui vivait sur l'île. Saint-Barth était
une exception parmi les îles de la Caraïbe. De lointains
ancêtres bretons ou normands s'étaient installés ici.

— Alors, c'est vous la touriste distraite qui oublie de
remonter sur le bateau ?

Il parla avec un léger accent, des « r » trop pronon-
cés, ce qui excluait de facto une origine antillaise.

– Oui, si on veut… C'est moi la distraite. Harmony
Flynt et vous ? murmura-t-elle en tendant une main timide.

— Florent.

— Florent ? Florent comment ?

— À quoi ça sert que je vous le dise ? Vous allez loger chez moi quelques heures à peine. Demain, vous ne me verrez plus et vous aurez tout oublié.

— J'aime connaître le nom des gens, surtout lorsqu'ils m'hébergent.

— Vous connaissez le nom du directeur de l'hôtel où vous dormez ?

— Vous faites de l'humour, je suppose ? En général lorsqu'un particulier m'héberge, je connais son nom.

— OK, vous l'aurez voulu, c'est Florent Van Steerteghem.

— « Van » quoi ?

— Bon, vous comprenez pourquoi je ne donne pas mon nom, c'est imprononçable. Mais, félicitations, c'est rare qu'une Américaine parle aussi bien le français. Ça me permettra de souffler.

Il lui fit signe de prendre place dans la Chevrolet, fila derrière le volant. Il démarra tellement en trombe qu'elle dut se retenir en catastrophe à la poignée de la portière. En fin de compte, n'était-il pas plus judicieux qu'elle aille s'allonger sur un banc public ? La compagnie des étoiles et même des moustiques lui semblaient tout à coup plus douce que la conduite nerveuse de ce Florent Van « machin ». Mais trop tard, elle n'avait plus le courage de lui ordonner : « stop, laissez-moi là ».

Cette conduite sportive lui fit revivre des moments tragiques. L'année de ses douze ans où elle fut transportée par le SAMU sans pouvoir bouger. Elle était sous le choc.

Cela la fit également songer à ces attractions de foire, comme les montagnes russes. Son frère en avait fait une véritable fixation. Alors, elle lui avait cédé. Elle avait fini par l'emmener en Floride, la « Terre promise » des parcs d'attractions. Elle était montée dans un de ses chariots infernaux. Ceux-ci s'élançaient sur des rails où de part et d'autre, il n'y avait que le vide. Elle avait dû dissimuler ses sentiments, oublier ses peurs. Elle l'avait fait pour son frère, avait fermé très fort les yeux.

Mais pour faire plaisir à celui-ci, elle avait pris de faux congés de maladie, les fameux *paid sick days*. En sortant des montagnes russes, elle était tombée nez à nez avec la directrice des ressources humaines, madame Ellen Wiggins. Quelle était la probabilité pour que cela se produise ? Prendre les mêmes dates de vacances, choisir une destination identique, se rendre à la même heure à cette attraction et pas une autre ? Une malchance sur un million ? Ce jour-là, elle aurait peut-être mieux fait de jouer au Loto. Licenciement pour faute grave, la sanction avait été sans appel. Elle avait ensuite quitté Chicago pour migrer à Milwaukee, là où les relations de Jonathan Clark lui avaient permis de retrouver un nouvel emploi. À nouveau, elle repensa à la théorie de « l'effet Papillon », si chère à Maxence.

Florent Van Steerteghem demeurait silencieux, concentré, le pied droit passant sans cesse de l'accélérateur à la pédale de frein. Variation de vitesse, tous les quinze mètres : première, deuxième, troisième, rarement quatrième, puis il rétrogradait. Ils montaient et dévalaient des collines, empruntaient virage après virage à une allure sauvage. Des montagnes russes en vrai.

Le souvenir de son frère, sa rencontre avec Maxence, leur amour, sa disparition brutale et l'épreuve de cette conduite musclée fut celle de trop. Les fenêtres étaient ouvertes, malgré tout, une bouffée de chaleur l'envahit soudainement. Son corps sembla prisonnier d'un four invisible.

La glace vanille-fraise, le café et les brownies du charmant gendarme Yves Duchâteau. Tous ces aliments, elle les sentit encore anormalement présents. C'était fou comme l'estomac pouvait tout garder, sans vouloir passer le relais aux intestins voisins.

Elle vomit en jet. Florent freina aussi sec.

— Oh, ce n'est pas vrai, bordel de merde. Vous me faites quoi là !

Il s'arrêta, partit ouvrir la portière côté passager, l'aida à descendre en l'empoignant par le bras. Il la fit s'asseoir sur le talus où avaient poussé de hautes herbes sauvages qui plièrent sous son poids. Puis, il se dirigea vers le coffre. Son chien, jusque-là très calme, commença à remuer, prêt à apporter son aide.

Florent revint avec un bidon rempli d'eau, il le jeta violemment sur le vomi. Avec un torchon et de la Javel, il nettoya le siège plus en profondeur.

— Désolé de vous avoir sortie de là brutalement, mais il fallait que j'enlève ça tout de suite. Avec la chaleur, ça s'incruste et je ne vous dis pas l'odeur après. Ça met des jours pour qu'on se débarrasse de cette puanteur. Tenez, rincez-vous le visage avec cette bouteille !

L'eau, pourtant tiède, qu'elle déversa sur elle, la raviva. Elle en garda un peu dans la bouche, se gargarisa et cracha.

— C'est encore loin ? parvint-elle enfin à prononcer. Je ne peux plus supporter ces virages et votre façon de conduire. Je vous préviens, si vous ne levez pas le pied, ça risque de recommencer.

— Remontez. Je vais rouler moins vite. Courage, je dépose les paddles chez un pote et puis on file au bateau.

Il tint promesse et roula moins sèchement. Harmony fixa un point devant elle, tenta de bouger le moins possible pour ne pas réveiller les nausées.

Ils firent une halte dans le quartier de Grand Fond totalement endormi. Florent Van Steerteghem déchargea les équipements sportifs avec l'aide d'un jeune homme de type européen, mais coiffé de dreadlocks à moitié cachées dans un foulard aux couleurs jamaïcaines. Sorti d'une petite case, il n'était vêtu que d'un simple slip orange, pas gêné que celui-ci soit trop moulant. L'homme et Florent se dirent au revoir en entrechoquant leurs poings, une manière plus virile pour se saluer.

Florent redémarra au deuxième tour de clé, ce qui inquiéta Harmony. Tempête, entre-temps, était passé à l'avant. L'immense bête, assise entre eux deux, tournait la tête vers cette nouvelle occupante. Harmony dut dès lors supporter une odeur de chien mouillé ainsi que sa langue suintante. Rien ne semblait vouloir lui être épargné.

Le temps lui parut long, il n'excéda pourtant pas dix minutes, lorsqu'ils dépassèrent un panneau annonçant l'entrée dans le quartier de Corrosol. Bordant une anse proche de Gustavia, les habitations ne pouvaient pas être plus collées les unes aux autres. Il ne fallait perdre aucun centimètre de terrain, ce qui était compréhensible vu le prix au mètre carré. Un épais mur de béton semblait servir de digue. Devant celui-ci, des places de parking s'alignaient face à la mer. L'endroit ne paraissait pas être le plus paradisiaque de l'île.

Le dinghy de Florent était posé au milieu de la plage, flanqué de barques de pêcheurs. La mer était déchaînée comme la météo l'avait prédit. L'eau venait régulièrement frôler l'annexe. Mal fixée, elle aurait pu être emportée. Florent s'en voulut de ne pas avoir été plus vigilant. Il avait eu de la chance pour cette fois-ci, on ne l'y prendrait plus. Mais en débarquant, il avait été déconcentré par Tempête. Elle s'était mise à courir après un autre chien, dix fois plus petit, faisant hurler sa propriétaire. Il n'aurait pas dû l'amener à terre, il avait cédé une fois de plus aux caprices de son animal de compagnie.

— Enlevez vos chaussures ! Je pousse le dinghy puis vous sautez dedans sans hésiter. « Don't worry », ça ira mieux sur le bateau. Ici, on sent la houle au maximum, mais beaucoup moins là-bas.

Il eut beau la rassurer, c'était une nouvelle torture qui s'annonçait. D'une manière ridicule, elle parvint à se hisser dans l'annexe. Sa souplesse habituelle lui fit faux bond. Ses articulations avaient tout à coup l'âge d'une grand-mère arthrosique, sans parler de sa cheville toujours sensible. Dans la manœuvre, ses deux sacs prirent l'eau, ainsi que sa robe, jusqu'à la taille, ce qui l'acheva et lui porta le dernier coup au moral. Elle eut envie de pleurer, mais les larmes restèrent coincées. Un sursaut de pudeur. Que son futur hôte l'ait déjà vue vomir était amplement suffisant à ce stade.

Le voilier, un imposant catamaran d'environ seize mètres de long, était ancré non loin de la côte parmi une multitude d'autres bateaux. Un autre village, flottant, s'était créé en face du village terrestre. Harmony observa le substitut d'hôtel pour le reste de la nuit tanguer fortement dans toutes les directions. Et pourtant, ses nausées ne s'aggravèrent pas. Son estomac avait déjà tout vidé.

Avec difficulté, Florent s'approcha du catamaran, il était trop fatigué et manœuvrait moins bien qu'à son habitude. Définitivement, il regretta d'avoir cédé à l'invitation de cette soirée. Son envie de présence féminine l'y avait poussé. Sur place, les filles étaient mignonnes, mais nulles à chier, superficielles. Une perte de temps. Il pensa au corps sensuel de Carolina Monteiro. Il irait la voir bientôt à Saint-Martin.

Après plusieurs tentatives, Florent parvint à fixer l'annexe à l'arrière du bateau. Soulagée, Harmony s'extirpa de cette embarcation molle qui ne la rassurait pas. Elle grimpa enfin les quelques marches qui l'amenèrent à bord. Le dernier effort, du moins, elle l'espérait.

Elle traversa le carré central et se retrouva dans le cockpit. Une touriste, d'une quarantaine d'années à vue de nez, emmitouflée sous plusieurs couches de paréos, sirotait un verre de rosé. Les jambes croisées sur la table, elle dévisagea avec un sourire en coin cette logeuse inattendue. Elle lança un « salut » interrompu par un hoquet de ceux que provoque l'alcool. Harmony lui répondit du bout des lèvres. Elle ne souhaitait pas entamer une conversation. D'autant plus que cette femme semblait prendre du bon temps, et ce malgré la météo qui se dégradait.

— Bon, Madame Harmony Flynt, voici Brigitte Blondel, qui dort également chez moi. Derrière vous, dans le carré central, je vous servirai demain matin votre petit déjeuner. Enfin tout à l'heure…

En prononçant cela, Florent fut tout à fait convaincu que s'être rendu à terre avait été une très mauvaise idée. Il avait en horreur ces lendemains de fête où toute la journée, il aurait l'impression d'avoir la tête en mille morceaux. Pourtant, il avait limité sa consommation d'alcool. Mais trop d'heures de sommeil en moins, il ne supportait pas. Et toutes ces nanas lui avaient donné le tournis avec leurs rires débiles. Il n'aimait pas baiser une conne, même si c'était gratuit.

Il remit un peu d'ordre dans son matériel de snorkeling, replaça les planches de bodyboard qui jonchaient le sol. Quelques cadavres de bière rejoignirent la poubelle. Brigitte Blondel n'avait visiblement pas freiné sa consommation durant son absence.

— Madame Flynt, voici l'espace-cuisine. Au frigo, vous trouverez des boissons fraîches. C'est gratuit et à volonté, sauf les boissons alcoolisées. À quelle heure voulez-vous que je vous serve le petit déjeuner ?

— Oh ! Je ne sais pas. Quand je me réveillerai et si les nausées sont finies, ce qui n'est pas gagné.

— Vous n'avez pas un bateau à prendre demain matin ?

— Oui, enfin non... Je ne prendrai certainement pas celui du matin, peut-être celui du soir. Il n'y a rien de sûr. D'ailleurs, c'est possible que je doive rester plus longtemps sur l'île.

— Pas de problème, la cabine que vous occuperez est encore libre dix jours. Bon, ne traînons plus. Faut qu'on dorme quand même un peu. Suivez-moi, on va descendre les escaliers sur la droite. Ceux sur la gauche mènent à ma cabine. À côté de la vôtre, il y a la salle de douche, ensuite la cabine de Brigitte, et pour terminer les w.-c. Et la douche, c'est obligatoire avant d'aller vous coucher. J'aime que mon catamaran reste impeccable, faudra juste pas abuser avec l'eau. On s'asperge, on se savonne, on rince puis stop. OK ?

Harmony enregistra sans répondre.

Florent balaya son regard sur sa robe tachée puis sur ses bras recouverts de sable et de sel, ses mains écorchées. Il lui tendit une serviette qui dégagea une odeur agréable de lavande. Les règles principales sur un bateau étaient l'excès d'ordre et de propreté. Il soupira en pensant aux bouteilles qui gisaient encore là-haut. Les derniers millilitres de bière s'étaient déversés sur le pont. Demain, il tirerait les oreilles de Brigitte.

— Excusez-moi, auriez-vous un pyjama ou une robe de nuit à me prêter ?

Florent s'éclipsa deux minutes et réapparut assez fier de lui. Il brandit un t-shirt avec un imposant cœur rouge. Plus ridicule, cela ne pouvait exister. Il lui présenta aussi une trousse de toilette. Il ouvrit celle-ci, les yeux à la limite de l'émerveillement, pour en sortir un minuscule tube de dentifrice, une mini-brosse à dents et un savon de la taille d'une cerise. Ce genre de cadeaux qu'on offre dans les hôtels pour dépanner. Puis, d'un sac en plastique jaune, il extirpa un short en jeans, aux bords décousus, ainsi qu'une culotte à l'échancrure brésilienne, d'un vert pistache de mauvais goût.

— Tenez, ce sont des vêtements oubliés par des clientes et jamais réclamés. Le sous-vêtement a déjà servi, désolé. Mais je l'ai passé à l'eau de javel. Habituellement je jette, mais pas ceux-ci, je ne sais pas pourquoi. Peut-être la couleur de la culotte qui me retient ? La trousse, rassurez-vous, elle n'a jamais été utilisée. Un cadeau d'Air France.

Et il sourit, certain de la faire rire. Mais Harmony n'avait pas le cœur à cela. Elle parvint juste à dire merci d'un signe du pouce et ironisa :

— Je vous crois sur parole ! Le nettoyage avec de la javel, c'est votre marque de fabrique !

Quelques minutes plus tard, elle se retrouva assise en bouddha dans la douche. L'eau tiède coulait à flots au-dessus d'elle. Hypnotisée par cette cascade artificielle, elle resta ainsi à méditer. Des tambourinements violents sur la porte mirent un terme à cette quiétude. Une voix en colère, déformée par le ruissellement de l'eau lui parvint :

— Dites donc Miss Flynt, vous n'êtes pas à l'hôtel, l'eau est précieuse à bord.

Transbahutée dans la dure réalité, elle referma aussitôt le robinet et pleura. Des larmes de soulagement, des larmes qui la libéraient de tout ce stress intense accumulé en quelques heures.

Maxence, où es-tu ? Qu'ai-je encore fait pour endurer tout cela ? Je n'aurais pas dû aller acheter cette robe et te laisser seul.

Elle quitta la douche et posa nue devant l'évier. Le miroir rond imitait de manière réussie le hublot d'un bateau. Trop de buée le recouvrait pour qu'elle puisse se voir. Machinalement, elle se sécha avec la serviette au doux parfum de lavande puis l'enroula autour de son torse. La Provence, une région où Maxence souhaitait un jour l'emmener.

Elle sortit de la salle de douche, ne dut effectuer que trois pas pour ouvrir la porte de sa cabine privée. Devant elle se dressait un imposant lit en bois, au couchage surélevé, fixé solidement au sol. Des niches de rangement occupaient l'espace au-dessus de celui-ci. Elles abritaient des oreillers ainsi que des draps de rechange. Rien de lourd ne pouvait la blesser en cas de tangage important. Florent avait pensé à tout. Elle fut étonnée de la fraîcheur qui régnait à l'intérieur de la cabine. Elle qui craignait ne pouvoir dormir sans climatisation fut rassurée.

Après avoir enfilé le t-shirt très « kitch » avec le cœur rouge fourni par son hôte, elle s'étendit sur le lit, releva la couette marron jusqu'à son cou. Elle devait se reposer, éteignit machinalement son iPhone.

Vider sa tête, ne plus penser, se laisser envahir par la fatigue.

Elle s'endormit et rêva.

Une baignade en mer. L'eau était délicieuse, turquoise. Elle s'y sentait bien, nageant aux côtés de Maxence, découvrant sous eux des poissons-anges, des poissons-chirurgiens, des étoiles de mer. Mais tout à coup, il lui lâcha la main et s'enfonça dans les profondeurs marines. Quelques instants plus tard, il remonta, paniqué, vers la surface. Ensuite, il se démena, fournissant des efforts surhumains pour ne pas sombrer. Pétrifiée à côté de lui, elle regardait la scène telle une spectatrice dans une salle de cinéma. Impuissante devant le scénario qui semblait déjà écrit, elle lui hurla : « Je t'aime, je n'ai jamais aimé que toi ». Toujours dans ce rêve, en complet décalage avec ce qu'elle vivait, elle se surprit à sourire voire à se réjouir. Pourquoi se réjouissait-elle ainsi ?

Au même instant, des cris, cette fois-ci réels, l'éjectèrent de son cauchemar. Un couple s'en donnait à cœur joie. Des cris de jouissance qui montaient crescendo, indécents puis qui s'éteignirent. Quelques secondes plus tard, des chuchotements, puis plus rien.

Un silence presque total, en dehors des bourrasques et des vagues qui cognaient à cadence régulière contre la coque. Exténuée, elle se rendormit aussitôt.

Un nouveau rêve s'installa.

Maxence, son frère et elle avaient cette fois-ci pris place dans un chariot qui allait les emporter à l'assaut des montagnes russes. Son frère était assis au milieu d'eux, ils avaient pris soin de lui tenir chacun une main. Ils riaient, ils s'amusaient. Ils étaient heureux. Le convoi partit dans un élan effroyable et continua à une vitesse folle. Mais l'ours en peluche que son frère avait coincé fermement entre ses cuisses s'éjecta et s'écrasa au sol. La séquence de rêve suivante, elle se vit se pencher pour observer la peluche ensanglantée. Lorsqu'elle se redressa, elle tomba nez à nez avec Monsieur Jonathan Clark qui la fixait intensément avec des yeux désolés.

Chapitre 19

« Vis pour ce que demain a à t'offrir, et non ce
qu'hier t'a enlevé »
Anonyme

Emilio Garcia gara la voiture juste devant le portail du lycée français de Chicago. Le chauffeur de Monsieur Jonathan Clark, Salvadorien d'origine, était discret, poli, toujours ponctuel. Son patron avait insisté pour qu'il dépose la petite Harmony Flynt au moins une demi-heure avant le début des cours. Jonathan Clark voulait que ce changement d'école se fasse en douceur. La découverte de nouveaux élèves et surtout, l'immersion dans une langue étrangère étaient selon lui, suffisamment stressantes. Il ne l'avait pas forcée à choisir cet établissement, bien que sa fille décédée ait été également scolarisée au même endroit. Harmony avait d'emblée adhéré à ce projet. Devenir bilingue était un défi qu'elle avait envie de relever, qui occuperait peut-être tout son esprit et l'empêcherait de penser au drame qu'elle avait vécu quelques semaines plus tôt.

Ce treize janvier 1997, elle ouvrait une autre page de l'histoire de sa petite vie.

– Voilà, Mademoiselle, nous y sommes. Je souhaite que tout se déroule pour le mieux. Mais je suis sûr que tout va très bien se passer.

Emilio s'était retourné et avait glissé sa tête entre les deux sièges avant pour l'observer. Il avait deux filles, dont une de son âge. Il compatissait.

– Merci, Emilio. À ce soir.

Elle aurait voulu étreindre quelqu'un et qu'on l'embrasse sur les deux joues comme elle le faisait avec sa mère. Elle salua poliment Emilio qui lui lança un dernier regard affectueux. Elle descendit de la voiture presque en tremblant. Le fin crachin glacial qui tombait n'arrangea pas les choses. Elle prit peur. Pourtant, elle avait attendu ce jour avec impatience. De longues journées d'hospitalisation, suivies de semaines entières confinées au domicile des Clark à bénéficier de cours de remise à niveau, sans oublier les entretiens avec un psychologue. Sur ce suivi psychologique, Katreen Clark avait beaucoup insisté, ce qui avait agacé Harmony. Elle en avait plus qu'assez et souhaitait reprendre contact avec la vraie vie à travers l'école. Pourtant, à cet instant précis, elle dut se retenir pour ne pas remonter dans la voiture, repartir très vite dans cette bâtisse bourgeoise des Clark pour s'enfermer dans sa chambre.

Dans son ancien établissement, et bien qu'elle y avait très peu d'amis, c'était malgré tout son milieu, son environnement social. Des familles dont les parents étaient des employés ou des ouvriers aux revenus modestes. Tous regardaient les mêmes émissions télés, les mêmes séries, avaient les mêmes loisirs, c'est-à-dire pas grand-chose en-dehors du basket et du terrain de skateboard.

Ici, c'était une classe sociale différente, d'autres codes, d'autres occupations. Les cours d'équitation, de danse classique et de musique au conservatoire. Ici, elle allait devoir tout réapprendre. En plus, si tout se passait comme prévu, elle fréquenterait bientôt le pensionnat. Jonathan Clark était très généreux, mais sa femme Katreen avait voulu mettre certaines limites à leur générosité, notamment affective. Harmony ne devait pas prendre la place de leur fille décédée. Elle intégrerait donc le pensionnat. Elle retournerait chez eux uniquement durant les vacances scolaires et les week-ends prolongés.

Après l'école secondaire, ils paieraient ses études supérieures, l'aideraient à trouver un appartement pour qu'elle soit tout à fait autonome, toujours selon le souhait de Katreen Clark. Celle-ci était un cliché de l'épouse bourgeoise qui ne travaillait pas. Son mari était propriétaire de nombreuses concessions automobiles disséminées un peu partout dans Chicago, mais elle ne le secondait pas dans les affaires. Elle préférait se cultiver, entretenir sa ligne et œuvrer pour des missions caritatives. La perte de leur fille Kimberley était un déchirement atroce, mais pas question qu'Harmony devienne un enfant de substitution. Et puis, Kimberley était une jeune fille pleine de vie, possédant un caractère lumineux. Katreen n'avait pas ressenti ce genre de vibrations positives chez Harmony Flynt. Elle n'aimait pas ce regard de chien battu qu'elle arborait tout le temps. Évidemment, elle comprenait que ce qu'elle venait de vivre était dur à supporter pour une enfant de cet âge. C'était pour cela qu'elle avait réclamé cette prise en charge psychologique après le terrible accident. Monsieur Anthony Sherman, l'excellent thérapeute qu'on leur avait conseillé, recommandait d'ailleurs la plus grande prudence vis-à-vis de cette préadolescente. Il prétendait qu'elle était dans le déni de la réalité et avait choisi de se défendre en plongeant dans un monde imaginaire qui dépassait la norme.

Harmony se décida à franchir le portail et fut accueillie par un jeune surveillant. Le visage pâle, il grelottait malgré son long manteau imperméable noir dont il avait relevé la capuche. Terence Sander lui parla d'emblée en français, avec une intonation agréable. Cela la détendit quelque peu, lui redonna un peu de courage. Elle se dirigea vers le préau aussi vaste qu'un terrain de tennis pour s'isoler un peu. Elle observa tout autour d'elle, puis leva les yeux pour mieux détailler les lieux qui l'accueillaient. Gris, érigés dans les années soixante-dix, les bâtiments ressemblaient à la plupart des lycées publics français. Des constructions à trois ou quatre étages, rectangulaires, fonctionnels. Tout cela manquait un peu de couleur et les arbres dénudés n'arrivaient pas à égayer l'ensemble.

Elle sortit de l'un de ses sacs à dos son premier téléphone portable que les Clark lui avaient offert. Elle composa un numéro qu'elle tentait de joindre depuis la veille, celui de la maison de Shirley Connors, la fille de son âge avec laquelle elle s'était liée d'amitié à l'hôpital. Mais elle tomba à nouveau sur un répondeur. La famille devait déjà être en route pour le travail et l'école. Elle pensa à sa mère, mais il ne servait à rien de l'appeler. De toute façon, elle ne pouvait pas converser avec celle-ci. Combien de temps serait-elle encore plongée dans cet état ? Les médecins et le psychologue avaient beau lui répéter qu'il fallait être courageuse, qu'elle ne retrouve-rait plus jamais sa mère telle qu'elle l'avait connue ; elle ne voulait pas les croire. Des menteurs, des pessimistes. Tout redeviendrait comme avant. Elle prierait, sa maman allait sortir de ce silence. Et son frère aussi.

La cour centrale commençait à se remplir progressi-vement d'éclats de voix, d'éclats de rire. Harmony vit quelques visages se retourner vers elle, curieux de savoir qui était cette nouvelle élève si peu sûre d'elle. Elle trou-va les filles plus jolies, plus élégantes que dans son an-cienne école. Peut-être aussi plus arrogantes. Elle eut mal au ventre. Elle chercha les toilettes sans oser demander son chemin, ne sachant trop en quelle langue elle devait s'adresser à eux. Elle reconnut le sigle sur un panneau fléché, caricaturant un homme et une femme. Elle longea un interminable corridor au bout duquel elle trouva les sanitaires. Des filles un peu plus âgées se recoiffaient. Certaines soulignaient leurs paupières d'un crayon sombre, bravant ainsi l'interdiction que leur avait faite leur mère. À la fin des cours, elles reviendraient ici, ôter tout ce noir, pour redevenir de petites filles sages.

Harmony fonça, les yeux humides, vers la dernière porte, l'ouvrit et s'enferma. Elle s'assit sur la cuvette abaissée. Elle avait deux sacs à dos. L'un lui servant de cartable contenait un plumier, ses cahiers et quelques livres scolaires. L'autre était censé accueillir ses affaires de sport. Elle savait pourtant qu'elle n'avait pas d'activités sportives le lundi. Néanmoins, elle l'avait emmené. Elle l'ouvrit, en sortit un ours en peluche abî-mé. La fourrure sur le visage avait presque disparu.

C'était celui de son frère. Elle le serra très fort contre son cœur. Sa vie avait basculé. Elle côtoyait des médecins, un psychologue et habitait chez les Clark, des gens qu'elle n'avait jamais vus auparavant.

Pour le moment, Harmony survivait.

Une sonnerie retentit, annonçant le début des cours. Elle expira profondément et essaya de trouver sa classe dans la joyeuse cohue. Elle allait intégrer la classe de cinquième du lycée français de Chicago.

Monsieur Jonathan Clark payait tous les frais, car sa fille était coupable de tout ce qu'elle vivait actuellement…

Chapitre 20

« Les courtes absences animent l'amour ; mais les
longues le font mourir. »
Mirabeau

Quelle heure pouvait-il être ? Le jour, ça, c'était sûr.
Mais le soleil à cette période-ci de l'année et sous cette
latitude tropicale se levait vers six heures. Il était difficile
de se repérer, surtout après une nuit de cauchemars in-
terrompus par ces cris de jouissance. Probablement
l'autre touriste, Brigitte et un compagnon qu'elle n'avait
pourtant pas vu à son arrivée.

Harmony eut subitement faim. Ses yeux descendi-
rent sur son torse et s'attardèrent sur le t-shirt que Florent Van Steerteghem lui avait refilé. L'immense cœur
imprimé était d'autant plus ridicule en plein jour. Cependant, pas d'autres choix que de le porter encore. Elle
ne pouvait s'habiller avec son élégante robe de soirée ni
rendosser la tenue blanche entachée par les rochers noirs,
sa transpiration excessive qui avait laissé des marques
jaunâtres. Elle se résigna à enfiler la petite culotte verte,
certes javellisée, mais celle d'une inconnue. Elle mit ensuite un pied puis le deuxième dans le short en jeans
bleu délavé. Trop étroit, elle remonta avec difficulté la
fermeture éclair rongée par le sel marin.

Après avoir été dans la peau d'une vagabonde, elle
se sentit maintenant vulgaire, dans la peau d'une femme
qui avait passé l'âge de se costumer en Lolita. Comment

tout cela allait-il se terminer ? Elle fouilla dans son sac en toile dont les dauphins et le soleil brodés ne l'émerveillaient plus. Il lui restait moins de cent dollars dans sa pochette en tissu. Il fallait qu'elle en retire rapidement au premier distributeur qu'elle croiserait.

En regagnant le cockpit, une odeur agréable de café vint à elle. Une senteur du quotidien, tellement rassurante, qu'elle ne pouvait croire que ces dernières heures fussent réelles. Durant quelques secondes, elle imagina Maxence l'attendant. Une main autour d'une tasse de café, l'autre feuilletant le *Canard Enchaîné*, son journal français, qu'il parvenait à se procurer chaque semaine. Mais non, ses mains n'étaient pas là, la table était vide de son absence.

— Et bien, Madame Flynt ! Quelques minutes de plus, et j'allais faire venir le toubib !

— Pourquoi ? C'est si grave de dormir, Monsieur Van « quelque chose » ?

— Van Steerteghem, et appelez-moi Florent ce sera plus sympa, je n'aime pas qu'on écorche mon patronyme. En effet, ce n'est pas interdit de faire la grasse matinée, mais il est quand même treize heures !

— Non, déjà, ce n'est pas possible ! Pourquoi ne m'avez-vous pas réveillée ?

— Faudrait savoir, cette nuit vous m'avez dit qu'il ne fallait pas que je vous réveille, non ? Alors vous êtes thé ou café ?

— Café noir, sans sucre s'il vous plaît. C'est incroyable, je ne m'attendais pas à dormir si tard. Il faut

178

que je retourne à Gustavia dès que possible. Vous pouvez m'y emmener ?

— Bien sûr, pas de problème. Mais on a le temps, le prochain bateau n'est qu'à 17 h 45, vous le savez ?

Et comment qu'elle le savait ! Des chiffres qui l'obsédaient. Hier, à cette heure-là, ils devaient simplement naviguer vers Oyster Pond. Ensuite, s'habiller, s'amuser, s'aimer. Des vacances de rêve…

Mais pourquoi les gendarmes ne l'avaient-ils pas recontactée ?

Son téléphone… Elle l'avait éteint sans réfléchir comme à chaque fois qu'elle partait se coucher. Jamais, elle n'aurait imaginé qu'elle allait s'écrouler ainsi et dormir autant. Ils avaient sûrement tenté de la joindre pendant tout ce temps. Elle s'en voulut, quel geste idiot que de l'avoir éteint. Vu les circonstances, elle se devait d'être joignable à tout moment.

Aussitôt, elle retourna vers sa cabine. Son téléphone gisait sur le sol. Elle aurait pu l'écraser en se levant. Elle l'alluma : « *low battery* » ! Elle n'avait pas emporté son chargeur qu'elle avait laissé volontairement à l'hôtel. Il ne devait s'agir que d'une banale journée d'excursion, ils devaient être rentrés le soir… Elle vit l'icône d'une bande enregistreuse. Il y avait des messages vocaux. Son pouls s'accéléra. Elle devait les écouter avant que la batterie ne soit complètement à plat.

« Bonjour, Madame Flynt-Rousseau. Yves Duchâteau de la gendarmerie. C'est le troisième message que je vous laisse. Les recherches ont repris depuis l'aube avec l'aide de l'hélicoptère. Mais nous n'avons toujours aucune trace de votre mari, malgré les battues autour de Gustavia. Rappelez-moi dès que possible. Sinon vous pouvez me trouver au fort, dans les bureaux de la gendarmerie. J'espère que vous êtes bien logée chez Florent Van Steerteghem. »

Elle remonta sur le pont, effondrée. Et s'interrogea à savoir comment ils avaient appris qu'elle se trouvait là ?

Brigitte était entre-temps venue s'asseoir à la table du petit déjeuner. Sa mine totalement épanouie contrastait avec celle d'Harmony. Un paréo jaune pâle, léger, laissait dévoiler des seins trop gonflés et trop hauts pour être naturels. Ses lèvres botoxées sirotaient le jus d'orange pressé que Florent venait de lui servir. Son rouge à lèvres s'imprima sur le verre.

En pleine nuit, Harmony lui donnait quarante ans, mais elle frôlait plutôt les cinquante.

— Hello, voisine, bien reposée ?

— Oui et non, j'ai trop dormi, mais mal dormi.

— Oh, on dort pourtant si bien chez Florent, même si ça a pas mal tangué cette nuit, gloussa-t-elle en se remémorant ses frasques nocturnes. Ça fait trois ans de suite que je viens sur son voilier. Et toi, Harmony, c'est la première fois à St-Barth ? continua-t-elle en s'efforçant de ne pas trop sourire.

— Oui, la première fois…

— Tu verras, tu reviendras. Tout le monde adore St-Barth. Mais tu as l'air contrariée ? Ce n'est pas grave de rater le ferry, et surtout de passer une nuit sur une île paradisiaque ! Tu prendras le prochain. Tu es seule ?

— Non…

— Oh !

— Et toi ? enchaîna Harmony, pour ne pas laisser à l'autre le temps de la réflexion et de vouloir en savoir plus.

— Oh, seule avec moi-même ! Sinon, ce ne serait pas des vacances, voyons.

Et elle partit dans un rire coquin qui mit mal à l'aise Harmony. Avec qui cette femme était-elle cette nuit ? Quand même pas avec Florent ? Ils avaient au moins vingt ans d'écart.

Celui-ci surgit au même instant, quelque peu inquiet. Un plateau en bois semblait à deux doigts de lui échapper. Il finit par le déposer en poussant un « ouf » de soulagement. Café noir fumant, croissants chauds, toasts grillés et pots de confiture. Sur une planche en bois, un sandwich beurre jambon destiné à Brigitte. Celle-ci lança des regards courroucés en direction de leur hôte qui l'ignora ou feignit de l'ignorer…

Ils avaient couché ensemble cette nuit, ça ne faisait plus de doute, en conclut Harmony. Brigitte ne venait-elle pas de lui avouer qu'elle était seule en vacances ? Et il n'y avait personne d'autre sur le catamaran. Où était-elle tombée ? À ce prix-là, il devait forcément y avoir quelque chose de louche. En une fraction de seconde, elle tartina un toast avec une épaisse couche de confiture au maracuja. Elle le croqua à la hâte, puis avala quelques gorgées de café. Elle mangeait sans appétit. Elle espéra que ça irait mieux avec les croissants. Elle terminait toujours par ceux-ci, se réservant le meilleur pour la fin. Maxence avait très vite deviné cette petite manie de gourmande. Il s'amusait parfois à faire semblant de le lui dérober, tandis qu'elle s'évertuait à le récupérer. Un jeu qui avait pris naissance dès leur rencontre à Miami. Elle se souvint de ses horaires décalés. Il lui réservait ces heures précises entre sept heures et neuf heures du matin. Des moments magiques où la joie de le retrouver lui faisait oublier son réveil précoce. Ensuite, elle ne le revoyait qu'après son service, souvent après vingt-trois heures.

Elle pensait qu'une fois les vacances terminées, il allait l'oublier. Mais à peine de retour dans la solitude de sa maison à Milwaukee, il l'avait surprise en l'appelant plusieurs fois par jour. Ils passèrent des heures entières à se parler jusqu'au milieu de la nuit, à se répéter combien l'un manquait à l'autre, combien chacun souffrait de l'éloignement. Des centaines de SMS auxquels elle répondait sans délai. Son quotidien était devenu lumineux.

Ils s'étaient revus quelques mois après leur rencontre, puis tout était allé très vite. Démission pour lui, mariage intime à Las Vegas. Une vie de couple à Milwaukee.

Harmony croqua dans un croissant, mais même celui-ci lui sembla sans goût. Elle le termina pour gagner du temps et ne pas devoir meubler la conversation. Brigitte, de toute façon, parlait pour trois, et s'était lancée dans l'énumération des plages de Saint-Barth en citant leur plus et leur moins.

Alors qu'elle entamait sa critique de la baie de Saint-Jean où l'on pouvait admirer l'atterrissage et le décollage des avions, elle se leva d'un bond, interpellée par le bruit d'un hélicoptère en approche. Elle finit par l'apercevoir, il les survola puis fila vers le sud.

Des frissons parcoururent l'échine d'Harmony. Elle s'empara d'un deuxième croissant pour faire diversion. Celui-ci n'était plus aussi chaud.

— Florent, tu as vu l'hélico ? C'est sans doute celui d'un yacht privé. J'en ai vu un, avant-hier, en quittant le port de Gustavia. Il était posé sur le pont d'un yacht un peu lugubre. Une coque toute noire, des mâts noirs, des voiles sombres. On aurait dit le bateau « du méchant » dans un James Bond. Les riches ont de plus en plus de drôles de lubies.

— Oui, je vois lequel. Mais non, là c'est celui de la gendarmerie.

— Ah bon, qu'est-ce qu'il se passe ?

— Ils recherchent un noyé, un touriste qui a disparu hier soir.

Harmony devint blême, mais elle ne voulait toujours pas se confier à cette Brigitte ni à ce Florent qui couchait avec ses clientes. Son amie Shirley lui serait tellement d'un grand réconfort. Mais elle devait se retenir de l'appeler. Elle était enceinte, lui signaler ce drame n'était pas très indiqué. D'autant plus que la naissance était toute proche. Une fille, si l'échographie avait vu juste. Des erreurs de ce type se produisaient encore à l'heure de la 4G et des préparatifs en vue d'une mission pour coloniser Mars. Pour preuve, Lucy Willis, l'une de ses collègues au service comptabilité avait aménagé, durant toute sa grossesse, une chambre pour sa future fille. Au lendemain de son accouchement, elle était revenue de la maternité avec un garçon et avait tout repeint en bleu…

Harmony devait retourner au plus vite auprès des gendarmes. En silence, elle termina son petit déjeuner tardif et regretta que le café ne fût un rien plus corsé. Elle se sentait sans énergie. Elle regarda par-dessus la filière, ce câble fin, qui faisait le tour du catamaran et qui en avait déjà empêché plus d'un de tomber à l'eau. La mer s'était un peu calmée. Mais avec étonnement, elle constata que le tangage ne la gênait plus. Son corps voulait oublier ses propres maux devant la gravité de la situation, comme sa cheville toujours gonflée dont elle ignorait la douleur.

Un bateau de pêche, parti avant les premières lueurs de l'aube, rasa de très près le voilier. À leur vue, Tempête, la chienne, s'agita un peu et Florent dut la réprimander tel un enfant désobéissant. Les pêcheurs arboraient à la fois une mine fatiguée, mais victorieuse d'avoir attrapé un énorme espadon. Ils allaient pouvoir le vendre auprès de certains cuisiniers de l'île. Mais il devenait difficile d'en vivre, même le label « pêche locale », avait du mal à concurrencer les poissons importés de la métropole. Négociés sur le marché de Rungis, ils pouvaient être amenés en avion dans les vingt-quatre heures. Heureusement, il leur restait leurs casiers à langoustes. Et pour ça, le marché de Rungis ne pouvait pas encore les concurrencer !

Harmony remercia Florent pour le petit déjeuner, et ne tarda pas à rejoindre la cabine de douche. Elle repensa à ces yachts ancrés autour de Gustavia dont beaucoup affichaient un luxe extrême, avec leur coque rutilante, leur équipage privé. Avaient-ils aussi des baignoires, car elle plongerait sans hésiter dans l'une d'entre elles pour se détendre ?

Après s'être débarbouillée, elle s'activa dans le lavabo exigu à ôter les nombreuses taches dispersées sur sa robe blanche. En l'exposant à l'avant sur le trampoline, elle serait vite sèche, le tissu étant extrêmement fin. Florent lui avait recommandé de l'attacher avec des pinces à linge. Il lui en avait d'ailleurs donné quatre. Chaque objet sur un bateau trouvait son utilité, et tout ce qui était inutile devait dégager, avait-il précisé. Par exemple, un long couteau extrêmement aiguisé avait toute sa place. Il lui raconta comment il avait dû, en catastrophe, couper sous l'eau les cheveux d'une femme qui s'étaient accrochés à un casier de pêcheur. Les cheveux longs pouvaient être responsables d'accidents stupides sur un bateau ou en mer.

Harmony rinça la robe, l'essora au maximum en la tordant dans tous les sens. Elle ne voulait pas retourner auprès des gendarmes, vêtue d'un t-shirt infantilisant avec ce gros cœur. Elle l'enleva, s'enroula dans une serviette et fila sur le pont faire sécher sa robe.

Il était quatorze heures, dix-huit heures exactement qu'elle avait signalé la disparition de Maxence à la gendarmerie.

Une durée d'absence qu'elle n'avait jamais connue depuis leur vie commune.

Chapitre 21

« Les événements sont comme les trapèzes : il y a une coïncidence et une seule qui permet de passer de l'un à l'autre. »
De René-Salvator Catta/Le grand tournant

Une heure et demie plus tard, Harmony se tenait à nouveau assise sur le bord gris caoutchouteux du dinghy. Elle se sentait un peu inconfortable de porter sa robe encore humide. Brigitte Blondel avait insisté pour les accompagner. Demain, elle retournait chez elle à Monaco. Il fallait, selon ses termes, qu'elle profite « à fond » de sa dernière journée. En articulant ces mots, elle plaça sa main sous le menton de Florent tel un joujou dont elle pensait disposer à sa guise. Celui-ci sourit à pleines dents. Harmony dut reconnaître qu'il était tout à fait craquant et qu'il pouvait, s'il le souhaitait, user de son charme. Tempête, d'un coup de patte jaloux, ôta les doigts de Brigitte du visage de son maître. Celle-ci faillit perdre l'équilibre et se retrouver à l'eau.

Intérieurement, Florent se félicita d'avoir, cette fois-ci, emmené sa chienne. Brigitte Blondel devenait trop familière. Qu'elle tombe à l'eau ne lui aurait pas déplu, pour calmer ainsi ses ardeurs. Tempête, par instinct, aurait été la première à se jeter à l'eau pour aller la récupérer. On n'appelait pas pour rien les Terre Neuve, « Les Saint-Bernard des mers ». C'était ces qualités-là qui l'avaient convaincu à l'adopter. Elle n'était encore qu'un chiot, et sa taille définitive l'incitait à refuser.

— Dites Harmony, vous dormirez encore sur le voiler cette nuit ? la questionna tout à coup Florent, qui aimait gérer son emploi du temps.

— Il n'y a rien de sûr.

Elle voulut rajouter qu'elle souhaitait ne plus devoir rester sur ce bateau et devoir supporter leurs ébats nocturnes. Cependant, tout dépendait de la tournure qu'avait prise l'enquête. Peut-être, n'avait-elle pas d'autres choix que de les côtoyer encore un peu ?

Après avoir accosté, Florent accrocha l'annexe à un anneau sur le mur qui servait de digue. Leur arrivée bruyante ne passa pas inaperçue avec les rires excessifs de Brigitte. N'importe quelle situation était prétexte à s'esclaffer. Cette fois-ci, ce furent les tentatives de Tempête de lécher son visage qui la faisaient hurler de rire. Une sotte ! En toute spontanéité, ce fut le mot qui vint à l'esprit d'Harmony pour qualifier l'attitude de cette femme.

Elle redécouvrit sous un œil nouveau le break Chevrolet. La lumière éblouissante du jour révéla une véritable antiquité. Certains endroits de la carrosserie étaient rouillés, prêts à s'effriter, surtout les parties basses. Le tissu qui recouvrait la banquette, un épais velours gris, était ravagé par de nombreuses taches de boues et traces de griffes. Florent Van Steerteghem faisait visiblement plus attention à son bateau qu'à sa voiture.

Tempête retrouva sa place dans le coffre, Brigitte s'installa au milieu de la banquette avant et colla ses hanches désossées au plus près de celles de Florent. Était-ce leur première fois cette nuit ? Ou, ça faisait partie du forfait hébergement que proposait le trop séduisant Florent à ses clientes célibataires ? Harmony s'efforçait à penser à autre chose, mais leur présence physique était trop sensuelle, obsédante.

— Brigitte, je te dépose où ?

— À Lorient, s'il te plaît mon petit chéri.

— Et je te récupère où ?

— À la Pointe, en face de la librairie Barnes, je me débrouillerai pour y être dans moins d'une heure.

— Et vous, Harmony ?

— Au fort, s'il vous plaît !

— Mais c'est parfait, je vous récupère toutes les deux dans le même secteur.

Florent tutoyait Brigitte et la vouvoyait. Le « vous » et son utilisation très subtile. Une autre astuce de la langue française et de ses codes sociaux qu'Harmony avait perfectionnés avec Maxence. Elle avait fréquenté le lycée français de Chicago depuis ses douze ans, mais rien ne valait la pratique quotidienne avec un Français.

Florent démarra en trombe, reprit sa conduite sèche. Harmony craignait ces routes étroites, sinueuses. Malgré la clarté du jour, cela lui parut dangereux. Florent avait le réflexe de se rabattre juste à temps lorsqu'il croisait un véhicule. Il s'arrêta devant le Minimart à Lorient, un des rares supermarchés de l'île. Sans tarder, Brigitte enjamba sa voisine pour s'extirper de la voiture, non sans s'empêcher à nouveau de piaffer. Une fois sur le trottoir, elle envoya un regard animal, suivi d'un clin d'œil appuyé à Florent. Il hocha la tête de gauche à droite avec un sourire cette fois-ci, pour le coup, blasé.

— Ah là là, Brigitte, Brigitte, quelle folle ! pensa-t-il à haute voix.

Harmony ferma les paupières, jugeant la situation grotesque. Brigitte lui parut encore plus vieille et Florent encore plus jeune. À Milwaukee, elle avait parfois du mal à donner un âge aux Afro-Américains dont la peau résistait plus aux marques du temps. Mais elle parierait qu'il y avait un minimum de quinze ans d'écart.

Quand il redémarra, elle ne put s'empêcher de laisser échapper un soupir dédaigneux.

— Quelque chose ne va pas, Harmony ?

— Je ne vois pas de quoi vous parlez.

— Quand on répond ça, c'est qu'on sait très bien de quoi on parle. Sinon vous auriez dit « non », tout simplement.

— Vous en savez des choses.

— Oh, les humains, je lis en eux comme dans un livre.

— Vraiment ?

— Oui, Mrs Harmony. Quand on est une touriste en vacances, on n'oublie pas de monter sur le dernier bateau. On ne prend pas le risque de se retrouver à la nuit tombée sans toit, surtout sur une île où les prix sont si exorbitants. Ça ne colle pas, surtout pas avec vous. Une femme qui doit être au quotidien très organisée, prévoyante. En plus, une femme mariée avec une alliance si visible.

— Pensez ce que vous voulez, si ça vous amuse.

— Pourquoi ne pas m'avoir dit tout de suite que vous étiez « l'épouse du disparu en mer » ?

— Comment l'avez-vous appris ?

— Tout se transmet ici comme une traînée de poudre. La recherche d'un noyé, ça fait vite le tour de l'île et la radio locale en a parlé ce matin, surtout qu'ils avaient déployé l'hélico pour jeter un œil sur les sentiers dangereux.

— Mais ça aurait changé quoi de vous l'avoir dit ?

— C'est juste bizarre, d'autres personnes auraient été effondrées, en demande de soutien.

— Évidemment que je suis abattue et morte d'inquiétude, mais pas au point de me confier aux premiers venus. Et surtout pas à cette « Brigitte », ne put-elle s'empêcher de grommeler entre ses dents.

— Oh, qu'est-ce qu'elle vous a fait ma « Brigitte » ? C'est une nana marrante, pleine d'énergie.

Et Florent appuya plus sur l'accélérateur, content d'avoir réussi à sortir un peu de ses gonds cette femme au visage si peu expressif.

La rue qui menait au fort n'aurait pu être construite avec une pente plus raide. Il l'escalada en première et se félicita d'avoir vérifié récemment l'état de ses freins. Il colla le véhicule contre un buisson et dut se résoudre à sortir du côté passager. Se parquer était tout un art sur cette île.

Harmony ne perdit pas de temps, appuya sur le parlophone. La troisième fois en moins de vingt-quatre heures. Une voix masculine masquée par un grésillement lui répondit. Elle se présenta, puis la grille du portail s'ouvrit. Ils empruntèrent l'allée recouverte de graviers gris. De nuit, l'endroit lui avait déjà semblé lugubre, mais elle avait attribué cette impression à l'obscurité et à l'angoisse de ne pas trouver Maxence. Mais également en plein jour, elle eut la même sensation. Les pierres massives de l'ancien fort, d'un gris très foncé, et les grillages épais protégeant les fenêtres étaient dignes d'une prison de haute sécurité. Heureusement, les cocotiers et la vue panoramique sur la baie de Gustavia égayaient le site.

En pénétrant dans le hall d'accueil de la gendarmerie, Harmony découvrit un Jérôme Jourdan plus grassouillet que dans son souvenir. Son visage de poupon dévoilait l'ébauche d'un double menton. Il s'avança immédiatement vers eux, quelque peu maladroit. Une attitude qui détonnait avec l'image qu'elle s'était forgée des hommes exerçant ce type de métier.

— Salut Florent ! Ah, vous voilà Madame, enfin euh, bonjour. Vous avez reçu les messages de mon collègue ?

— Oui, c'est pour ça que je suis ici. Mais même sans son coup de fil, je serais venue. Où en êtes-vous ?

— Les recherches en mer n'ont absolument rien donné. Votre mari reste introuvable. Désolé, mais dans les cas de noyade, ça arrive parfois.

— C'est ça, vous allez me dire que son corps finira bien par échouer quelque part. Assez perdu de temps, il lui est arrivé autre chose. Il faut le rechercher sur l'île ou ailleurs.

— Ce n'est pas moi qui dirige l'enquête. Nous attendons les ordres du commandant.

— Quelle perte de temps ! Ce sont quand même les premières vingt-quatre heures qui comptent en cas de disparition.

— Oui, mais pour les cas de disparition d'un mineur. Ici, il s'agit d'un adulte. S'il ne s'est pas noyé, s'il n'a pas fait de malaise, peut-être que…

— Peut-être que quoi ?

— Peut-être qu'on doit envisager le fait qu'il ait tout simplement voulu disparaître de son propre gré, termina-t-il presque en chuchotant. Et si c'est le cas, nous ne pouvons rien faire, les adultes ont le droit de s'éclipser.

— Mais qu'est-ce que vous me racontez là ? Vous êtes fou !

— Moi, je ne peux vous en dire plus. Le commandant vient vous expliquer.

Son téléphone vibra, ce qui n'était pas normal. Il avait sans doute dû effectuer une mauvaise manipulation et l'avoir placé en mode silencieux. Il espérait n'avoir manqué aucun appel, surtout de sa femme. Il s'éloigna pour répondre en toute discrétion. Ça tombait à pic, Harmony Flynt n'allait plus avoir l'occasion de s'exciter davantage sur lui. Qu'est-ce qu'il y pouvait si son gars avait disparu volontairement ? Elles ne voulaient jamais comprendre que leur mari pouvait tout bonnement s'être fait la malle. Seul ou avec une autre. Les hommes n'aimaient pas rester longtemps célibataires. Il le savait, car lui-même se disait que la petite brunette qui sillonnait les plages pour vendre des maillots était vraiment trop mignonne. Lui aussi se ferait bien la malle. Quitter sa femme, pourtant excellente maîtresse de maison, mais qui ne baisait presque plus. Les enfants, les devoirs, le repassage, ses règles, ses migraines, la bouffe, tout était bon.

Se faire la malle. Oui, c'était ça, ouvrir une malle. Mettre l'essentiel de sa vie dedans puis se barrer, recommencer autre part, un ailleurs qui serait meilleur. Il y pensait parfois à disparaître. Mais pas seul… Du coup, il fantasmait souvent sur cette petite vendeuse qui lui montrait toujours ses dents si blanches et sa paire de fesses si fermes. C'était pour ce genre d'images qu'un homme pouvait tout claquer. Mais tout ça, il ne pouvait pas l'expliquer aussi crûment à Mrs Harmony Flynt.

Au bout du fil, une autre habituée. Madame Germaine Aubin laissait entendre que celui qui gardait la maison des Wallace avait ramené du monde. Quelle vieille emmerdeuse celle-là, à moucharder sans cesse ! Il fila vers le bureau d'Yves Duchâteau pour lui passer la communication. Ce n'était pas encore à lui de se taper ce genre de corvées. Parce qu'en plus, il fallait rester courtois avec les locaux, « les Babaths ». D'ailleurs, il ne devait jamais les appeler comme ça. Ils se désignaient comme étant « les St Barth ».

Thierry Roland apparut enfin, les traits tirés. Mais, toujours avec ce regard de chef, la chemise bleu ciel impeccablement repassée avec les insignes en évidence.

Harmony tenta d'ouvrir la bouche, mais le commandant la devança en la saluant, puis s'adressa aussitôt à Florent.

— Alors « *The private* », on est sur quoi pour le moment ? Un mari ou une femme infidèle ?

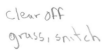

194

— Sur rien.

— De toute façon, si vous étiez sur un coup, vous ne me diriez rien.

— Vous avez tout compris !

— Et donc, vous louez des cabines sur votre voilier. D'ailleurs, merci de l'avoir hébergée. Nous étions inquiets, Madame n'avait pas accepté notre aide pour qu'on lui trouve un toit, et il la regarda d'un air mécontent.

— Oui, je sais. J'ai vu votre jeune gars, Thomas Teisseire, qui la suivait. Il peut faire mieux comme filature. Je l'ai tout de suite repéré lorsqu'il l'épiait près de l'hôtel Sunset.

— Décidément, rien ne vous échappe. Je voulais juste être sûr qu'elle avait déniché quelque chose pour le reste de la nuit. Donc, ça marche votre business de gîte sur votre voilier. Faudrait peut-être que le fisc fasse un contrôle chez vous…

— Menace ou plaisanterie ?

— Choisis !

Harmony écoutait les deux hommes sans broncher. Leur attitude la laissa perplexe. Rivalité entre deux coqs ? Humour au second degré ? Florent était-il vraiment un enquêteur privé ? Mais elle s'impatientait. Quand le commandant allait-il avoir la décence de s'occuper d'elle ?

Lisant dans ses pensées, Thierry Roland s'adressa enfin à elle, tout en prenant appui sur le bureau avec ses poings.

— Madame, nous n'avons malheureusement aucune trace de votre mari. Et votre fameux panier a effectivement disparu. Les serveurs du restaurant ne l'ont pas trouvé. Comme un vol est peu probable, nous nous tournons vers d'autres hypothèses. Nous vous conseillons de déposer une main courante dans l'intérêt des familles, cela nous permettra de faire quelques vérifications administratives. Dès que nous avons du nouveau, nous vous contactons. Vous restez sur Saint-Barth ou vous regagnez Saint-Martin ?

Harmony attendit quelques secondes avant de répondre. Elle devait analyser ce qu'il venait de lui dire. Avait-elle bien entendu ? Parlait-il uniquement de « vérifications d'ordre administratif » ?

— Mais qu'allez-vous faire concrètement pour retrouver mon mari ? Vous devez fouiller l'île, organiser d'autres battues, lancer un avis de recherche.

— Mes hommes ont effectué suffisamment de battues et l'hélico a survolé les endroits dangereux. Le territoire est petit, nous l'aurions déjà retrouvé. N'ayez crainte, nous avons fait notre maximum.

— Votre maximum ? C'est ça, faire maintenant quelques vérifications administratives ?

— Je viens de vous expliquer que nous nous dirigeons vers d'autres hypothèses.

— C'est ça, comme celle où Maxence aurait disparu de son plein gré.

— Madame, personne n'a rien signalé d'inquiétant sur l'île. Pas d'homme agressé, pas de bagarres, pas de traces de sang suspectes. Oui, désolé, votre mari peut vous avoir quittée. C'est pour ça sans doute qu'on ne retrouve pas le panier. Soit parce qu'il est parti avec, soit parce qu'il s'en est débarrassé. Avez-vous seulement appelé votre hôtel ? Il y a peut-être fait un saut ? Repassez autant de fois que vous le souhaitez, mais à cet instant précis, je ne peux pas vous en dire plus !

Harmony était écroulée. Que pouvait-elle faire de plus toute seule ? Elle avait face à elle un mur d'obstination. Ce genre de situation, elle l'avait déjà observé dans ces reportages qui reconstituaient une enquête criminelle. Quelqu'un disparaissait et les policiers ne prenaient pas l'affaire au sérieux, ils attendaient des éléments plus inquiétants. Aussi, elle ne comprenait pas toujours l'attitude des familles des victimes. Certaines étaient très actives, distribuaient des tracts, placardaient des affiches. D'autres semblaient paralysées, sans aucune réaction. Maintenant, elle les comprenait. Elle faisait partie de cette dernière catégorie : elle était sidérée par la situation exceptionnelle qu'elle était en train de vivre. D'autant plus qu'elle n'était pas chez elle et ne connaissait strictement personne.

Elle ne pouvait pas quitter l'île. Il fallait attendre. Le courage de faire le tour des hôtels pour trouver une chambre, elle ne l'avait pas. Le bateau de ce soi-disant détective privé demeurait la solution la moins mauvaise. Ils allaient prendre congé lorsqu'Yves Duchâteau s'approcha de son commandant et interpella Harmony Flynt :

— Madame, excusez-moi, auriez-vous une photo récente de votre mari ?

— Je n'en ai pas.

— Comment cela vous n'en avez pas ? Vous ne faites pas des selfies, des Instagram et compagnie ? répondit Yves Duchâteau presque incrédule.

— Je n'en ai aucune de lui, je vous assure. Il n'aime pas être photographié. Un petit caprice d'artiste, depuis qu'il écrit un livre. La seule photo de lui se trouve sur sa pièce d'identité, qu'il a évidemment dans son porte-feuille.

Thierry Roland haussa les épaules. Les artistes ! Un univers qui l'énervait, tous des tordus. Jamais concrets, pas foutus de répondre clairement aux questions, pas fiables. Ils se rendaient suspects rien qu'en adoptant des attitudes rocambolesques.

— Bon, artiste ou pas, Yves, vous avez raison. Madame, il faut que vous nous ameniez une photo de lui au plus vite. Au moins, on pourra vérifier auprès de la compagnie de ferry hollandaise. L'équipage l'a peut-être vu embarquer. Fouillez dans vos mails ou je ne sais où. Contactez ses proches, ils doivent bien en avoir de lui !

— Il n'a plus de famille. Ses parents sont morts lorsqu'il était enfant. Et il n'a ni frère ni sœur.

— Quelle poisse ! Mais je veux que vous vous débrouilliez quand même pour me trouver une photo récente.

Thierry Roland les observa s'éloigner. Heureusement qu'il s'agissait d'un adulte. Rien ne l'obligeait à lancer une enquête pour disparition inquiétante. Aucun élément n'allait dans ce sens. À part les certitudes d'une Américaine dont on ne savait absolument rien et qui n'avait même pas un portrait de son cher et tendre. Ça prouvait plutôt que tout n'était pas rose. Il ne s'agissait pas d'alarmer inutilement la population et les touristes. Surtout les richissimes, même si ceux-ci voyageaient la plupart du temps avec leur garde du corps. Ils ne devaient pas s'imaginer qu'on peut disparaître ainsi à Saint-Barth.

Et puis, le mari était français, c'était moins grave. Un Frenchie de la classe moyenne qui se volatilisait, ça rassurait les fortunés. En plus, un orphelin, gros facteur de risque pour disjoncter à l'âge adulte. Il avait déjà eu à traiter ce genre de pseudo-disparition. Des êtres en quête d'identité qui tout à coup envoyaient tout promener.

Thierry Roland se persuada vraiment qu'il n'y avait aucune raison de s'alarmer. Il ne pouvait s'agir que d'une banale histoire de couple qui se sépare. D'ailleurs, pour une soi-disant « morte d'inquiétude », Harmony Flynt avait coupé son téléphone pendant des heures. Elle n'était venue aux nouvelles qu'en fin d'après-midi. Ça ne tenait pas. Tant mieux…

Mais pourquoi Yves Duchâteau s'était-il interposé ainsi avec cette demande de photos ? Pourvu qu'elle n'en trouve pas. Après qu'est-ce que ce sera ? Placarder des affiches avec un avis de recherche de son mari dans Saint-Barth ? L'île devait paraître toujours hyper « clean », hyper « secure », comme disaient les plus branchés. Aussi, espéra-t-il que Florent Van Steerteghem ne s'en mêle. Avec sa façon de se prendre très au sérieux depuis qu'il s'était fait des clients fortunés, il était capable de faire de l'excès de zèle. Le commandant ne pouvait se mentir à lui-même : il le jalousait. Cette vie de célibataire sur un voilier, sans hiérarchie, sans comptes à rendre à personne. Il savait de source sûre qu'il se sucrait pas mal sur ses enquêtes privées. Il pensa à sa petite retraite qui l'attendait, une carotte qui le menait à la baguette, qui l'empêchait d'oser changer de vie. La sécurité contre la liberté…

Avant d'entrer dans son spacieux bureau, Thierry Roland surprit Jérôme Jourdan en train de dévorer son deuxième cheeseburger qu'il s'était fait livrer. La mayonnaise s'accrochait au coin de ses lèvres.

En l'observant, le commandant prit la décision d'organiser un exercice en association avec la brigade nautique : une fausse découverte de cargaison de cocaïne au large des côtes. Il fallait maintenir ses hommes un minimum en forme. Ceux-ci s'ennuyaient vite et lui aussi. Étonnamment, il eut tout à coup envie de rentrer à Lille. La déprime de sa femme le contaminait. Était-ce à cause de cette nuit horrible et du manque de sommeil ? Son épouse prétendait que voir toujours ces eaux turquoise autour d'elle la rendait dingue. Il n'avait jamais entendu ça, mais plutôt l'inverse. C'était le gris qui déprimait en général. Même que Jacques Brel l'avait chanté « avec ce ciel si gris qu'un bateau s'est pendu »…

Mais on ne l'avait pas muté ici par hasard. Il avait trop parlé de l'état de l'équipement désastreux de son ancienne affectation. Cela n'avait pas plu à sa hiérarchie et aux politiciens locaux.

On l'avait envoyé ici, comme punition.

Il devait purger sa peine au soleil.

Yves Duchâteau avait regagné sa chaise derrière son bureau en tek massif, une pièce unique datant de l'époque coloniale. Cela changeait de ces bureaux métalliques gris clair, sans âme, qu'il avait connus jusque-là. Lui aussi trouvait étrange l'attitude d'Harmony Flynt. Il était pourtant prêt à l'aider. Mais elle ne leur avait certainement pas tout dit. Un mariage célébré à Las Vegas, tout le monde savait ce qu'ils devenaient ceux-là : des records de divorce. Et aucune photo de son mari. Comment était-ce possible ? Mais en réfléchissant, Yves Duchâteau admit que Nadia, sa femme, ne se baladait pas avec un portrait de lui dans son portefeuille. Seulement celui de leur fille. Un enfant remplaçait vite la photo du conjoint... Puis, il replongea dans ce qui l'obsédait depuis que Jérôme Jourdan avait ouvert sa porte hier soir. Le patronyme du disparu : Rousseau ! Mais le prénom Maxence ne collait pas. Il avait eu au téléphone à plusieurs reprises un Olivier Rousseau, un copain de son frère disparu. Olivier était également de ce séjour maudit dans la Caraïbe. Ce nom de famille n'était qu'une pure coïncidence. Il fallait surtout qu'il en apprenne un peu plus sur l'énigmatique, Mrs Harmony Flynt.

Chapitre 22

« Le temps passe et n'attend personne. Toutes les
amarres du monde ne sauraient le retenir. Il n'a pas de
port d'attache, le temps ; ce n'est qu'un coup de vent qui
passe et qui ne se retourne pas. »
Mohammed Moulessehoul, dit Yasmina Khadra,
Cousine K (2003)

Florent jubilait. Le commandant Thierry Roland le ti-
tillait souvent et ça lui plaisait de se frotter à un repré-
sentant de la loi. L'officier de gendarmerie n'aimait pas
ce qu'il faisait ou ce qu'il était. Pourtant, il n'empiétait
pas sur leur travail, ils ne concourraient pas dans la
même catégorie. Un monde les séparait. Les gendarmes
étaient là pour faire respecter l'ordre public, verbaliser
les infractions, répondre à une plainte déposée. Pour lui,
le privé, c'était toute autre chose. Une immersion dans le
domaine de l'intime. Il n'y avait pas forcément de délit
répréhensible ou de coupable. Souvent, c'était quelqu'un
qui voulait savoir, qui désirait obtenir un renseignement
à tout prix. Parfois, quelqu'un qui souhaitait s'assurer
que rien ne s'était ébruité, et faire disparaître si nécessaire les indiscrétions. C'était tout ça son boulot, surtout
avec les « people » de Saint-Barth. Florent ne se posait
pas trop de questions. On le payait gracieusement et ainsi il ne dépendait plus de ses parents. Ceux-ci avaient
répondu présents pour l'aider à redémarrer cette nouvelle vie. Mais le cordon ombilical était enfin coupé.

Sa dernière affaire en date avait été de récupérer des vidéos compromettantes d'un acteur très en vogue pour qui la gent féminine craquait tant. Son physique lui avait permis d'obtenir des contrats publicitaires pharaoniques. Ces marques avaient tant misé sur sa virilité, elles ne devaient pas tomber sur des films où leur vache à lait était enlacée dans les bras d'un autre homme. Une affaire originale pour Florent. « Fat boy », alias Josuah Hamlet était son coéquipier, un as de l'informatique. Son surnom choquait parfois les métropolitains. Mais aux Antilles, ceux-ci étaient fréquents et la mode du « politiquement correct » n'était pas encore parvenue jusqu'ici. Sa mère étant congolaise, ça lui rappelait un peu ses visites familiales à Kinshasa. Là-bas, ta caractéristique physique, le plus souvent ton complexe, devenait ton surnom. La laide, le bègue, la grosse…

Pour ce dernier job délicat concernant cet acteur, Fat Boy et lui avaient réussi à tout récupérer et empêcher la diffusion des photos. Demain, il devait lui restituer la part qui lui revenait : trois mille dollars cash. Avant, les détectives privés travaillaient avec de gros bras. Des hommes qui inspiraient la peur, ou qui ne craignaient pas, si nécessaire, d'user de leur flingue. De nos jours, c'était de geeks dont on avait besoin. Et Florent avait trouvé le meilleur d'entre eux, un Saint-Martinois, tombé dans la marmite à informatique quand il était tout petit. Des neurones qui fonctionnaient avec des codes HTLM, des URL, des balises, des métadonnées… Tout ce que Florent détestait, préférant manier du concret tel que les voiles de son bateau. Toutefois, il devait s'y résoudre. Du numérique, à l'heure d'aujourd'hui, il ne pouvait s'en passer. Et Fat Boy pouvait s'introduire dans n'importe quel ordinateur et vos réseaux sociaux. De nos jours, ça faisait bien plus peur qu'un Beretta.

Après quelques instants, le monologue intérieur de son voisin commença à peser. Harmony s'adressa à lui de but en blanc :

— Alors, vous aussi, vous m'aviez caché des choses ? Vous êtes un enquêteur privé ?

— On dirait…

— Qu'est-ce que vous pensez de la disparition de mon mari ?

— Absolument rien. Ce n'est pas mon problème.

— Comment pouvez-vous me répondre ça ? Vous n'avez aucun tact.

— Pourquoi devrais-je en avoir avec quelqu'un qui n'a rien voulu me dire alors que je l'héberge ? Mais bon, si vous insistez. Je crois qu'il ne faut pas vous attendre à des miracles. Ils n'aiment pas trop remuer la vase ici. Ils vont faire semblant de faire quelques vérifications puis laisser faire le temps…

— Laisser faire le temps ?

— S'il ne s'est pas noyé, ils se disent qu'il est parti, peut-être par ce que vous vous êtes engueulés grave.

— « Engueulés grave » ?

— Disputés à mort si vous comprenez mieux. Et après votre engueulade, il s'est barré quelque part pour se calmer. Ensuite deux possibilités. Scénario numéro un, dans sa rage, il a marché trop loin dans un sentier, et là-bas il a fait un malaise ou une chute grave. Mais ça paraît invraisemblable, car on l'aurait déjà retrouvé. Donc, scénario numéro deux, c'est qu'il s'est tout simplement cassé d'ici par un autre moyen, en avion par exemple. Si j'étais vous, j'irais vérifier à l'aérodrome, ou comme le suggère le commandant Roland, allez demander aux bateaux qui repartent à Sint-Maarten à Philipsburg.

— Je vous assure qu'on ne s'est pas disputé. On s'aime. Nous n'avons jamais eu un mot plus haut que l'autre.

— Ça, je ne vous crois pas ! Et si c'était vrai, et bien, je vous dirais que ce n'est pas normal. Un couple, ça se querelle, ça se rabiboche. Ce n'est pas un long fleuve tranquille.

— Se rabiboche ? Ça veut dire quoi ?

— On se réconcilie si vous voulez. Après une dispute, ça passe ou ça casse. Banal, si vous saviez. Parfois, l'autre n'avait rien senti venir. Il est tout à coup abandonné, il ne comprend pas. Il croyait que tout allait bien, alors que l'autre ruminait depuis des lustres, imaginait sa cavale.

— Vous avez une vision du couple assez négative, nous on communique.

— Ma vision est réaliste, c'est la plus fréquente, que j'ai côtoyée personnellement, que je constate souvent dans mon métier. L'ennui, le quotidien, ce sont les ingrédients de la gangrène du couple. Harmony, pourquoi n'avez-vous pas vérifié qu'il n'était pas rentré à l'hôtel pour récupérer ses affaires ?

— Pourquoi voudriez-vous que je le fasse ? Je vous répète qu'il est impossible que mon mari ait quitté l'île sans moi. Il a disparu ici. Nous ne nous sommes jamais engueulés grave comme vous dites. Pourquoi personne ne veut me croire ?

Après avoir hurlé ces dernières paroles, elle faillit à nouveau fondre en larmes, mais elle se ressaisit. Elle devait demeurer de marbre, se contenir comme Katreen Clark lui avait si bien appris à le faire. On allait retrouver Maxence, chasser le mauvais sort. Pleurer, c'était déjà tomber dans un deuil, c'était attirer le malheur, le mauvais œil.

Maxence a juste disparu, il va revenir. Maxence a juste disparu, il va revenir. Maxence a juste disparu, il va revenir.

Mentalement, elle répéta exactement trois fois la même phrase, comme lorsqu'elle le faisait pour son frère. Encore un de ses TOCS. Et un jour, après l'avoir prononcé trois fois, il était revenu. Plus tard, il avait à nouveau disparu, mais c'était parce qu'elle n'avait plus besoin de lui. Maxence le lui avait bien fait comprendre.

Florent eut soudainement mauvaise conscience. Peut-être avait-il été un peu trop direct avec cette femme ? Mais il avait voulu la tester, voir dans quelle mesure cette épreuve l'affectait : se sentait-elle angoissée, triste, soulagée, indifférente ? Toutes ces émotions ou réactions étaient importantes et en disaient long sur les proches d'un disparu. Quoique parfois, ils pouvaient adopter des attitudes paradoxales, mal interprétées par les policiers. Toutefois, elle paraissait crédible lorsqu'elle lui prétendit que tout allait bien dans son couple.

Mais lui aussi avait cru cela, qu'il nageait dans le bonheur intégral alors qu'il n'en était rien. Lise, son ex, avait semblé sincère lorsqu'elle lui assura que, jamais, elle ne pourrait vivre sans lui. Que jamais, elle n'aimerait quelqu'un d'autre. Au final, elle avait décidé de continuer sans lui et avait aimé un autre.

Harmony Flynt, Florent la trouvait à la fois angoissée et triste, mais quelque chose clochait. Elle était ailleurs. Instinct d'enquêteur.

Reconnaissable à mille lieues à la ronde, devant la librairie Barnes, se profilait la silhouette aguichante de Brigitte Blondel. Un motard l'avait prise en stop alors qu'elle venait à peine de lever son pouce vers le haut. Avec son combi-short rouge très court au tissu léger qui soulignait un corps ferme, cette femme de cinquante ans n'avait pas dit son dernier mot. Florent s'amusa à la dépasser, feignant ne pas l'avoir reconnue. Il freina à bloc quelques secondes plus tard en la voyant faire de grands gestes désespérés.

Il hésita. Devait-il aller chercher l'édition de l'*Équipe* de la veille et faire marche arrière ? Finalement, il se gara et attendit que Brigitte les rejoigne. Pourtant, il préférait lire le journal plutôt que de surfer sur le net. L'odeur du papier lui rappelait son enfance. Son père, trop sérieux, assis dans un fauteuil vert chasseur, feuilletant une revue médicale. Leur maison se situait sur l'avenue de Tervueren à Bruxelles. Il ne pouvait pas se plaindre de ces années-là. Il avait grandi dans le milieu cossu de la capitale européenne, bercé par le tintement des cloches du tram.

Ses parents médecins lui avaient offert les meilleures clés pour réussir et il avait brillamment réussi ses études de droit. Et lorsqu'il s'était pris de passion pour la voile, ils avaient tout fait pour qu'il y parvienne. Des cours chaque week-end au club de voiles de Knokke-le-Zoute. Quand la mer était trop déchaînée, il se contentait des chars à voile sur la plage gigantesque à marée basse. Plus tard, juriste pour une société flamande d'Interim, ses collègues affichaient ce sourire en coin de le voir parler de la mer, tel un marin breton. Ça ne collait pas avec leurs clichés. Ils l'avaient cru, en fin de compte, lorsqu'un jour, il avait claqué la porte. Il avait traversé ensuite l'Atlantique avec Lise jusqu'en Martinique.

Il la chassa aussitôt de ses pensées. Le terme « salope » lui vint en tête. Il l'avait pourtant pleurée, longtemps. Il avait espéré son retour. Maintenant, il n'éprouvait que de la haine. Tous les mots d'injures, il les lui jetterait en pleine face s'il le pouvait. Preuve qu'il n'était pas encore tout à fait guéri. Il espérait bientôt atteindre le stade de l'indifférence. Le stade de la guérison.

Après l'explosion de leur couple, il s'était installé à Saint-Barth, en solitaire. Trois ans déjà ! Parfois, il pensait à lever à nouveau les amarres, et retourner sur le continent. Mais quand on avait pris le goût de la liberté, c'était difficile d'aller se faire passer les menottes, de surcroît de son plein gré. Et pour quoi ? Pour un boulot où il se retrouverait coincé du matin au soir à devoir rendre des comptes. À devoir poser ses congés à un supérieur et attendre son verdict. À regarder sa montre sans oser partir ne fut-ce que cinq minutes avant l'heure obligatoire.

Brigitte grimpa dans la Chevrolet, la mine boudeuse. Une autre femme reprenait place, ce n'était plus Brigitte « la sotte » qui riait pour un rien, mais Brigitte « la sombre ». Elle repoussa Harmony vers le milieu de la banquette. Florent avait désormais à ses côtés une femme angoissée et une deuxième qui tirait la tête. En mer, c'était le genre de passagers qu'il détestait. Son voilier se remplissait de mauvaises ondes. En huit clos, l'atmosphère devenait très vite étouffante.

Maintenant, fallait-il encore qu'il trouve le repas pour le soir. Ces dames n'avaient de toute évidence rien prévu et ne semblaient pas s'en préoccuper, et hors de question de revenir une deuxième fois à terre. Il repartit en direction de l'aérodrome, s'arrêta devant le traiteur « Chez Maya's ». Une affiche géante mettait à l'honneur de la paella : aux fruits de mer ou au poulet. Cela devrait les dépanner. Il s'enquit auprès de ses deux passagères de leur préférence de goût. Elles réagirent à peine. L'une soupirant « au poulet », l'autre « aux fruits de mer ».

Florent poussa la porte vitrée du restaurant, songeur. Pourquoi Harmony Flynt ne contactait-elle pas ses proches ? Sa famille, ses amis ? Ne devrait-elle pas être pendue à son téléphone à remuer ciel et terre ? Non, elle restait là, passive à attendre l'évolution des recherches. Une réaction paradoxale comme certains pouvaient avoir…

Un mari disparu. De quoi devenir folle.

Mais, qui était-elle ?

Le temps finira par apporter ses réponses.

Et lui, quand est-ce qu'il enlèvera ses amarres pour s'enfuir ailleurs ? Il commençait aussi à tourner en rond, il était temps qu'on lui confie une nouvelle enquête.

Chapitre 23

« Plus une découverte est originale, plus elle semble
évidente par la suite. »
De Arthur Koestler

— OK, c'est bon les gars, plus besoin de me faire la
courte échelle, j'ai tout attrapé, je crois.

Théo, du haut de ses dix ans, parla comme son paternel. Ça impressionnait souvent ses potes, plus encore
que sa grande taille et son léger surpoids. Depuis plusieurs mois, avec Maël et Julien, il avait pris l'habitude
de fouiller les poubelles, surtout celles attribuées aux
luxueuses villas. Tous les trois avaient vite compris que
les gens riches jetaient vraiment n'importe quoi. L'autre
jour, c'était une Nintendo Switch qui fonctionnait à mer-
veille. Cette fois-ci, c'était un peu différent. Cette fouille
était le fruit d'une filature menée de main de maître par
Maël qui les avait conduits ici. Les devoirs terminés, ils
s'étaient empressés de se retrouver là, même si c'était
lundi.

Théo aimait se faire passer pour le chef. Sa mère était
directrice d'école et son père un élu local. Ce fut donc à
haute voix qu'il énonça toutes ses trouvailles. Une serviette pourpre, et une autre, bleu marine. Chacune enroulait une paire de masques tubas neufs, eux-mêmes
entourant une paire de palmes noires. Rien qu'avec cet
équipement, ils étaient contents. Ils adoraient observer
les poissons à la plage de Colombier. Mais ce n'était pas

tout. À cet instant, ils étaient à deux doigts de se pincer tellement ils n'en croyaient pas leurs yeux. Un iPhone 6 ! L'équivalent du lingot d'or dans cette ère numérique. C'était leur plus gros butin. L'autre jour, Maël s'était arrêté devant la vitrine de la boutique Orange. Il en avait vu un identique, ça coûtait plus de six cents euros ! Maël le compara à une vraie prise comme lorsqu'il pêchait la daurade avec son père. C'était rare que celui-ci veuille l'emmener, car il était la plupart du temps d'humeur bougonne.

La serviette pourpre était parsemée de taches sombres suspectes. Fils d'une esthéticienne et d'un infirmier, Julien, le troisième de ce trio de choc, avait des vêtements immaculés. Souvent habillé à la dernière mode, même quand c'était pour aller jouer avec les copains. Il avait été élevé dans la crainte des microbes et la louange de la beauté. Ses cheveux étaient toujours coiffés avec soin, et sa frange avait continuellement la même longueur. Ses ongles n'étaient jamais noirs, et avant de manger, il lavait ses mains sans qu'on le lui ordonne. Sans état d'âme, Julien refourgua la serviette tachetée dans le bac à ordures. Récupérer des trucs dans les poubelles était déjà, pour lui, contre nature.

Le reste, ils le gardaient. Quelques secondes de réflexion et Julien, toujours à se croire le plus malin parce que son père était « spécialiste des microbes », enleva la puce du téléphone. Il s'apprêta à la jeter en la lançant le plus loin possible. Il tourna sur lui-même comme au lancer du poids aux Jeux olympiques, il trouvait ça marrant. Mais il se rétracta. Il avait déjà vu dans un film qu'il ne fallait pas faire aussi simple. Ce n'était pas très loin de chez lui. Il paraît que les flics pouvaient retrouver votre trace via la puce. Enfin, il n'était plus tout à fait sûr. Il ne fit pas part de ses doutes aux autres. Il valait mieux s'en débarrasser avec plus d'efficacité.

La tâche en incombait à Maël, le plus sportif, qui avait la plupart du temps des « Nike » dernière génération aux pieds et qui était souvent vêtu d'une tenue de footballeur. Marseille de préférence ou à défaut l'équipe du Brésil. Il connaissait l'île et ses eaux territoriales comme sa poche. De plus, il se déplaçait toujours en courant, ce pour quoi il avait des mollets si bien dessinés. Maël prit donc la puce dans sa main tel un ordre de mission. Tout à l'heure, il irait à la pointe Milou, près de chez son cousin. Il y avait là-bas une belle falaise. Cet endroit, sa mère lui interdisait formellement de s'en approcher. Mais, c'était du temps où elle s'inquiétait encore de ce qu'il faisait. C'était avant ses neuf ans. Depuis, elle le laissait vagabonder seul. Comme ça, elle était tranquille pour regarder ses télénovelas qui passaient sur Tf1, TMC, NT1... Elle avait le choix. Surtout lorsque son père était en mer et qu'elle ne devait pas se coltiner tous les matchs de foot.

En bientôt deux ans de totale liberté, Maël en avait appris des choses. Il sondait les meilleures poubelles de l'île. Il avait eu du flair en suivant Antoine Brin. Il l'avait trouvé trop excité, marchant avec ce panier. L'avait-il dérobé à quelqu'un ? Depuis sa petite enfance, Antoine vivait dans un monde étrange. Il parlait peu et lorsqu'il le faisait, c'était toujours pour évoquer les mêmes choses.

Surtout, il ne fallait pas le vexer. Il pouvait se mettre à hurler voire à se taper la tête contre un mur. Les gens d'ici avaient appris à accepter son tempérament, ils ne le contrariaient plus. D'autant plus, qu'en pleine saison touristique, ça faisait mauvais genre. Cependant, Antoine n'était pas méchant. Juste différent. Et ces derniers temps, les paniers en osier étaient devenus son obsession, il en faisait la collection.

Tout à l'heure, en le voyant passer devant chez lui, riant tout seul, Maël l'avait suivi. Il l'avait épié, vidant le contenu de sa trouvaille dans cette poubelle. Puis, il l'avait vu repartir encore plus heureux, sans doute content d'apporter son larcin dans sa chambre.

Maël avait insisté pour que les autres l'aident à fouiller dans ce bac dès aujourd'hui. Demain matin, les éboueurs seraient passés et bye bye l'iPhone 6 ainsi que tous les jeux qui s'y trouvaient. Il n'avait plus qu'à jeter la puce vers les vagues qui se fracassaient tout en bas de la falaise à la pointe Milou. Les flics pouvaient toujours y aller pour la récupérer.

Ses copains ne devaient pas s'inquiéter. Ils n'avaient de toute façon rien volé. Son père lui avait une fois expliqué que « tout ce qui était jeté dans une poubelle était considéré comme donné… »

Toutefois, il était un peu inquiet. Maël se demanda où Antoine Brin avait pu trouver cela. Il espérait que c'était des touristes qui l'avaient égaré et pas des gens de l'île. La serviette de bain était tachée de sang. De ça, Maël en était persuadé. Les poissons qu'il pêchait avec son père salissaient les torchons de la même manière. Il ne

cliff

214

devait pas le dire aux deux autres. Théo jouait peut-être au chef et Julien au plus malin, mais ils étaient capables de paniquer et d'aller tout raconter à leurs parents.

Ceux de Théo, ce n'était pas grave. Ils ne posaient jamais de question, ils n'avaient jamais le temps. Ils travaillaient comme des malades. D'ailleurs, sa mère avait une tête de malade. Des cernes grisâtres, un teint cachet d'aspirine comme si elle vivait encore en Normandie. Ceux de Julien, ils étaient cons, c'était plus embêtant. Comme tout con qui se respecte, ils posaient toujours des questions embarrassantes.

Ce serait bête de devoir se séparer de leurs découvertes originales.

Chapitre 24

« Une averse ne fait pas la récolte. »,
proverbe créole

Attendre les paëllas, épaule contre épaule, alors qu'aucune n'avait envie de parler à l'autre, devenait pesant. Brigitte finit par descendre, composa un numéro et se mit à faire les cent pas sur le trottoir, le téléphone agglutiné contre l'oreille.

À une cinquante de mètres, Harmony aperçut le dos d'un banc métallique, peint en bleu, à moitié caché par un flamboyant. Elle ne supportait plus de demeurer dans cette fournaise qui régnait dans la Chevrolet malgré les fenêtres ouvertes. L'arbre et le banc étaient attirants. Une oasis dans ce vaste parking bétonné. Elle s'extirpa également du véhicule et fila tout droit vers ce lieu ombragé qui semblait l'inviter. Elle prit soin de ne pas s'asseoir derrière le tronc d'arbre. Florent pouvait ainsi la voir et l'appeler lorsqu'il en aurait terminé avec leur commande.

Le soleil commençait sa descente. Quelques nuages au loin devenaient menaçants. Le gris sombre de ceux-ci, l'orangé de l'astre solaire ainsi que quelques restes de ciel bleu azur offraient une combinaison de couleurs magnifique. Peut-être était-ce déplacé vu les circonstances, mais elle ne put s'empêcher de prendre quelques photos avec son iPhone, espérant que celui-ci puisse reproduire à l'identique la beauté du réel.

Sous l'ombre du flamboyant et le souffle des alizés, l'air était doux. Plus rien à voir avec ces températures de four à l'intérieur de la Chevrolet. Harmony imagina la souffrance de ces nourrissons abandonnés, l'été, à l'arrière d'un véhicule et que l'on retrouvait morts. Comment était-ce possible d'oublier son enfant ? Quelle vie de fous ces parents devaient-ils avoir au point d'être les acteurs de cette séquence atroce ? Garer sa voiture à son boulot, sortir de celle-ci sans sentir la présence de son bébé dans son siège, ne pas y penser de toute la journée. Quelques heures plus tard, reprendre son véhicule et découvrir l'innommable.

Toutefois, on ne parlait jamais d'enfants oubliés dans une voiture durant l'hiver ? Était-ce parce que l'issue n'y était pas fatale et de ce fait, n'intéressait pas la presse ? Ou était-ce parce que l'été les gens étaient plus stressés ? Non, c'était normalement l'inverse. Et s'il s'agissait dans certains cas d'un infanticide camouflé ? Un père ou une mère à bout qui laissait sciemment sa progéniture mourir de chaud et de soif. Mais quel enquêteur oserait songer à cela, à part celui doté d'un esprit tordu ? Cependant, les policiers n'étaient-ils pas des comédiens qui devaient se mettre dans la peau d'un criminel pour penser et se comporter comme celui-ci et le démasquer ? Elle frissonna. Drôle de métier. Elle préférait de loin ses chiffres et ses comptes. Et Florent Van Steerteghem, comment en était-il venu à devenir un détective privé sur cette île ? Pourquoi vivait-il toute l'année sur son voilier sans famille, déraciné ?

Perdue dans ses pensées, elle ne l'avait pas vu s'approcher. Un garçon blond, âgé de sept ans à peine, un peu maigrichon, avait pris place à côté d'elle. Vêtu d'un débardeur blanc, d'un short bleu marine classique, l'enfant la fixait avec ses yeux azur pétillants. Harmony vacilla.

— Bonjour, Harmony !

— Ben ! Que fais-tu là ?

— Je suis en vacances, comme toi !

— Incroyable, ça fait si longtemps.

— Normal, tu ne m'invites plus chez toi !

— Oh, Ben, tu sais que la vie n'est pas toujours facile. Les adultes sont souvent très occupés.

Elle lui mentait, mais que pouvait-elle dire d'autre à moins de le faire souffrir ?

— Je suis si contente de te revoir. Tu ne changes pas.

— Toi oui ! Tu ressembles vraiment à une femme depuis que tu t'es mariée. D'ailleurs, pourquoi tu ne m'as pas invité à ton mariage ?

— Nous souhaitions le célébrer seuls, mon petit cœur. Nous n'avons invité personne.

— C'est bizarre, tu as toujours voulu faire un mariage de princesse, avec plein de monde, une grande fête, de la musique.

— C'est vrai, mais on ne réalise pas toujours ses rêves de petite fille.

Et ses yeux s'embuèrent…

L'enfant saisit la main d'Harmony. Un moment de réconfort qui tombait juste à point. Elle voulut l'enlacer, mais elle se retint. Sinon tout pouvait recommencer.

Quelques instants plus tard, il retira sa main et s'enfuit à grandes enjambées. Son prénom, répété de manière de plus en plus insistante, la fit sursauter. Elle se retourna. Florent Van Steerteghem, encombré avec des plats devant sa voiture, enrageait pour que quelqu'un daigne venir l'aider. À quelques pas de lui, Brigitte, emportée dans une conversation houleuse, semblait hermétique au monde qui l'entourait. Harmony quitta son banc paisible et se précipita vers lui.

— Oh désolée, je ne vous avais pas entendu !

— Ça, j'avais remarqué ! Vous êtes sourde ou quoi ? Vous discutiez avec qui ?

— Avec personne.

— Harmony, je vous ai vue de profil, légèrement penchée et vos lèvres bougeaient. Vous parliez à quelqu'un, mais il était caché par le tronc de l'arbre.

— Oh, c'était juste un petit garçon en vacances avec qui j'ai papoté en vous attendant.

— Bon, montez. En punition, finit-il par ajouter avec une certaine pointe de sadisme, vous allez tenir les paellas brûlantes sur vos genoux.

Brigitte les rejoignit enfin, le regard maintenant furieux. Le contraste avec la femme épanouie d'il y a quelques heures à peine s'accentua d'un cran.

En peu de temps, la nuit était tombée comme si là-haut, quelqu'un avait fermé soudainement les volets. Avec l'obscurité, une averse tropicale et des rafales puissantes déferlèrent. Harmony ne s'attendait pas à un tel revirement de la météo. Il faisait si doux sur son banc.

Elle eut tout à coup froid et l'image d'un gilet lui vint à l'esprit. Elle devait absolument retourner à Oyster Pond pour récupérer sa valise et quelques vêtements.

En chemin, Florent avait beau actionner les essuie-glaces à leur puissance maximale, la conduite devint dangereuse. Les rares véhicules qu'ils croisaient n'étaient visibles que par la lumière de leurs phares. Le visage blême, Brigitte s'agrippa à la cuisse de sa voisine en y enfonçant ses longs ongles vernis de rouge.

Sous une pluie battante, ils atteignirent le quartier de Corrosol. Florent manœuvra pour garer sa Chevrolet en position de sécurité comme sa mère le lui avait appris. L'avant de la voiture était face à la route, cela permettait de partir plus rapidement en cas d'évacuation urgente. Un réflexe que sa mère avait gardé de ses missions humanitaires avec Médecins sans frontières

Mais ce furent de véritables trombes d'eau qui s'abattirent. Il était impossible d'embarquer dans l'annexe. Ils devaient patienter. Un vrai temps de décembre, capricieux, changeant. Bleu puis tout à coup gris. Au loin, le voilier tanguait de plus belle, beaucoup plus que durant l'après-midi.

Toutefois, Brigitte se détendit, ôta ses ongles de la chair de sa voisine. Harmony n'avait émis aucun cri de douleur par peur de lâcher les plats de paella. Par crainte, également, de quitter des yeux la route, comme si elle avait prêté sa vue à Florent. Aussi, était-elle également soulagée qu'ils soient à l'arrêt. Mais de tels ongles devraient être interdits !

Au même instant, un homme passa devant eux, aussi furtivement qu'un spectre égaré. Il pénétra dans ce qui devait être l'unique magasin du bled. Malgré son ciré jaune et le capuchon relevé, Harmony crut reconnaître le membre d'équipage antillais qui servait les jus de fruit sur le ferry. Il fallait qu'elle en ait le cœur net. Pour se venger des ongles de Brigitte, elle déposa sur ses cuisses, les plats encore chauds. Sa voisine grimaça, laissant dans la foulée échapper un « putain de merde ». Harmony se précipita à l'extérieur sans un mot d'explication. Elle n'oublia pas au passage d'écraser les pieds de la quinquagénaire. Œil pour œil, dent pour dent.

Dehors, une douche tiède violente la transperça. En un temps record, sa robe blanche devint transparente, ses cheveux dégoulinèrent. Des dizaines de seaux d'eau semblaient lui avoir été jetés depuis le ciel. Mais elle ne rebroussa pas chemin. Elle continua et franchit la porte de l'épicerie. Le magasin était bien achalandé. Les gens du quartier et les touristes pouvaient venir se dépanner et trouver toutes sortes de marchandises. Des produits frais, des conserves, des produits ménagers, de la quincaillerie et profitant de la météo, une panoplie de parapluies avait été exposée devant le comptoir.

Cependant elle ne s'était pas trompée, c'était bien le jeune Antillais présent lors de sa traversée entre Saint-Martin et Saint-Barth qui venait d'entrer. Il sortait quelques billets de dollars pour régler une bière Presidente et un paquet de cigarettes. Le commerçant derrière le comptoir, un Blanc aux cheveux blonds entremêlés, semblait n'avoir jamais connu de stress dans sa vie. Ses gestes étaient lents et sa voix enrouée s'exprimait dans un créole où l'on devinait parfois quelques mots en français.

Dégoulinante, Harmony n'osait pas quitter le paillasson sur lequel elle s'était immobilisée.

— Excusez-moi, messieurs ! finit-elle par crier d'une voix mal assurée.

Les deux hommes l'observèrent étonnés puis amusés en découvrant toute la lingerie dévoilée par la pluie impudique.

— Euh, surtout vous, ajouta-t-elle en pointant le jeune Antillais avec son ciré jaune, je peux vous parler quelques instants ?

— Oui, qu'est-ce qu'il y a ?

— Voilà, je suis Harmony Flynt. Hier matin, j'ai pris le ferry au départ d'Oyster Pond à 9 h 15. J'étais avec mon mari. Vous vous souvenez de moi ?

— Évidemment, ta robe s'envolait. J'aurais voulu en voir plus, mais tu l'as bien maintenue. C'est pas grave, aujourd'hui elle est transparente, c'est tout aussi joli…

Harmony se farda de rouge et ne sut plus comment enchaîner avec d'autres questions. Au même instant, comme pour la dépêtrer de son embarras, Florent déboula à ses côtés.

— Mais qu'est-ce qui vous prend de partir comme ça sans rien dire ?

— Cet homme a servi un jus de fruits à Maxence sur le ferry et il est passé très souvent devant nous. Je voulais lui demander s'il ne l'avait pas revu depuis lors et pourquoi il me regardait ainsi sur le bateau.

— Alors Brandon, tu as revu son mari ?

— Non, je n'ai jamais vu son gars. Je me souviens juste d'elle.

— Mon mari a disparu depuis hier soir, vous en avez probablement entendu parler. La gendarmerie était à sa recherche. Nous devions repartir sur la navette de 17 h 45, mais il ne s'est pas présenté. Je suis certaine qu'il lui est arrivé quelque chose sur l'île. Êtes-vous sûr de ne pas l'avoir revu ?

— Non, je ne me rappelle pas de ton doudou, désolé. Il y a tellement de passagers. Nous faisons plusieurs rotations par jour. Certains visages me marquent, d'autres pas. Et les femmes plus que les mecs, surtout si elles sont sexy.

Les hommes avaient décidément, un peu tous le même refrain aux lèvres. Mais le serveur venait de lui couper un peu d'espoir, un bout de piste. Harmony laissa tomber son inutile interrogatoire.

— Allez, la pluie s'est calmée, mais ça risque de reprendre, il faut en profiter. C'est le moment ou jamais de monter dans l'annexe, Harmony.

Florent joignit le geste à sa parole en la tirant par le bras et l'extirpa de l'épicerie sans ménagement.

Brandon Lake s'approcha de la fenêtre aux croisillons blancs pour mieux les voir partir. Il avait tout fait pour rester naturel en répondant aux questions de cette femme. Il vivait tranquille entre les deux îles. Son job lui plaisait, les touristes étaient généreux en « tips ». Il n'avait pas envie d'être mêlé à cette histoire de disparition. Ça ne sentait pas bon du tout. Il savait les flairer, les mauvais coups. Les gendarmes n'avaient qu'à faire leur boulot. Ils étaient payés pour ça, rajouterait sa tante maternelle.

Il chercha dans le journal de son smartphone le dernier numéro entrant. Tania, sa petite amie, avait insisté pour qu'il n'oublie pas de lui ramener des cigarettes. Il lui envoya un texto pour la rassurer : « *je ne les ai pas oubliées tes maudites clopes* ». Et il joignit un smiley avec un visage qui tirait la langue. Il souhaitait tant qu'elle trouve la volonté d'arrêter. Mais ce n'était pas en lui racontant cette histoire de disparition sur l'île qu'elle allait s'arrêter de fumer. Il ne lui avait pas encore parlé de la traversée qu'il avait effectuée la veille. Sur le bateau, il avait fait semblant de focaliser son regard sur cette jolie blonde dont il venait de découvrir l'identité : Harmony Flynt. Pourtant, c'était son mari qui l'intéressait. À chaque fois que Brandon était repassé devant eux, il l'avait observé du coin de l'œil. Il lui rappelait quelqu'un. En tout cas, il avait la même tête que l'autre. Toutefois, la coiffure le faisait encore hésiter. C'était fou comme une chevelure plus longue pouvait vous métamorphoser. Les yeux étaient par contre très ressemblants. D'un bleu innocent à lui donner le Bon Dieu sans confession.

Aujourd'hui, il fallait quand même qu'il mette Tania au courant. Elle devait continuer à se taire comme ils l'avaient fait toutes ces années durant. Si quelqu'un lui posait des questions, elle devait dire : « je sais pas, je connais pas ». Un Black, même aux Antilles, et une clandestine des Philippines avec de faux papiers, il n'y avait pas mieux comme boucs émissaires. Il ne fallait pas qu'ils soient mêlés à cette affaire de meurtre, même si c'était presque un « cold case ». Et encore moins, cette nouvelle histoire de disparition.

Brandon n'aimait pas ce temps de décembre. Ça passait sans cesse du bleu au gris, du gris au bleu.

Lorsqu'il releva la tête de son écran pour regarder une dernière fois vers la mer, ses yeux tombèrent sur ceux de Florent. C'était lui qui le fixait maintenant. Brandon fit tout pour ne pas se montrer perturbé. Il lui offrit un sourire naïf. Mais tandis qu'il s'éloignait de la fenêtre, il se heurta à un présentoir. Toutes les cartes postales s'étalèrent sur le sol mouillé par les pas des clients.

Décidément, il détestait vraiment ce temps et ces averses tropicales qui n'amenaient jamais rien de bon.

Chapitre 25

« L'ivresse est une folie volontaire. »
Sénèque, Pensées morales, Ier siècle

Peu de temps après être remontés à bord du catamaran, Harmony ressentit la nécessité de s'isoler dans sa cabine. Étrangement, le tangage ne l'incommodait plus du tout, voire, il la berçait. Elle avait besoin de retrouver quelques instants un vase clos sécurisant.

Elle repensa à toutes ces années où elle avait vécu en solitaire avant de rencontrer Maxence. Pas de chien ni de chat, juste des poissons. Principalement, des platy et des xipho qui tournoyaient avec tranquillité dans leur aquarium rectangulaire. Quelques gros cailloux faisaient office de rochers. Elle avait aussi déposé de fausses algues violettes en plastique. Des animaux qu'on ne pouvait caresser, seulement observer. Néanmoins, ils avaient eu le mérite de l'apaiser. C'était son psychiatre, le Dr Jeffrey Smith, qui après le décès de Steven, lui avait recommandé cette acquisition. Un outil thérapeutique de plus pour l'aider à franchir le cap de cette mort brutale de son fiancé. Il avait eu raison. Même si elle ne lui avoua jamais que de cette mort elle n'en avait cure. Le cap qu'elle avait eu besoin de passer était celui d'oublier cette humiliation subie par cette trahison. Depuis combien de mois Megan Sutton et Steven Reardon couchaient-ils ensemble ? Combien de temps son corps avait-il été souillé par ce type qui jonglait entre ces deux femmes ?

Un aquarium et des poissons comme thérapie. Au début, elle trouvait cela tellement « cliché ». Toutefois, les vieux remèdes pouvaient parfois s'avérer parfaitement efficaces.

Elle avait faim. Au bout du compte, Florent se révélait être l'hôte idéal. Elle n'avait pas songé un seul instant à faire les courses pour le dîner. Son corps lui rappelait qu'elle avait sauté trop de repas depuis la veille. Une paella aux fruits de mer ! Elle n'en avait plus mangé depuis ses vacances à Miami.

La Floride… Maxence.

Las Vegas… Mariage éclair.

Leur vie simple, rien qu'à deux, à Milwaukee.

Maxence que se passe-t-il ?

Du coq à l'âne, elle se mit à penser à Brigitte. Elle semblait maintenant une toute autre personne. Depuis que sa bonne humeur l'avait abandonnée, elle paraissait plus sérieuse. La femme qu'elle devait être probablement dans sa vie officielle, une cadre respectée qui travaillait pour la marque de sacs Longchamps. Divorcée depuis trois ans, d'un époux prévisible, casanier, qu'elle rendait responsable d'avoir gâché tant d'années de sa jeunesse. Il l'avait quittée pour une autre beaucoup plus « fraîche ». Ironie du sort, il l'avait larguée le jour de leurs vingt ans de mariage et des seize ans de leur fils.

Elle trouvait toujours cela mystérieux ces coïncidences de dates dans les familles. Par exemple, un enfant voyait le jour à des moments symboliques : le jour de la mort d'un aïeul, d'un mariage. Il y avait pourtant trois cent soixante-cinq possibilités, voire trois cent soixante-six tous les quatre ans. Mais non, l'être humain s'acharnait à faire tout aux mêmes dates clés. Harmony était née un vingt-trois août et son frère avait pointé le bout de son nez également un vingt-trois août. Était-ce pour cela qu'ils avaient été si amis, si complices ?

Il était temps de remonter pour retrouver Brigitte, aux mœurs libérées, qui s'envoyait en l'air avec quelqu'un de l'âge de son fils. Toutefois, après rapide réflexion, si elle était célibataire, pourquoi devrait-elle la montrer du doigt ? À Milwaukee, elle n'aurait pas pu retourner sa veste aussi vite et approuver un tel comportement. Ces îles et leur atmosphère tropicale singulière y étaient probablement pour quelque chose. Ici tout devenait relatif. Les normes, les codes de société. Le soleil brûlait tout, et la pluie qui tombait tout à coup à seaux lavait tous les péchés.

Les pistes évoquées par les gendarmes trottaient dans sa tête. Florent, d'un ton flegmatique, ne s'était pas gêné pour les lui rappeler quelques minutes plus tôt, tout en s'affairant à préparer la table pour le repas. Un déclic, une dispute, une crise de colère auraient provoqué le départ de Maxence. L'hypothèse de « la fugue ».

Personne ne voulait envisager une disparition inquiétante. Pourtant, il ne pouvait s'agir que de ça. Pourquoi aurait-il quitté l'île alors que leur couple fonctionnait si bien ? Fonctionnait… Le terme était mal choisi, il appuyait leur thèse de fugue. Un couple fonctionnel, un mari qui s'ennuyait et qui trouva la force de tout plaquer au cours d'un fabuleux voyage dans la Caraïbe.

Leurs théories n'avaient aucun sens. Maxence l'aimait. Il n'était pas possible qu'il ait feint leur relation, et dans quel but d'ailleurs ? Florent Van Steerteghem, toujours d'une voix détachée, lui avait expliqué qu'on ne s'apercevait pas à temps que l'autre vous avait déjà abandonné. Qu'il vous avait quitté en pensées depuis des mois, voire des années. La disparition physique n'était que l'ultime étape. L'unique façon de couper réellement avec une vie dont on ne voulait plus. Florent avait ensuite continué à dresser la table avec de la jolie vaisselle en mélamine. Il poursuivit en soutenant que certains hommes n'arrivaient pas à rompre avec leur femme, en le leur avouant droit dans les yeux. Leur amour s'était éteint, mais ils n'avaient toutefois pas le courage de le dire. Ils préféraient alors disparaître sans devoir affronter l'autre.

Pire, dans de rares cas, ils aimaient encore leur conjoint, mais pour une raison qu'on ignorait, ils devaient fuir comme si leur vie en dépendait. En articulant chaque mot, Florent parlait comme s'il racontait sa propre histoire.

L'épisode de ce coup de fil étrange survenu il y a quelques mois refit surface. Sonia ! Ce prénom, elle s'en souviendrait toujours. Avait-il quelqu'un d'autre dans son cœur ? Quelqu'un qu'il n'avait pas pu oublier ? Elle avait assisté aux cinquante ans de mariage des grands-parents de son amie Shirley Connors. Dans un discours solennel, son grand-père avait proclamé que même, après cinq décennies de vie commune, la personne qui dormait à vos côtés restait une parfaite inconnue. Une étrangère avec ses secrets, des non-dits qu'elle ne révéle-rait jamais, qu'elle emporterait jusque dans sa tombe ou que, peut-être, elle confierait pour le repos de son âme dans une ultime confession. Certains rirent à pleine gorge, d'autres méditèrent.

Avec le recul, le souvenir de ce discours la glaça. Maxence avait-il quelqu'un d'autre dans sa vie ? Cette Sonia ?

Mais à ce stade, elle ne pouvait envisager qu'une seule théorie : « l'enlèvement ». Maxence ne roulait pas sur l'or, mais on était sur une île de riches. Il avait un look de quelqu'un de fortuné. En plus, il portait une fausse montre Rolex qu'il s'était procurée au marché noir.

Elle pensa au tristement célèbre « gang des bar-bares ». Une bande de criminels qui avait sévi à Paris. Maxence avait été obsédé par cette affaire. Il lui en avait parlé maintes fois. L'une des complices, une sublime fille, avait séduit la victime pour l'attirer dans un guet-apens. Ce « gang des barbares » avait choisi ce jeune Français parce qu'il était juif et donc forcément riche. Un préjugé, mais qui allait avoir de lourdes conséquences. Car riche, il ne l'était pas et l'enlèvement avait tourné au drame. Il fut torturé à mort. Une histoire digne d'un ro-man noir. Le style de littérature dans lequel Maxence rêvait un jour de percer en tant qu'écrivain.

Et si Maxence, comme cette victime du « gang des barbares », avait été kidnappé pour les mêmes raisons : pour des préjugés ? Maxence, au look de riche sur une île de riches, était forcément riche… Un plus un égale deux, c'était la règle des préjugés.

Une rançon allait peut-être lui être réclamée sous peu. C'était ce qu'elle espérait. Car même si les gendarmes se mettaient à fouiller Saint-Barth de fond en comble, ils ne le retrouveraient pas au milieu d'arbustes après avoir succombé à un quelconque malaise. Si des caméras de surveillance étaient présentes sur l'île, ils devaient sans tarder en regarder les enregistrements pour trouver des indices. Bref, enquêter avec tout le sérieux que sous-entend une disparition inquiétante. Il était peut-être retenu prisonnier quelque part ?

Cette hypothèse d'enlèvement, Florent n'y était pas totalement hermétique. Calmement, il avait penché la tête sur le côté comme pour signifier « pourquoi pas ». Il avait ensuite placé les paellas quelques instants au four pour les réchauffer. Maxence, l'Amour de sa vie qu'elle avait enfin trouvé. Elle palpa son ventre plat, sans doute un rien trop musclé par ses heures de fitness, mais extrêmement tendu par l'angoisse qui la rongeait.

Maxence, je t'en prie, ne m'abandonne pas. Où que tu sois, reste fort. On l'aura notre mélange, toi et moi.

Il fallait qu'elle stoppe ses pleurs. Demeurer dans l'espoir, imaginer le meilleur pour l'attirer à elle. Elle devait affronter cette épreuve comme elle avait déjà dû en affronter d'autres dans sa vie. La première fois à l'âge de 12 ans, avec ce terrible accident de la route. La deuxième fois à 22 ans, la trahison de Steven Reardon et de Megan Sutton.

Elle avait fêté ses trente-deux ans en août de cette année.

Une sorte de malédiction se répétait-elle tous les dix ans ? Ce n'était pas possible. Ce n'était que pure coïncidence. La rencontre avec Ben sur le banc, tout à l'heure, en rajouta à son stress. Cela, elle devait le camoufler à Florent du mieux qu'elle pouvait. Par chance, il y avait l'arbre qui cachait une partie du banc. Sinon qu'aurait-il imaginé ?

Lorsqu'elle regagna le cockpit, des aboiements de chiens leur parvenaient depuis la côte. Brandon Lake, l'employé du ferry dormait peut-être dans l'une de ces maisons de Corrosol. Il prétendait ne pas se souvenir de Maxence. Toutefois, elle mettrait sa main à couper qu'il mentait. Ce type, depuis le début, elle ne le sentait pas. Et pourquoi Florent était-il brutalement retourné vers l'épicerie pour regarder à travers la fenêtre ? Les gens sur cette île avaient de drôles de comportements. Mais elle n'eut plus l'occasion de réfléchir plus longuement. Brigitte avait retrouvé sa bonne humeur devant un verre frais de rosé.

— Alors Harmony, on s'impatientait ! On a commencé à s'enivrer sans toi, enfin surtout moi. Florent est une petite nature, il boit peu. Allez, sers-toi ! Paella et vin à volonté ce soir.

Ils mangèrent avec appétit. Brigitte ne laissa jamais son verre vide. Régulièrement, elle gratifiait Florent de claques amicales dans le dos. Il était tout à coup devenu un vieux pote de bistrot. À la fin de la troisième bouteille de vin, elle commença à radoter :

— Suis qu'une vieille loque, une marie-couche-toi-là, personne ne veut de moi plus d'une semaine. Cédric Deruenne est un salaud.

Mal à l'aise, Harmony tenta de la consoler et de lui prouver le contraire avec le peu d'arguments dont elle disposait. Elle positiva sa carrière, sa vie de mère, faite de sacrifices pour élever son fils. Une vie sans doute exemplaire bien qu'elle n'en savait fichtrement rien. Mais les mamans aimaient souvent entendre ça.

Lors de sa première rencontre avec Maxence, elle aussi était ivre. Mais elle ne lui avait rien raconté de compromettant, lui avait-il soutenu. Il lui avait toujours assuré qu'il l'avait raccompagnée tel un gentleman jusqu'à sa chambre. Le lendemain, elle n'avait plus pris une seule goutte d'alcool durant le reste de ses vacances. La toute première rencontre scellait la vie d'un couple. Pour preuve, la question qui revenait sans cesse était : comment vous êtes-vous connus ?

Ils avaient donc fait connaissance lorsqu'elle était saoule et déprimée. Mais les jours suivants, elle avait ressuscité dans ses bras. Toucher le fond permettait de rebondir en profitant d'un meilleur élan. Mais si, contrairement à ce qu'il lui avait toujours affirmé, elle s'était mise elle aussi à radoter pendant cet état d'ivresse. Aurait-elle pu ainsi lui évoquer Steven Reardon ? Elle supposa que non. En sachant cela, il n'aurait jamais accepté de l'épouser.

Sans transition, Brigitte parla de manière incompréhensible. Ils déchiffrèrent une injure adressée à la gent masculine : « Tous des salauds ! » Elle finit par s'effondrer sur la table. Florent s'esclaffa en penchant sa tête en arrière. Harmony apprécia son rire grave et chaleureux.

Il secoua Brigitte. Aucune réaction. Il se leva, parvint à la hisser sur son dos et à la descendre dans sa cabine. Il la projeta sur le lit tel un sac de charbon jeté au fond d'une cave. Très vite, il remonta auprès d'Harmony, pressé de fournir des explications.

— Son « french lover » l'a larguée. Le beau Cédric Deruenne n'est pas disponible ce soir. Il ne pourra pas la revoir avant son départ. Il prétend qu'il a des affaires urgentes à régler. Je me demande bien lesquelles ! Ce fainéant squatte à gauche et à droite. Actuellement, il garde une villa pendant quelques semaines. Il n'a qu'à arroser les plantes, vérifiez la couleur de l'eau de la piscine, relever le courrier et que tout soit en ordre quand les proprios écossais, les Wallace, rappliqueront. Rien ne l'empêchait de venir une dernière fois auprès d'elle. À mon avis, il est déjà passé à une autre femme.

— Ah, ce n'était pas…

— Moi, hier qui lui faisait pousser des cris à réveiller les morts. Oh, non !

— Je croyais que…

— Vous vous êtes dit, un Black donc un chaud lapin. Il doit sauter sur tout ce qui bouge, c'est dans ses gênes.

— Mais pas du tout, je n'ai jamais pensé ça. Lorsque je me suis levée, il n'y avait que vous et elle.

— Donc vous en avez conclu que c'était moi. Vous feriez un mauvais flic. Ne jamais se fier aux apparences. Il faut des preuves matérielles, des témoignages directs.

Vous m'avez vu sur elle ou elle sur moi ? Vous a-t-elle dit que c'était moi ? rajouta-t-il amusé de jouer à l'enquêteur.

— Mais les faits sont les faits. Personne d'autre que vous n'était sur le bateau.

— Cédric était dans sa cabine. Il se reposait lorsque vous avez débarqué en pleine nuit. Brigitte était remontée dans le cockpit pour reprendre une bière, et d'ailleurs plus d'une. Puis, ils ont recommencé. Il s'est levé vers huit heures du matin. Il est reparti avec son kayak qui s'est même retourné. La mer était très agitée.

— Il était tout habillé ?

— Non, en maillot et ses affaires protégées dans ce type de sac étanche comme celui-ci. Très pratique, je vous le recommande. Donc, conseil de détective, ne pas se fier aux apparences.

— OK. Je m'en souviendrai. Florent, j'ai une proposition à vous faire. Je voudrais vous engager pour m'aider à retrouver mon mari.

— Ce n'est pas dans vos moyens Harmony. Je travaille pour les très, très, très riches. Et je ne baisserai pas mes tarifs pour vous, sinon ça risque de s'ébruiter. Les riches croiront que je suis dans le besoin, donc que mes affaires ne marchent plus, donc que je suis nul. Cercle vicieux.

— J'ai quelques économies. Je m'en fous de tout claquer pourvu qu'on retrouve au plus vite mon mari.

— Cinq mille euros, vous les avez ?

— Deux mille cinq cents euros pour commencer et deux mille cinq cents si vous parvenez à trouver le début d'une piste sérieuse.

— Négociatrice en plus !

— Expert-comptable, tout simplement : entrées-sorties-bénéfices.

— D'accord Harmony, mais il faut que vous enregistriez bien ceci. Rien qu'en France, cinquante mille adultes disparaissent chaque année. Quatre-vingt-quinze pour cent sont retrouvés, cinq pour cent sont portés disparus à jamais. Je ferai mon boulot à fond. Mais, quel que soit le résultat, je veux mon fric. Vous allez immédiatement me signer un contrat pour que tout soit en règle. Vous verrez, il y a même une clause de confidentialité. Et surtout, vous me virez dès que possible l'argent sur mon compte.

Et il partit fouiller dans des paperasses au fond d'un tiroir près de la cuisinière à gaz, sembla trouver ce qu'il cherchait et revint vers elle :

— Voici déjà un RIB, avec mon numéro de compte : IBAN, BIC et compagnie. Les bons comptes font les bonnes affaires. Et ici, un contrat vierge que je vais remplir et que vous signerez ensuite. Mais j'insiste, je ne garantis pas de retrouver votre mari.

— Et moi, j'ai entendu vos statistiques. Mathématiquement, j'ai beaucoup plus de chances qu'il soit retrouvé que l'inverse…

Elle prit le RIB, lui signa son contrat sans lire une seule ligne, puis le lui laissa.

Quand elle s'assit au bord de son lit, elle ressentit une profonde déception. Elle était quelque peu offusquée de la réaction de Florent. Elle aurait voulu le trouver plus « chevalier ». Un peu comme Maxence. Au lieu de cela, Florent Van Steerteghem avait immédiatement parlé de fric, de contrat, de résultat.

Ce n'était donc qu'un privé, point final. Elle ne devait pas en attendre plus, les choses étaient claires. Ce dîner entre pseudo nouveaux amis, ce vin, ces rires. Du pipeau !

Le fameux cafard fit surface. L'association de la pauvreté et la présence de vermine dans une maison délabrée avaient donné le nom à ce sentiment de tristesse et de déprime. Mais un beau voilier, propre, sans vermine pouvait aboutir au même résultat.

Elle n'avait plus qu'à essayer de dormir. Elle aurait dû suivre l'exemple de Brigitte, se noyer dans l'alcool jusqu'à se rendre ivre et tomber ensuite comme une masse.

Chapitre 26

« L'insomnie est mauvaise conseillère ; surtout elle exagère les images. Elle transforme facilement l'inquiétude en effroi, l'effroi en épouvante. »

Yves Theriault

C'était sa deuxième nuit, cette fois-ci complète, sur le catamaran *Bísó na bísó* , trois mots dans la langue maternelle de Florent, une maman originaire de la République démocratique du Congo. Harmony connaissait maintenant leurs significations : « Entre nous ». L'Afrique ! Elle avait déjà songé à effectuer un safari au Kenya. Son projet était sans doute un cliché de touriste occidentale, mais cela la faisait rêver.

Elle ne trouvait pas le sommeil. Elle regrettait de s'être précipitée à demander les services de Florent. Devait-elle compter des moutons imaginaires qui sautaient une barrière tout aussi imaginaire ? Ça marchait quand elle était enfant, même si les câlins maternels étaient plus efficaces. Mais elle n'y avait droit que lorsque sa mère était sous l'influence des brumes de l'alcool. De ce fait, elle ne voyait plus ses enfants tels de lourds fardeaux qu'elle devait nourrir chaque jour. Une fois les effluves éthyliques évaporés, elle redevenait plus inaccessible, plongée dans le fonctionnel du quotidien.

Pour lui faire plaisir, Harmony avait tout fait pour être la fille parfaite. Éternellement première de la classe, toujours sage, veillant sur son petit frère comme une deuxième maman. Une élève dont les professeurs vantaient l'extrême maturité. « Mais les fruits mûrs pourrissent vite », avait une fois ironisé, Kelly Mac Bright, une élève de sa classe, provoquant autour d'elle une hilarité contagieuse.

Pour recevoir plus souvent les marques d'affection de sa mère, Harmony souhaitait que celle-ci soit plus souvent ivre. C'était la plupart du temps le samedi soir. Comme cette fameuse soirée où ils partirent tous les trois après un repas un peu arrosé. Rosanna Flynt avait voulu leur offrir un cinéma. Ils avaient regardé, heureux, le film, en plongeant leurs mains à cadence régulière dans un large sachet de pop-corn. En sortant de la séance, la fille de Jonathan Clark avait croisé leur chemin. Et leur vie avait basculé.

Demain, une chose était certaine, elle devait appeler sa mère, même si elles ne pouvaient plus échanger grand-chose. C'était quand même sa maman. De toute évidence, elle ferait abstraction de la disparition de Maxence. Il ne fallait pas l'inquiéter. Elle lui rendait visite chaque week-end. Maxence l'accompagnait, il en profitait pour écrire. Parfois, il s'interrompait pour se promener dans le parc de l'institution.

Minuit, Harmony avait beau compter les moutons, près de trois mille à ce stade, elle ne s'était toujours pas endormie. Elle remonta sans bruit vers le cockpit, se dirigea vers l'avant du voilier en s'accrochant à la filière. La nuit, elle comprenait d'autant plus l'utilité de ce câble qui faisait le tour du bateau. Sur le trampoline, Florent s'était couché sur un fin matelas étanche et enroulé d'une couverture. Tempête dormait à ses pieds, lui servant de bouillotte naturelle.

À sa vue, il mit rapidement fin à une conversation téléphonique animée.

— Oh, désolée, j'espère que ce n'est pas à cause de moi que vous raccrochez.

— Non, je terminais.

— Dans quelle langue parliez-vous ?

— En lingala.

— Ah oui, c'est la même que celle utilisée pour le nom de votre bateau. On la pratique où ?

— Principalement dans les deux Congo, mais comme elle est très chantée, on la connaît dans toute l'Afrique centrale et bien au-delà.

— L'Afrique, waouh. J'aimerais y aller un jour. Mais comment vous êtes-vous retrouvé ici ?

— Ma mère est de la République démocratique du Congo, ex-Zaïre, elle est arrivée en Belgique dans les années quatre-vingt pour étudier la médecine. Puis, elle a rencontré mon père, un Flamand, d'où mon nom imprononçable, lui aussi étudiant en médecine. Je suis né huit ans plus tard.

— Vous connaissez le pays de votre mère ?

— Oui, nous nous y sommes rendus plusieurs fois pour visiter ma famille maternelle.

— Cela ne me dit toujours pas comment vous avez atterri à Saint-Barth, c'est assez inattendu. Et vivre sur un bateau, en plus, c'est assez inhabituel…

— J'ai toujours été attiré par la navigation, la Caraïbe, et les mers chaudes. Et puis, ici, personne ne me demande de quel pays je viens. Je pourrais être un enfant des îles. Ça fait du bien de passer inaperçu et de ne pas justifier ses origines. Même mon nom de famille flamand ne fait sursauter personne, vu les anciennes colonies hollandaises aux alentours.

— Je comprends tout à fait. J'ai parfois repris mon mari lorsqu'il disait qu'un tel n'était pas Breton ou pas Corse ou pas ceci, parce que le nom ou le physique ne collait pas. C'est typiquement européen. En Amérique, on est Américain.

— Enfin, vous simplifiez. Vous catégorisez aussi les gens par communauté : les « Afros », les « Latinos », les « White Anglo-Saxon Protestant alias WASP ». Mais, excusez-moi de passer à autre chose, pourquoi vous n'appelez pas vos proches ?

— J'ai très peu d'amis. La seule personne que je pourrais contacter est enceinte. Je ne veux pas lui provoquer des contractions prématurées.

— Et votre famille ?

— Mon père nous a abandonnés. Je n'ai plus de contact avec lui depuis longtemps. Et ma mère n'est pas en état, elle est gravement handicapée. Je l'appellerai demain, mais juste pour prendre de ses nouvelles.

— Oh, désolé. Dis donc, vous n'êtes pas gâtée par la vie.

— C'est mon mari qui me gâtait, je n'avais besoin de personne d'autre.

— Ce n'est pas sain ! Faut jamais vivre de façon fusionnelle. Ça rend dingue et souvent ça cache quelque chose.

— Ça ne cache rien du tout !

— Oh si ! Souvent, c'est que l'un des deux est extrêmement possessif. Il tient prisonnier l'autre dans une perverse bulle d'amour. Il règne une forme de terreur inconsciente, l'autre n'ose plus rien faire. Le partenaire se coupe de sa famille, de ses meilleurs amis, n'ose plus sortir qu'en couple. L'engrenage infernal.

— Vous avez fait des études de psycho ou quoi ? Il n'y avait rien de tout ce que vous me décrivez entre nous. J'avais peu de copines déjà avant de le rencontrer et il ne m'a jamais empêché de voir qui que ce soit. Qu'est-ce que vous y connaissez en amour, vous qui vivez tout seul sur votre bateau *Bísó na bísó* alias *Entre-nous* ? Vous auriez dû l'appeler *Entre moi et moi.*

Furieuse, elle le laissa en plan. Négligeant de se tenir à la filière, elle retourna vers sa cabine, manquant de tomber à plusieurs reprises. Ce type avait failli l'amadouer. En lui expliquant ses difficultés d'intégration en tant que métis, elle s'était presque apitoyée sur son sort. Mais le voilà à nouveau avec ses théories tordues sur le couple. En plus, c'était un fils de médecins. Nul doute que papa et maman avaient mis la main à la pâte pour qu'il puisse réaliser son rêve et pouvoir tout « claquer » sans aucun risque pour aller vivre sur un bateau. Et comme job, il enquêtait pour des fortunés. Ce n'était pas un philanthrope.

Seul point positif, il l'avait fatiguée. Elle bâilla enfin. Elle s'étala sur le ventre. Elle vit à peine une dizaine de moutons blancs et quelques-uns noirs, sauter au-dessus d'une barrière mauve en bois, et s'endormit.

Chapitre 27

« Tout le monde devrait tenir son journal. À commencer par les bandits et les criminels. Cela simplifierait les enquêtes policières. »
Philippe Bouvard

De puissants rayons de soleil frappèrent le hublot pour terminer leur course sur le visage reposé d'Harmony. Aucun cauchemar n'était venu la perturber. Elle ne devait pas traîner, ils devaient attraper le ferry de dix heures en partance pour Saint-Martin. Partir avec le voilier aurait pris trop de temps.

Quelques dizaines de minutes plus tôt, Florent l'avait extirpée d'un sommeil profond en déposant devant sa porte un vieux transistor. Il avait poussé à fond le nouveau tube de Kungs qui diffusait sur radio St-Barth. À sa suite, de nombreuses petites annonces s'étaient enchaînées, dignes de ces sympathiques radios de bleds perdus au fin fond d'une campagne oubliée. Beaucoup d'entre elles concernaient des demandes de colocation ou la recherche désespérée d'un logement. Les loyers étant exorbitants sur l'île, la colocation était devenue le seul moyen de ne pas reverser tout son salaire à un propriétaire.

Ils allaient effectuer la traversée tous les trois. Brigitte retournait à Monaco au départ de Juliana Airport. Florent comptait démarrer l'enquête au point de départ des vacances des Flynt-Rousseau : leur atterrissage à

Sint-Maarten. Il souhaitait ensuite retracer chaque minute de leur parcours. Harmony n'en voyait pas trop l'intérêt, il n'y avait rien eu de particulier durant ce trajet. Toutefois, elle n'avait pas voulu le contrarier. Au prix où elle avait accepté de le rémunérer, elle supposait qu'il savait ce qu'il faisait. Comment avait-elle pu signer ce contrat à l'aveugle, cela ne lui ressemblait pas ?

Elle enfila un short beige en coton et un chemisier rose pâle en lin, à manches courtes, que Brigitte lui avait prêtés spontanément comme à une vieille camarade. Dès qu'elle le pourrait, elle les lui enverrait par colis postal. Pourtant, Brigitte avait insisté qu'Harmony pouvait les garder autant de temps que nécessaire. Mais celle-ci avait en horreur la procrastination. Ce que l'on devait effectuer, il fallait s'y atteler de suite.

Sa cheville avait dégonflé. Elle ne jugea pas utile de remettre la bande « velpo » fournie par le médecin. Elle sortit de sa cabine, dut se frayer un chemin dans les escaliers. Tempête s'y était couchée, barrant l'accès au pont. Harmony lui caressa la tête. C'était un brave chien inoffensif, et ce, malgré son physique imposant. Elle l'enjamba et rejoignit le carré central.

Sur la table, son café noir et des toasts grillés l'attendaient au côté d'un pot de confiture à la mangue jamais ouvert. Cette fois-ci, Florent n'avait pas eu le temps de cuire des croissants. Concentré, il prenait des notes sur un carnet électronique.

— Ah ! Très bien, vous êtes beaucoup plus matinale qu'hier.

— Difficile de ne pas être réveillée, merci pour la musique, ça déménage. Et, j'ai finalement bien dormi après notre dernière conversation.

— Tant mieux ! Allez, asseyez-vous. J'espère que vous n'êtes pas rancunière. Sinon, ça ne va pas coller entre nous. Je n'ai pas l'habitude d'avoir la langue de bois, je dis toujours ce que je pense. Quand vous n'êtes pas d'accord, vous me criez un bon coup dessus, ça ne sert à rien de garder tout ça pour soi.

Silencieuse, Brigitte semblait limiter ses mouvements. Elle ne mangea pas et se contenta d'un thé sucré, d'un gramme de paracétamol et d'une cuillère à soupe d'un sirop antiacide. Ses lunettes de soleil opaques tentaient d'atténuer la photophobie provoquée par sa crise de migraine. Tous les symptômes de la gueule de bois étaient réunis. Harmony eut pitié d'elle, elle ne voudrait pas se trouver dans cet état avant d'entamer un vol transatlantique.

À peine eût-elle ingurgité sa dernière gorgée de café, qu'Harmony remarqua un bateau filant droit vers eux à une allure un peu trop élevée. La vedette de la gendarmerie finit par ralentir et se colla à l'arrière du catamaran.

— Hello, tout le monde, vous m'entendez d'ici ? J'ai du neuf pour Madame Harmony Flynt-Rousseau, elle est là ? s'égosilla Yves Duchâteau.

— Oui, je suis là, répondit-elle en se redressant.

— Voilà, j'ai de bonnes et de mauvaises nouvelles. Nous pensons avoir retrouvé le contenu de votre fameux panier de plage. Ces serviettes, masques, tubas et surtout cet iPhone, est-ce que c'est à vous ?

Aussitôt, il les brandit tels des trophées de chasse.

Harmony se planta sur l'une des larges marches d'escalier prolongeant l'une des coques à l'arrière. Une échelle d'aluminium, accrochée à la dernière marche, baignait dans l'eau. Celle-ci permettait l'accès à bord plus facilement lorsque l'on était à la mer.

Avec une attention exagérée, elle observa les objets que le gendarme lui présentait. Elle plissa même les yeux comme s'il pouvait subsister un doute. Pourtant, il n'y en avait aucun. Dès les premières secondes, elle les avait identifiés comme étant les leurs.

— Oui, ce sont nos affaires, où les avez-vous trouvées ?

— Ce sont trois gamins de l'île qui ont déniché cela. L'une des mamans, une esthéticienne, a eu l'intelligence de demander à son fils d'où il tenait cet iPhone et elle nous a prévenus. Ils ont pris tout ceci dans une poubelle.

— Mais le panier, il est où ?

— Les enfants ne l'ont pas. Ils prétendent avoir suivi un adolescent, Antoine Brin. Celui-ci avait vidé le contenu du panier dans une poubelle. Mais on a du mal à l'interroger, il est atteint d'autisme. Il ne faut pas le brusquer. Pour le moment, il ne nous répond pas. Mais on ne peut pas approcher du panier qui est dans sa chambre, sinon il « crise ». Sa mère nous demande de patienter un peu, elle le questionnera petit à petit.

— Alors, c'est quoi la mauvaise nouvelle ? s'interposa Florent.

— Ils ont jeté la puce du téléphone du haut d'une falaise, à la pointe Milou, direction la mer. Mais de toute façon nous ne pouvons obtenir des infos de l'opérateur téléphonique pour retracer son parcours que s'il y a ouverture d'une enquête pour disparition inquiétante…

— Pourquoi ? Vous hésitez encore à ouvrir une enquête pour disparition inquiétante ? s'inquiéta Harmony.

— Oui. Le commandant ne veut pas trop de précipitation. Monsieur Rousseau est adulte. Il a le droit de disparaître sans qu'on lui coure après…

— Mais que lui faut-il de plus ? Qu'on le retrouve mort ?

— Pour quelle raison voudriez-vous qu'il soit mort ? s'alarma Yves Duchâteau.

— Un enlèvement qui tourne mal, ça n'arrive jamais ?

— Écoutez, ce n'est qu'une question de jours. Je suis sûr que je vais trouver des éléments nouveaux qui vont nous éclaircir. Madame Flynt, vous restez sur Saint-Barth ?

— Je retourne à Saint-Martin aujourd'hui. Nous revenons ce soir, c'est bien ça Florent ?

— C'est bien cela, Inch'Allah.

Le « Inch'Allah » fit sourire Yves Duchâteau, il avait déjà remarqué ce côté provoc chez Florent Van Steerteghem. À l'heure de l'islamophobie, celui-ci n'hésitait jamais à invoquer Dieu en arabe, surtout devant les représentants de l'ordre de la République française. Yves aimait bien ce petit caractère rebelle, à contre-courant. Nadia sa femme, d'origine tunisienne, avait senti ces regards culpabilisants posés sur elle depuis tous ces attentats. Elle avait dû subir en silence les commentaires sur les réseaux sociaux qui l'avaient choquée, en particulier « de ses amies » Facebook. Ici, elle se sentait mieux en se fondant dans la masse des femmes bronzées au naturel ou par le soleil.

— Florent, si tu as du neuf, tu me fais signe ?

— Pourquoi est-ce que j'aurais du neuf ?

— Parce ce que Madame te regarde comme si tu étais devenu le maître de sa destinée. Elle t'a engagé, hein ?

Comme Florent resta muet et qu'Harmony ne le démentit pas, Yves Duchâteau en conclut que la réponse était positive.

— Avez-vous trouvé une photo de votre mari ?

— C'est ce que je vais chercher, peut-être qu'il y en a une dans ses bagages.

— Dès que vous en avez une, vous la photographiez et vous me l'envoyez. C'est facile : y.chateau arobase hotmail.fr.

En prononçant ces mots, il appuya son regard. Ses yeux étaient à la fois sérieux et inquisiteurs.

— Oui, oui, évidemment, bégaya-t-elle.

Les silhouettes du gendarme et de son collègue de la brigade nautique s'évanouirent avec la vedette. Harmony eut le cœur serré. Leurs effets de plage avaient refait surface. Une piste, enfin ! Mais personne pour la rassurer sur ce qu'était devenu son mari. Yves Duchâteau lui avait parlé sur un autre ton que le premier soir. Se ralliait-il à cette hypothèse unique : la disparition volontaire ? Elle se raccrocha aux statistiques que Florent lui avait fournies : quatre-vingt-quinze pour cent des disparus étaient retrouvés...

Florent débarrassa la table et donna à boire à son chien. Il avait analysé les réactions de sa nouvelle cliente. Une lueur d'espoir avait surgi quelques secondes pour vite faire place à une angoisse qu'il lui connaissait. C'était pour cela qu'il ne la tint pas informée de ces taches sombres qu'il avait tout de suite repérées sur l'une des serviettes. Aussi il songea aux écorchures sur les paumes de la main d'Harmony. Elle lui avait parlé de blessures probablement provoquées par les rochers sur lesquels elle s'était assise pendant les recherches à Shell beach.

Trente-six heures s'étaient écoulées depuis qu'Harmony Flynt avait vu son mari pour la dernière fois. L'énigme de Maxence Rousseau commençait à faire bouger des pièces comme sur un échiquier, et Florent opterait à ce stade plutôt pour une disparition inquiétante.

Mais dans toute enquête, même officieuse, il fallait toujours revenir à l'essentiel : à qui profitait le crime ? Si crime, il y avait... Car pour l'instant, il n'y avait pas encore de cadavre.

Chapitre 28

« Les gens sont toujours au bord des révélations, mais, au final, ils veulent rien lâcher, font plein de manières. Et parfois ils y tiennent plus, ça suinte tout seul. Faut saisir l'occasion, recueillir les bribes, reconstituer. »

Les Affreux — Chloé Schmitt

Mercredi sept décembre 2016

Quand ils arrivèrent devant l'Oyster Bay beach resort, Florent se rendit compte que c'était la première fois qu'il y mettait un pied. Pourtant, il apercevait cet hôtel lorsqu'il empruntait le ferry au départ de la marina Captain Oliver ou lorsqu'il venait amarrer son propre voilier. C'était un repère imposant que toute embarcation devait longer après avoir quitté le quai. Au retour, sa vue signifiait la fin de la traversée.

Construit dans les années soixante-dix, au moment du boom démographique et économique de l'île, le choix de la couleur des murs fut audacieux. Un vert pistache qui avait probablement tenté de copier ou de prolonger le vert turquoise des eaux qui le bordaient. Vers l'extrémité de la tour gauche du complexe hôtelier, un dôme aux vitres teintées attirait le regard. Florent s'était toujours interrogé sur ce qu'il pouvait abriter.

Florent et Harmony avaient laissé une Brigitte radieuse à l'aéroport de Sint-Maarten, soulagée que ses vacances se terminent. Ses médicaments avaient effacé toute trace de gueule de bois. Ils venaient de refaire le

release

trajet depuis Juliana airport jusqu'à l'Oyster Bay beach resort en passant par Philipsburg. Exactement le même chemin emprunté par le couple à leur arrivée.

Mais aucun souvenir particulier ne lui était revenu.

Après l'atterrissage, ils s'étaient présentés devant l'officier de l'immigration, une femme corpulente qui ne pouvait fournir accueil plus froid. Celle-ci avait tamponné leurs passeports et avait conservé leurs fiches de débarquement dûment remplies en lettres capitales. Ils y avaient indiqué leur lieu de séjour, et le motif de celui-ci. Harmony avait dessiné un cocktail et un transat ce qui avait fini par arracher un demi-sourire à la douanière.

Ensuite, ils avaient rejoint l'unique salle qui délivrait les bagages. Par chance, ils furent les premiers servis. Ils avaient pourtant enregistré les derniers à New York. Mais du coup, Maxence supposa que leurs valises étaient tout en haut du tas. « les Derniers seront les Premiers », lui avait-elle clamé.

Avant de s'engouffrer dans le hall d'arrivée, ils avaient rangé leurs manteaux. Harmony avait plié le sien, un beige en fausse fourrure, avec méthode et soin. Elle avait eu du mal à fermer son bagage et avait un peu forcé sur les serrures pour y parvenir. Maxence, lui, avait placé son trench en flanelle gris presque en boule. Elle se souvint lui avoir fait la remarque de ne pas oublier de le défroisser et de le pendre sur un cintre à leur hôtel. Elle avait horreur des vêtements chiffonnés, d'autant plus un trench aussi élégant.

Ils n'avaient pas trouvé de chariot libre pour transporter leurs bagages, alors ils les avaient tirés derrière

eux, tout flambants neufs. Maxence avait voulu en acquérir spécialement pour cette occasion. Une paire de
valises assorties comme cela se faisait beaucoup désormais. L'une plus volumineuse pour la soute, l'autre à
l'identique, mais en format plus compact pour servir de
bagage à main. Un ensemble bleu marine avec des
rayures blanches pour lui et un ensemble violet avec des
rayures roses, pour elle.

Au moment où les portes automatiques s'étaient ouvertes, Harmony et Maxence avaient vu tous ces gens,
pareils dans tous les aéroports, attendant femme, mari,
enfant, peut-être amant ou maîtresse. La foule regardait
au-delà de leurs silhouettes, espérant apercevoir une tête
familière derrière eux. Dans le gigantesque hall d'arrivée
très lumineux, l'atmosphère était toujours supportable
grâce à la climatisation. Mais lorsqu'ils déboulèrent une
trentaine de mètres à peine plus loin sur le trottoir, la
chaleur monta de plusieurs crans. La lumière du jour
couplée au ciel bleu les avait éblouis au point qu'ils du-
rent plisser les yeux. Ils s'étaient empressés de trouver
leurs lunettes de soleil qui leur avait donné tout de suite
un look plus glamour.

Ils avaient grimpé dans un taxi, une Mercédès
blanche, la couleur de la majorité des véhicules qu'ils
avaient croisés par la suite. Quarante minutes plus tard,
ils étaient déposés devant leur hôtel. De ce trajet, elle
n'avait aucun souvenir de personnes ou de faits étranges.
Juste cette sensation de bien-être qui les accompagnait,
serrés l'un contre l'autre à l'arrière du taxi, se tenant la
main. Leurs vacances débutaient, le ciel était magnifique,

la chaleur tropicale s'engouffrait par les fenêtres ouvertes qu'ils avaient préférées à la fraîcheur de la climatisation. De ce détail, elle s'en souvint :

« Chauffeur, s'il vous plaît, laissez les fenêtres ouvertes, je veux sentir le vent tropical et respirer l'air chaud ». Le taximan antillais, assez âgé, qui d'habitude détestait avoir trop chaud, avait quand même obtempéré à sa requête. Il aimait voir les gens heureux et surtout amoureux comme ce couple.

Elle se trouvait debout, face à leur hôtel en compagnie de Florent. L'endroit lui parut différent, moins joyeux. Mais c'était subjectif, Harmony avait le cœur lourd. Pourquoi une absence pesait-elle autant alors que l'on vous soutirait quelqu'un ?

Florent ne perdit pas de temps, il se dirigea vers le local de sécurité. Elle le suivit presque en courant. Ils y trouvèrent Anthony Gumbs. L'agent de sécurité déjeunait en mangeant des ribs et du riz. Le plat typique de Saint-Martin. La chance était avec eux, c'était l'agent de sécurité dont Fat boy lui avait parlé. Son coéquipier le connaissait, ils avaient fréquenté la même école primaire. Florent se servit du dicton « l'ami de mon ami est mon ami ». Il composa le numéro de Fat Boy pour qu'il s'adresse directement à Anthony Gumbs. Après avoir raccroché, sans autre formalité administrative, ce dernier accepta de lui laisser voir les séquences du trois décembre, le jour de l'arrivée du couple. Malheureusement, les images étaient de très mauvaise qualité. Grisâtres, assez floues.

Harmony lui montra le passage où elle entraperce-vait furtivement son mari. Il portait sur la tête un cano-tier récupéré dans son bagage à main. Il traversait le hall d'entrée. Ensuite, il devait probablement se diriger vers les ascenseurs situés sur la droite. Une silhouette presque fantomatique. Celle d'un homme dont tout au plus on pouvait dire qu'il était de taille moyenne, qu'il avait les épaules larges, mais le visage à moitié camouflé par son chapeau. Maxence avait quelque peu traîné à payer la course au taximan, ne sachant plus où il avait caché son portefeuille. Il n'était pas passé au comptoir de la récep-tion, car sa femme avait déjà tout réglé.

Harmony, filmée quelques minutes plus tôt par une autre caméra, était plus identifiable, très souriante, quoi-qu'un peu pâle. De cette blancheur typique des gens qui venaient de débarquer du froid. Harmony clôturait toutes les formalités à l'accueil. Cela n'avait pas pris plus de trois minutes, personne ne se trouvait devant elle. La réceptionniste, une blonde Hollandaise à la fois grande et corpulente, s'était montrée très efficace en lui donnant en un claquement de doigts la carte magnétique qui allait leur servir de clé.

Il n'y avait absolument rien à apprendre sur ces vi-déos. Florent remercia Anthony Gumbs et glissa un billet vert dans sa main.

Ensuite, il passa un peu de temps à questionner le personnel à l'accueil. Un jeune stagiaire longiligne, un peu lent, vérifia dans l'ordinateur et leur confirma que la carte, depuis l'avant-veille huit heures du matin, n'avait plus été utilisée.

Il n'était pas revenu. Et aucun message n'attendait Harmony. Mais tout cela, elle le savait. Il ne pouvait en être autrement.

Il ne leur restait plus qu'à rejoindre la chambre du couple. Ils filèrent vers l'ascenseur. Avant d'y pénétrer, Florent se retourna avec brusquerie, énervé. Il venait de se faire siffler, le signe de reconnaissance de Fat Boy. Florent détestait cela. Maintes fois, il lui avait demandé d'arrêter. Mais plus cela l'agaçait, plus Fat Boy prenait un malin plaisir à le héler de la sorte.

D'ailleurs, Florent ne devrait bientôt plus pouvoir l'appeler par ce surnom. Depuis quelques mois, il avait amorcé une perte de poids conséquente. Au début, il pensait qu'il ne tiendrait pas le rythme. Au pire, il l'avait même mis en garde sur ce fameux effet rebond. Mais non, il tenait bon. Depuis qu'il avait confié son excès de graisse entre les mains d'une coach sportive, il continuait sa fonte progressive.

Aussi bizarre que cela puisse paraître, Florent regrettait déjà le « Fat Boy » d'avant. Avec vingt kilos de plus, il semblait plus tranquille, voire plus sympathique. Cette perte de poids faisait apparaître un autre personnage que Florent devait presque réapprendre à connaître.

— Hello man ! T'as l'enveloppe pour moi ?

— C'est pour ça que t'es venu, non ? Tiens, tout y est, mais recompte quand même. Trente billets de cent dollars. Et, je te présente Madame Harmony Flynt-Rousseau, notre nouvelle cliente.

— Enchanté, Madame ! C'est bien, tu dégotes vite du taffe.

Fat Boy, tant en anglais qu'en français, semblait avoir appris la langue au contact des jeunes de la banlieue new-yorkaise ou parisienne. Il n'avait pourtant grandi que dans la Caraïbe. Même son BTS en informatique, il l'avait obtenu sur la Martinique. Il n'aimait pas l'avion et ne pouvait pas y demeurer enfermé plus de trois heures. L'Europe, il n'y mettrait probablement jamais les pieds, sauf anesthésie générale.

Florent monta le premier dans l'ascenseur, et lorsque les portes se refermèrent devant eux, il s'adressa à sa désormais cliente :

— Harmony, vous pouvez nous donner votre adresse email et votre numéro de mobile. Ah oui, et aussi, nous allons rester dormir à Saint-Martin.

— On ne retourne pas ce soir à St-Barth ?

— Non, j'ai quelques trucs à régler, on repartira demain. Je vous contacterai pour vous préciser « le programme ». Allez, en avant, on y est. Étage numéro deux, on va visiter votre chambre, et Florent sortit de l'ascenseur suivi de son coéquipier puis d'Harmony Flynt qui semblait chancelante.

Cette reconstitution du premier jour des vacances du couple Flynt-Rousseau n'avait rien apporté à Florent comme élément matériel. Mais là, n'était pas son but premier. Il souhaitait secouer Harmony Flynt, il voulait qu'elle lui révèle son secret, car elle en avait un comme la majorité des gens. Mais le sien paraissait grave. Toutefois, elle n'avait rien lâché, aucune bribe.

Florent avait horreur qu'un client ne lui dise pas tout. Il n'était pas un flic, qu'avait-elle donc à craindre ?

259

Chapitre 29

« Rien ne ressemble plus à un mensonge que la vérité. »
De Harry Bernard /Dolorès

Chicago. Dix-huit novembre 2006

Les habitants du quartier Pilsen passaient un dimanche tranquille. C'était la tranche horaire des repas
dominicaux. Elle s'étalait plus qu'en semaine, couvrant
les heures de midi à seize heures pour les plus tardifs.
Pour ceux qui avaient été éduqués à l'ancienne,
l'obligation d'être assis sagement autour d'une table était
une évidence. Pour d'autres chez qui ce genre
d'éducation n'était jamais parvenu, ils avaient choisi ce
qu'il leur avait toujours paru le plus naturel : se vautrer
devant l'écran de télévision.

Phil Peterson et sa femme avaient opté pour cette
dernière solution. Leurs deux enfants étaient assis de
part et d'autre des hanches paternelles, un peu trop en-
robées pour un homme. Ils tentaient de ne pas laisser
tomber par terre les morceaux de viande hachée ou encore les oignons frits de leur hamburger. Leur mère
achevait le service, ajoutant à chacun une verrine débordant de sauce barbecue. Sa crainte était qu'ils n'en eus-
sent jamais assez.

Tout en savourant leur fast food, les adolescents
avaient leurs yeux rivés sur le match de basket opposant
les Chicago Bulls aux Indiana Pacers. Phil aurait aimé les

emmener admirer leurs stars en vrai. Mais il n'y avait pas que ça qu'il souhaitait. Leur bail de location arrivait bientôt à terme et la maison avait été mise en vente. S'ils ne l'achetaient pas, ils devraient la quitter. Et ils ne possédaient ni l'argent ni les conditions pour obtenir un prêt. C'était dommage. Phil adorait vivre dans ce quartier Pilsen situé dans le secteur de Lower West Side. Ses lointains ancêtres tchèques s'étaient installés ici. De ce fait, il se sentait chez lui. Même si par la suite les Mexicains, étant devenus majoritaires, avaient plus marqué l'endroit de leurs empreintes culturelles. Les enfants se plaisaient à leurs écoles, partaient de bon cœur le matin. De plus, sa femme travaillait au musée national d'art mexicain à deux pas de chez eux. Seul Phil Peterson devait effectuer un long trajet pour se rendre sur son lieu de travail, au Northwestern memorial hospital.

La maison bénéficiait d'un jardin à l'arrière, plutôt étroit, mais profond. Les gamins s'y défoulaient lorsqu'ils étaient plus petits. Devenus adolescents, ils y jouaient moins. Toutefois, ce point-là était important. Ils avaient quelques poules qui leur procuraient des œufs frais, ce qui donnait un air de campagne. L'été, le barbecue était le moment sacré. Phil cuisait la viande, achetée à bon prix en se fournissant directement aux abattoirs qui avaient fait la réputation de Chicago. Sa femme, Sarah, sortait des transats avec leur toile en tissu rayé jaune et blanc pour donner l'illusion d'être en vacances, tout en restant chez soi. Phil avait toujours détesté les appartements, d'autant plus que ceux-ci les priveraient de barbecue. Inquiète de se retrouver du jour au lendemain à la rue, Sarah avait de suite commencé à chercher un autre logement. À ce stade, elle n'avait trouvé que des duplex, des triplex. Tous atroces. Des cages à poules où ils allaient se sentir enfermés.

Ce dimanche-là, les Chicago Bull avaient été vaincus, de justesse, mais avaient néanmoins perdu. Cela avait renforcé sa déprime de ses derniers jours. Phil Peterson avait ensuite zappé les chaînes jusqu'à minuit, puis s'était résolu à rejoindre sa femme qui sommeillait déjà. Il ne sut pas trop pourquoi il avait jeté un coup d'œil en face de chez lui. La petite experte-comptable, Harmony Flynt, a priori, ne dormait pas encore. Sa fenêtre était toujours éclairée et il avait vu passer l'ombre de sa silhouette gracile derrière les tentures. Il avait toujours admiré le soin qu'elle prenait pour décorer les vitres autour du thème de Noël : bonhomme de neige, ours polaire, étoiles filantes, traîneau tiré par des rennes.

Au milieu de la nuit, il s'était levé, peut-être pour uriner, car il avait bu pas mal de canettes de bière. Sa femme n'avait pas bronché quand il avait quitté le lit. Il avait tout fait pour ne pas la réveiller, il respectait son sommeil, surtout la veille d'un lundi.

Juste avant de se glisser sous la couette, il avait entendu des pas résonner dehors. Il était impressionnant comment l'ouïe percevait mieux la nuit. Dehors, des talons de femmes martelaient le trottoir. Il s'était approché de sa fenêtre, avait écarté avec discrétion le rideau. Il avait vu sa voisine, Harmony Flynt, ouvrir la porte de sa Ford Ka. Elle se garait souvent devant chez eux, le stationnement étant alternatif. La deuxième quinzaine du mois, c'était de leur côté. Comme ils ne possédaient pas de voiture et qu'ils avaient toujours trouvé sympathique Harmony Flynt, leur place était réservée pour elle. Ça leur arrivait parfois de déposer une chaise pour que personne ne la lui vole.

Harmony Flynt était habillée en tenue de soirée bravant ainsi le froid de canard qui régnait. Une robe noire, au tissu léger, dépassait à peine d'une veste cintrée rouge qui ne devait guère la réchauffer. Néanmoins, elle avait pris la précaution de protéger son cou avec une large écharpe en laine et portait des gants, gris foncé ou noirs. La nuit, il était très difficile de distinguer ce genre de nuance, malgré l'éclairage public.

Avant de s'engouffrer dans sa voiture, elle avait levé la tête vers lui. Ils s'étaient regardés, puis salués brièvement d'un petit signe de la main. Phil avait éprouvé un peu de gêne. L'heure était tardive, il espérait qu'elle ne s'imaginait pas qu'il l'espionnait. Il s'était promis de lui fournir des explications dès que possible. Ce n'était rien d'autre que le bruit de ses talons qui l'avait incité à jeter un coup d'œil dans la rue.

Quelques heures plus tard, sa femme et ses fils étaient partis vers sept heures trente du matin, comme à leur habitude. En embrassant son épouse et ses fils sur le pas de leur porte, il avait constaté que la Ford Ka bleu marine d'Harmony Flynt n'était pas là. Il en avait conclu qu'elle avait dû déloger chez son fiancé, Steven Reardon. La jeunesse était faite pour aimer et s'amuser. Il s'était alors souvenu qu'ils étaient invités à leur mariage prévu en mai.

Vers huit heures vingt, il l'avait vue se garer précipitamment devant leur fenêtre, puis repartir presque aussitôt. Elle devait être à la traîne pour son boulot. Brancardier, Phil Peterson devait effectuer la deuxième pause à l'hôpital ce jour-là. Il aimait bosser les après-midi, ça lui permettait d'avoir un peu de temps pour lui. Alors il flânait dans la maison ou il se relaxait devant quelques bons films... Un peu coincée par son éducation, sa femme n'appréciait pas les films érotiques. Pendant ces heures de solitude, il en profitait pour en visionner quelques-uns. Mais ce matin-là, il n'en avait aucune envie. La peur de devoir déménager, de devoir rompre ses petites habitudes lui avait coupé toute libido.

Après cette nuit un peu spéciale, il avait eu la sensation qu'Harmony Flynt l'évitait. Par conséquent, il n'avait jamais eu l'occasion de lui expliquer pourquoi il l'observait depuis sa fenêtre.

Quelques jours plus tard, un homme d'une soixantaine d'années, très chic, avait frappé à sa porte. Phil avait failli ne pas ouvrir, pensant que c'était un mormon venu prêcher. Vêtu d'un pantalon gris en flanelle, un long manteau beige, le visiteur avait le style de la bourgeoisie héritée. Sa voix inspirait le respect, une voix assurée par la fortune.

Jonathan Clark avait quelque chose d'important à lui demander concernant sa voisine. Dehors, Emilio Garcia attendait son patron dans une berline noire.

Six mois plus tard, la maison que Phil Peterson ne voulait pas quitter était à lui. Il avait simplement dû confirmer à l'agent un peu précieux de l'assurance-vie, Monsieur Ryan Collins, qu'Harmony Flynt était chez elle toute la nuit. D'ailleurs, il l'avait vue au milieu de la nuit déambuler dans sa chambre. Et qu'elle était partie comme à son habitude à son boulot, à la même heure.

À quelques détails près, c'était vrai.

Une demi-vérité n'était quand même pas un mensonge...

Chapitre 30

« Perdre, c'est connaître le vide. »
De Gilbert Dupuis/La Marcheuse

Harmony referma la porte, tout en la retenant par peur qu'elle ne claque. Celle-ci, blindée, était trop lourde, mais dorénavant la plupart des complexes hôteliers s'en dotaient. Elle se sentit dans un îlot de solitude, dans l'anonymat d'une chambre d'hôtel. La cabine du voilier de Florent lui manquait déjà. Ici, le lit double lui parut si vaste. D'autant plus qu'elle allait s'y glisser le soir, sans que Maxence soit à ses côtés.

Elle avait retrouvé, à quelques détails près, la suite telle qu'elle l'avait laissée deux jours auparavant. L'air était encore saturé du parfum « Allure » de Chanel dont Maxence abusait. Il se parfumait à outrance comme s'il cherchait à effacer sa propre odeur. Un côté un peu précieux qui tranchait avec sa virilité. Par conséquent, elle ne connaissait pas sa senteur réelle, il y avait sans cesse ce mélange entre lui et « Allure ». Dès qu'elle percevait ce parfum, elle l'associait à lui.

Le lit king size avait été refait, les oreillers rectangulaires placés méticuleusement sous le fin édredon jaune pâle. La salle de bains avait été nettoyée, débarrassée de leurs cheveux, des traces de dentifrice, des empreintes de doigts sur le miroir. Après avoir pris sa dernière douche, de la buée s'était déposée sur le miroir. Elle avait écrit au doigt, « je t'aime », en grand. Maxence avait ajouté « I love you 2 ». Tout cela, évidemment, avait été effacé depuis.

Les serviettes blanches utilisées avaient été remplacées par d'autres, puis déposées sur l'étagère en verre dépoli, à côté du spacieux lavabo. Le nettoyage habituel qu'on attendait d'un service hôtelier avait été effectué. La femme de ménage aurait dû être étonnée de n'avoir rien à faire depuis lors.

Leurs valises et bagages à main n'avaient pas bougé, en rang d'oignons, devant la penderie. L'une des portes coulissantes était difficile à ouvrir, ne glissant dans la rainure que si on insistait. Maxence l'avait signalé dès le premier jour à la réception. Depuis, le problème n'avait pas été résolu. Quelques instants plus tôt, Florent avait failli accueillir la porte dans ses bras en tentant de forcer.

À l'intérieur de la penderie, Harmony avait tout vérifié. Les habits que Maxence avait rangés dans les différentes niches étaient toujours là : shorts, t-shirts, caleçons, maillots de bain. Sur un cintre, son trench pendait, prêt pour affronter l'hiver. Sa chemise italienne semblait attendre cette fameuse soirée au casino qui n'aurait jamais lieu. Lorsque quelqu'un disparaissait, les objets continuaient leur même fonction, comme si de rien n'était. Ils ne savaient pas qu'un drame s'était produit. Au pire, ils changeraient juste de propriétaire.

Sans lui demander l'autorisation, Florent avait ouvert le bagage à main puis la valise bleu marine de Maxence. Mais il n'avait rien relevé d'extraordinaire et encore moins trouvé de photos. Il avait feuilleté le cahier Clairefontaine à la couverture marron dans lequel

Maxence prenait des notes. Il exigeait toujours qu'il soit de cette marque, l'odeur lui rappelait son enfance. Le précédent étant rempli, il l'avait laissé sur son bureau, dans leur maison à Milwaukee. Celui-ci, il se l'était procuré à la papeterie de leur quartier, appartenant à un Français. Les expatriés tenaient souvent à importer une partie de leurs produits nationaux et ainsi, un peu de leurs racines.

Maxence y inscrivait les idées qui surgissaient parfois sans crier gare et qui pouvaient, selon lui, servir un jour pour son roman. C'était étonnant qu'il ne l'eût pas emporté avec lui à Saint-Barth. Ce cahier étant récent, il y avait très peu de choses qui y étaient inscrites.

Sur la page de garde, quatre lettres majuscules séparées chacune par un point, écrites en très grand, légèrement penchées, occupaient presque toute la largeur de la feuille :

D.E.E.T

Puis sur la première page :

L'injustice, la naissance, la renaissance.

Pourquoi certains réussissent-ils plus que d'autres ? Faut-il être simplement né sous une bonne étoile ? Alors faut-il pour cela tout bonnement changer de ciel et trouver la sienne qui portera chance ? Sous une étoile d'Afrique de l'Ouest ?

Sur le verso de la première page :

L'amour est-il sincère lorsqu'il s'est bâti sur des secrets ?

Toi, seras-tu celle qui me jettera la première pierre, toi qui caches aussi un si lourd secret ? Pourtant, je t'aime.

À la lecture de ces mots, elle frissonna. Devenait-elle paranoïaque ? Elle aurait juré que ceux-ci lui étaient adressés. Mais cela était impossible, il ne savait rien. Il ne pouvait rien savoir.

Sur le recto de la deuxième page :
Où voudrais-tu vivre les derniers jours de ta vie ?
Les apparences, Princesse, sont souvent trompeuses. Il faut parfois imaginer l'autre dans une situation à l'extrême inverse. Tu t'en souviendras ?

Toutes ces paroles lui avaient rappelé vaguement quelque chose lorsque Florent les avait lues à haute voix. Maintenant que celui-ci et son coéquipier étaient partis, cela lui revint enfin. Shell Beach ! Avant d'aller faire les boutiques pour trouver une robe, Maxence avait insisté pour qu'elle se remémore de ces phrases. Était-ce une coïncidence de retrouver celles-ci, presque, mot pour mot, recopiées sur ce cahier ?

Devait-elle appeler Florent pour le lui dire ou lui envoyer un mail ?

Mais elle n'en fit rien. Par instinct ? Ces pages lui étaient adressées personnellement, elle en mettrait sa main à couper. Les couples avaient un langage secret, comme les jumeaux, et qu'ils étaient seuls à comprendre. Devait-elle découvrir le message caché derrière ces quelques notes ?

Cependant, elle était épuisée et n'avait pas l'énergie pour pouvoir en déchiffrer le sens. Elle devait se reposer. Avant cela, elle devait déjeuner. Elle ne voulait toutefois pas descendre se mêler au bonheur des vacanciers et entendre en sourdine ces musiques des îles.

Elle prit les flyers éparpillés sur la table de chevet. Parmi eux, elle trouva des publicités pour différents restaurants qui offraient une livraison « à domicile » : pizzas, sushi, couscous, salades composées.

Une heure plus tard, elle ouvrit la porte à un pizzaiolo au physique de jockey : petit, mince, sec et nerveux. Elle dévora la moitié de sa pizza quatre saisons, rehaussée par quelques anchois. Se sentant faible, elle pensait qu'une dose de sel allait la revigorer. Cela ne provoqua qu'une soif intense. En plaçant le reste de son déjeuner dans le minibar, elle découvrit de minuscules bouteilles de vodka et de rhum. À défaut de somnifères, elle ingurgita d'une traite une fiole de rhum vieux Saint-James, suivi d'un grand verre d'eau fraîche.

Avant de s'écrouler, elle eut encore le courage d'ouvrir sa valise. En soulevant une serviette de plage, elle le vit toujours aussi émouvant : l'ours en peluche de son frère. Elle voyageait la plupart du temps avec lui, mais elle ne le montrait pas. Aujourd'hui, c'était différent. Maxence n'était pas là. Le chat parti les souris dansent…

Elle le déposa devant ses yeux, il avait cette expression à jamais figée : un demi-sourire, un regard doux. S'il pouvait parler, il lui murmurait : « fais de beaux rêves ».

Elle se souvint cette fois où Maxence le lui avait arraché de ses mains en hurlant. Après avoir balancé la peluche par la fenêtre de leur chambre, il lui avait attrapé les épaules et avait exigé qu'elle arrête tout ça. Elle avait pleuré contre son torse. Il l'avait consolée, lui avait dit que tout cela faisait dorénavant partie du passé, qu'ils allaient commencer tous les deux une nouvelle vie.

C'était au début de leur mariage. Elle s'était exécutée. Elle avait rangé l'ours en peluche ainsi que toutes les affaires de son frère. Que tout soit loin de sa vue, que tout disparaisse peu à peu de sa mémoire.

Aujourd'hui, les yeux de l'ours en peluche lui procuraient un bien-être, l'apaisaient comme autrefois. Maxence devait comprendre qu'il y a des circonstances où l'on est forcé de désobéir à l'autre. Elle finit par sommeiller.

Depuis combien de temps dormait-elle ?

Elle se sentait si vide. Vide comme la chambre sans sa présence. Maxence n'était pas réapparu.

Lorsqu'elle regarda par la fenêtre, les rideaux n'étaient pas tirés, il faisait nuit.

Le bip d'une notification lui signala l'arrivée d'un email. Elle fixa la table de chevet. Vaseuse, elle rampa vers celle-ci, attrapa son iPhone. Elle déchiffra le jour et l'heure. Sept décembre, dix-neuf heures.

Elle ouvrit sa messagerie.

Un email d'un expéditeur inconnu.

Mais le titre du message la fit se redresser d'un bond : « concernant votre mari ».

Chapitre 31

« Dans son enquête pour retrouver Heather, Harry
reproduisait fidèlement les mouvements de la jeune fille
et par là même, sans doute aussi ses erreurs. S'il suivait
les mêmes indices qu'elle, il y avait de grandes chances
pour que leur destin soit le même. »
Heather Mallender a disparu — Robert Goddard

Sept décembre, quatorze heures, Yves Duchâteau,
après avoir rendu visite à Florent Van Steerteghem et
Harmony Flynt, n'était pas retourné dans son bureau à la
gendarmerie. Il voulait effectuer quelques vérifications
sans que son commandant s'en mêle. Ce dernier était
persuadé que Maxence Rousseau était tout simplement
parti pour une raison qui ne regardait que lui. S'il avait
fait un malaise, on l'aurait déjà retrouvé, surtout avec
l'hélicoptère qui avait survolé l'île la veille. Qu'on ait
retrouvé ses affaires dans une poubelle prouvait encore
plus, selon lui, que l'homme souhaitait tirer un trait sur
son passé. S'il avait été victime de malfaiteurs, ceux-ci
n'auraient pas hésité à lui prendre son iPhone.

Yves voulait aller jusqu'au bout, en toute discrétion.
Thierry Roland ne serait pas ravi de le voir enquêter
comme s'il se trouvait face à une disparition inquiétante.
Il se devait pourtant d'interroger le principal témoin.
Une intuition de flic. Cela faisait bientôt quarante-huit
heures que le mari d'Harmony Flynt avait disparu.
Celle-ci avait pris le ferry le matin pour Oyster Pond. Il

espérait qu'elle lui envoie au plus vite une photo de Maxence Rousseau. Par précaution, il avait vérifié que celui-ci était inconnu des fichiers judiciaires, ce qui était le cas.

Il trouva son témoin assis sur une chaise pour enfants, rouge en plastique, à l'ombre d'un citronnier. Le siège était trop étroit, identique à celui qu'utilisait sa fille Maya, âgée de deux ans. La barrière en bois qui séparait le jardin de la rue était basse, à hauteur de genoux d'hommes. De ce fait, il n'y avait aucune intimité. Les piétons jetaient un œil dans le jardin, et ceux-ci étaient dévisagés par les habitants. Mais c'était probablement voulu. Les propriétaires marquaient leur territoire, mais voyaient ce qu'il se passait dans leur rue. On se distrayait comme on pouvait à Saint-Barth.

— Bonjour, Antoine, tu vas bien ?

L'adolescent l'entendit, mais ne le regarda pas droit dans les yeux, et surtout ne lui répondit pas. Sa question n'était d'aucun intérêt. Comme d'habitude, ce fut d'autres détails, enfin qui n'en étaient pas pour lui, qui attirèrent son attention. Les yeux des gens, leur conversation, ça c'étaient des détails. Il scruta les poches du pantalon du gendarme. Leurs bords étaient usés. Quelques fils décousus, pourtant discrets, s'échappaient de la trame initiale. Cela signifiait pour Antoine qu'Yves Duchâteau mettait souvent les mains dans les poches ou y fourrait quelque chose. Comme un trousseau de clés ou un mouchoir qu'il venait d'ailleurs de replacer à l'intérieur.

Il détailla le nez du gendarme qu'il trouva trop long, comme chez beaucoup de métropolitains. Et il n'était pas en « bon état ». L'extrémité du nez était rouge, la peau des narines était irritée par les mouchages successifs. Yves Duchâteau avait pris froid la veille. La première fois depuis qu'il avait été muté sur cette île tropicale.

Antoine délaissa le visage et revint vers les poches du visiteur. Il les imaginait telles des mini paniers collés aux cuisses des gens. Évidemment, ça ne valait pas les beaux et grands paniers en osier qu'il collectionnait. Qu'est-ce qu'il lui voulait ce monsieur ? Il n'était pas con, il ne devait pas se laisser avoir. Comme les autres, il allait être sournois, tenter de s'introduire dans sa chambre et essayer de toucher à ses affaires. Puis quoi ensuite ? Le voler peut-être ?

Yves Duchâteau observa à son tour son pantalon. Antoine Brin était sur la défensive. Il fallait qu'il entre dans la tête de cet adolescent, l'apprivoiser, se mettre à son niveau. Il devait parvenir à ce qu'il lui confie l'endroit où il avait découvert les effets de l'Américaine et de son époux disparu.

— Ah, ce sont donc mes poches qui t'intriguent. Je sais, elles sont très larges, mais parfois ça ne suffit pas. Quand je veux transporter quelque chose de très grand, comme mes palmes, c'est impossible. Je ne peux pas les mettre dedans quand même ! Quoique je devrais peut-être essayer.

Et Yves se força à rigoler, puis se surprit à rire sans devoir forcer.

Antoine le fixa d'autant plus, du moins ses lèvres et ses dents dont une qui était de travers et qui chevauchait une autre. La façon dont les lèvres bougeaient lui en disait long. Yves Duchâteau avait fini par rire pour de « vrai ». Car ça, Antoine savait le déceler de suite, les fausses émotions des vraies. Et tout à coup, ça l'égaya d'imaginer le gendarme à tenter d'introduire des palmes dans ses poches.

— T'as pas soif, Antoine ?

— Si, un peu.

— J'ai des canettes fraîches d'Oasis, tu en veux une ?

— Une Oasis mauve ?

— Ouais, j'en ai des mauves. T'as de la chance.

D'un pas lent, pour ne pas casser le lien fragile qu'il venait de créer, Yves Duchâteau marcha jusqu'au coffre de son véhicule de fonction. Il l'avait garé quelques mètres plus loin, rasant tellement le mur d'une case voisine qu'il avait dû sortir du côté passager. Se parquer sur l'île était une sinécure, mais il devait montrer l'exemple et ne pas bloquer la ruelle.

Il revint avec quelques Oasis. La mère d'Antoine l'avait informé que c'était la boisson préférée de son fils, surtout celle à la pomme, framboise, cassis. Il avait pris soin de les placer dans un panier sculpté en forme d'une poule vue de profil, jaune canari avec des poignées rouges. Une pièce unique. Une horreur que sa fille avait reçue de sa grand-mère maternelle pour Pâques. Rien à voir avec ces cadeaux mystérieux qu'on lui avait envoyés pour ses un an et plus récemment pour ses deux ans. Une dînette en bois avec quelques casseroles, puis une cuisinière à taille d'enfant. Des jouets qu'ils avaient soi-disant gagnés à un tirage au sort d'un concours auquel ni sa femme ni lui n'avaient participé. Sans doute de la publicité détournée pour inciter les mamans à acheter d'autres produits de la marque par la suite.

Antoine s'excita. Yves lui tendit une canette et lui montra avec fierté « le panier poule ».

— Il te plaît ?

— Oui, il est beau.

— Bon, je te propose un marché. Je te donne celui-ci, mais il faut que tu m'en offres un autre en échange. Tu sais celui que tu as trouvé avant-hier. Tu as vidé le contenu d'un panier dans une poubelle. Tu vois duquel je parle ?

Antoine réfléchit et se gratta le crâne. Il aimait bien celui qu'il avait ramassé devant chez les « Wallace ». Une voiture s'était arrêtée, de celle qu'il détestait, de celle où on ne distinguait rien à l'intérieur. Ils étaient tous descendus comme des gens pressés qui avaient peur de rater le début d'un match de foot. C'était bizarre parfois les gens et leur façon de faire. L'un d'eux, qu'il connaissait, Cédric, était trop énervé, car il n'avait pas réussi à ouvrir le portail électrique avec la télécommande. Il s'était précipité pour ouvrir la petite porte juste à côté. Une jolie femme, plutôt « courte sur pattes » comme disait sa maman, et un homme l'avaient suivi. Dans leur précipitation, ils avaient laissé le panier près de la voiture.

Il ne lui avait pas fallu deux secondes à Antoine pour le prendre et s'enfuir. Ce qu'il y avait à l'intérieur, il s'en fichait. Il avait tout balancé dans un bac à ordures.

Maël, celui qui traîne toujours partout et qui court vite, l'avait suivi. Il l'avait bien remarqué. Mais ce n'était pas grave.

Antoine détailla le faux poussin géant. Il était magnifique, tellement original. Finalement, celui de la maison des « Wallace » n'arrivait pas à la cheville de celui-ci. Il accepta l'échange.

Quelques secondes plus tard, il se présenta fier comme un paon avec le panier du couple Flynt-Rousseau. Yves Duchâteau le remercia, fit un pas en dehors du jardin puis se retourna.

— Dis Antoine, tu peux me montrer où tu l'as trouvé ?

La villa des Wallace, située dans le quartier de Colombier, appartenait à un couple d'Écossais sexagénaires. Elle était visible depuis la côte, bâtie à flanc de colline, et était composée de trois modules avec des toits rouges tels des chapeaux pointus, construite dans le moule typique des villas de luxe de Saint-Barth. Il se souvint tout à coup de cet appel de Madame Germaine Aubin. Sa maison surplombait celle des Wallace et, de ce fait, elle avait vue sur l'entrée de ses voisins. Elle avait contacté la veille les gendarmes pour signaler du va-et-vient inhabituel chez les « Wallace ».

Antoine n'avait pas voulu expliquer à Yves Duchâteau dans quelles circonstances il avait trouvé les effets des Flynt-Rousseau. Il avait juste dit : « par terre, en face de la porte des Wallace ». Antoine n'était pas bête, il n'avait pas envie qu'on l'accuse de vol et que Yves Duchâteau lui reprenne le panier en forme de poule. D'ailleurs, quand le gendarme appuya sur la sonnette, Antoine préféra déguerpir.

Pas de réponse.

Yves sonna une seconde fois plus fermement et regarda son reflet dans la caméra du parlophone.

Il allait repartir lorsque la petite entrée latérale, située à côté du large portail s'ouvrit. Cédric Deruenne semblait s'être rhabillé à la hâte, le t-shirt à l'envers avec l'étiquette apparente.

— Bonjour ! Oui, c'est pourquoi ?

— Bonjour, désolé de vous déranger, c'est la gendarmerie. Yves Duchâteau. On a trouvé ceci devant chez vous. C'est à vous ?

— Ah non ! Un panier en osier, ce n'est pas du tout mon style, c'est pour les vieux. Pourquoi est-ce que vous pensiez que c'était à nous ? Enfin à eux, car je ne suis pas le proprio, je garde leur maison.

— C'est un gosse qui l'a trouvé et il a vidé les affaires dans une poubelle, que d'autres ont récupérées. Il y avait un iPhone, des serviettes et des masques tubes.

— Oh, les garnements !

— Oui, comme vous dites, surtout que ce sont des affaires appartenant à un homme dont la femme prétend qu'il a disparu de manière inquiétante.

Cédric marqua son étonnement, puis enchaîna vite pour lever tout trouble.

— Un disparu à Saint-Barth ? Ça va pouvoir jaser !

— Comme vous dites. Vous êtes seul dans la villa ?

Cédric eut un sourire coquin avant de répondre sur un ton plus bas.

— Ben non, vous pensez bien. Je n'allais pas rester tout seul là-dedans. Je suis avec une copine et deux autres copains. Il y en a un qui se repose tout le temps et le deuxième préfère draguer dehors. Cédric termina par un clin d'œil de connivence, comme s'il avait devant lui un interlocuteur acquis à la cause des séducteurs.

Yves connaissait de vue Cédric Deruenne, un peu comme tous ces gens qui habitaient toute l'année sur l'île. Il l'avait déjà croisé à Gustavia. Ce n'était pas un mauvais bougre, juste un mec qui vivotait beaucoup. Pas de réelle qualification, mais débrouillard, à la frontière du gigolo au vu de la moyenne d'âge des femmes avec qui il s'affichait parfois. Il ne voyait pas trop le lien qu'il pouvait y avoir entre Maxence Rousseau et celui-ci. Il en déduit que le panier s'était retrouvé dans le coin, mais sans autre explication. Il n'avait plus qu'à prendre congé et salua Cédric.

Cédric referma avec calme la petite porte en fer, ramassa les quelques branches de palmier tombées dans l'allée de graviers blancs. Quel réflexe, il avait eu de mentir avec autant de naturel ! Le lieutenant n'y avait vu que du feu. Ce foutu panier, depuis le début, les avait emmerdés. C'était à cause de Fernando qui n'était pas venu ouvrir le portail. Il se prélassait sur le deck avec des écouteurs et n'avait pas entendu la sonnerie. Par sa faute, tout le monde avait dû descendre du véhicule et passer par la petite entrée.

Quel con celui-là ! Sonia n'aurait pas dû le mettre dans le coup.

Toutefois dans peu de temps, tout serait fini. Il l'avait dans la peau cette Sonia et aussi dans le cœur. Les autres n'arrivaient pas à l'étourdir comme elle le faisait, même pas Brigitte qui avait pourtant de l'énergie à revendre. Mais avec vingt ans de plus que lui, quel avenir pouvait-il envisager avec elle ? Il avait eu du mal à s'en débarrasser. Après cette dernière nuit sur le voilier de Florent, il lui avait longuement expliqué qu'il ne pouvait plus la revoir avant son départ. Quelle scène, elle lui avait fait, hier, au téléphone. Heureusement qu'il ne lui avait pas donné l'adresse des Wallace.

Déjà qu'il avait dû gérer Sonia qui ne comprenait pas pourquoi il ne passait pas la première nuit avec elle. Il avait improvisé une histoire d'avarie sur un bateau, un gros chien noir à garder. Ce n'était pas très clair, mais Sonia ne l'avait pas trop interrogé, fatiguée de son voyage et de ce contre-la-montre depuis qu'elle avait foulé la terre de cette île.

Il entendit la voiture du gendarme démarrer. Ça le soulagea. Sans doute que Sonia poussait le bouchon un peu trop loin. Dans quelle galère les avait-elle entraînés ? Mais elle l'avait regardé avec ses yeux noirs de biche, lui avait promis qu'ils allaient cette fois-ci faire un bon bout de chemin ensemble. Sonia et lui, en couple ? L'idée lui fit du bien. Peut-être l'unique fois de sa vie qu'il se voyait même lui passer la bague au doigt et avoir des enfants.

Il ne remercierait jamais assez le ciel d'avoir gagné ce séjour dans cet hôtel à Miami. Un billet de tombola des écoles de Gustavia qui lui avait porté bonheur. Il avait été fou de Sonia dès qu'elle lui avait remis les clés de sa chambre à la réception. Elle avait passé toutes ses nuits avec lui durant ces vacances.

Après son départ, il avait tenté de garder le contact. Mais elle répondait peu à ses messages. Puis, il y avait eu son coup de fil il y a quelques mois. Ses regrets, sa proposition de venir à Saint-Barth le voir. Depuis lors, il n'avait pensé qu'à elle, même s'il devait se consoler dans le corps d'autres femmes. Il y avait trop de tentations ici. Un homme célibataire ne pouvait pas résister.

Sans tact, il avait donc largué la vieille Brigitte, ce n'était pas son style de courir deux lièvres à la fois… Et Sonia lui faisait courir un marathon, ce genre de femmes lui plaisait.

Ce panier oublié le tracassait, il avait conduit un gendarme jusqu'à eux. Foutus gamins. Mais à leur âge, il aurait fait la même chose. Un iPhone neuf en plus !

Ce Yves Duchâteau lui rappelait quelqu'un. Ce regard lui était familier. Peut-être était-ce son imagination qui lui jouait des tours ? Il l'avait probablement déjà croisé dans une rue de Gustavia.

Sonia était dans la chambre avec l'autre, en train de réaliser cette fameuse vidéo. Il fallait qu'elle l'envoie avant que ce poulet ne revienne sur ses pas…

Ils avaient toujours un sixième sens pour flairer quelque chose de louche.

Chapitre 32

« Le véritable amour est pur, sincère, désintéressé,
sérieux. »
Henri-Frédéric Amiel ; Journal intime, le 7 juin 1849.

— Alors, Maxence, tu vois, ce n'était pas si compliqué de parler devant la caméra. T'as fait ça comme un
grand. T'as l'air trop mignon quand t'as la tête de quelqu'un qui a peur.

Sonia prit un ton ironique puis lui tapota la joue. Cela faisait presque quarante-huit heures que Maxence était
cloîtré dans la plus spacieuse des chambres, la dernière,
tout au fond du couloir. Elle avait attendu que les stupides recherches en mer se terminent ainsi que le survol
de l'île par l'hélicoptère. Aujourd'hui, ils semblaient
s'être calmés et elle avait été prendre des nouvelles en
ville en s'asseyant au bar de L'oubli, rue de France. Les
gendarmes ne remuaient plus ciel et terre, car ils étaient
persuadés qu'il s'agissait d'une disparition volontaire.
Cela l'avait rassurée.

Maxence Rousseau n'avait pas trop à se plaindre. Il
avait une belle vue sur l'océan et Sonia lui avait même
fait livrer du couscous. Elle devait maintenant envoyer la
vidéo à sa naïve épouse. Elle ne pouvait pas la qualifier
autrement. Dans quelques jours, tout serait fini. Elle aurait son fric, et une nouvelle vie s'offrirait à elle. Dire que
ce lâche de Maxence avait osé s'éclipser en catimini pendant presque deux ans. Il se la coulait douce à Milwau-

kee alors qu'elle se coltinait toujours ce boulot épuisant à la réception de l'hôtel. Des clients de plus en plus exigeants qu'il fallait satisfaire en gardant un sourire de façade. Son supérieur qui contrôlait tout, qui décidait de tout, de ses horaires, de ses congés. Elle se sentait prisonnière de son travail. Cependant, sans réelle qualification, elle n'espérait pas autre chose. Et un homme suffisamment riche qui assurerait, elle ne l'avait pas trouvé.

Si elle voulait s'acheter un appartement, elle devrait emprunter, et rembourser chaque mois. Pendant combien d'années ? Quinze, vingt ans ? Devoir ensuite stresser tout ce temps, avoir peur de perdre son emploi et ne plus pouvoir rembourser la banque. Avec cette somme qu'elle allait soutirer à Harmony Flynt, elle paierait cash son petit nid avenue Collins, avec vue sur Miami Beach…

Elle enleva la clé USB de l'ordinateur portable des Wallace. Elle reprit la bouteille d'eau vide qui traînait sur le bureau en tek et se dirigea vers la porte. Elle devait envoyer la vidéo à partir d'un ordinateur d'un Cybercafé situé rue de La Liberté à Saint-Martin. Elle avait appris à créer une adresse IP flottante. Il était ainsi impossible qu'on puisse la localiser.

— C'est vraiment nécessaire que tu m'enfermes ? Qu'est-ce que tu crains ? T'as tes deux gardes du corps, si j'ai bien compris ? Et de toute façon où veux-tu que j'aille ?

— C'est plus prudent, ça évite les tentations. Personne ne doit te voir. Moins tu auras de contact avec l'extérieur, et plus tout se déroulera sans problème. Tu crois réellement qu'elle va payer pour toi ?

— Aucun doute, elle tient à moi !

— Oh comme c'est touchant. T'as l'air si sûr de toi, j'espère vraiment qu'elle va le faire. Sinon, on passe au plan B, et ce sera plus méchant pour elle. Tu t'en souviens ?

— Oui, et comment. Tu me le rappelles sans cesse. Mais, elle payera, elle m'aime, contrairement à toi.

— Bon, on sera vite fixés.

Elle abaissa le volet électrique qui protégeait la porte-fenêtre de la chambre. Elle ne le descendit toutefois pas jusqu'en bas, elle laissa passer un filet assez épais de lumière, mais sans qu'il soit possible pour lui de sortir par là. Elle le quitta, referma derrière elle à clé, et garda dans sa main la commande du volet électrique. Elle en faisait peut-être trop. Il n'avait aucun intérêt à vouloir partir, mais elle n'avait plus confiance en lui, et surtout il ne fallait pas qu'il côtoie trop souvent les deux autres. Moins Cédric et Fernando en savaient, plus c'était facile à gérer. Maxence n'avait aucun intérêt à s'enfuir. Mais ça la rassurait qu'il reste enfermé, elle savait ce qu'il était capable de faire. En songeant à son passé, elle trembla un peu. Pourquoi Maxence lui faisait-il peur tout à coup ? Elle l'avait supporté toutes ces années sans ressentir ce sentiment.

Elle gagna la terrasse pour penser à autre chose. Fernando n'était pas encore revenu de sa promenade, sinon elle l'aurait découvert, affalé, sur l'un des transats à siroter une bière glacée ou un ti-punch. Celui-là, au moins, profitait de ces pseudo vacances.

Elle ôta son poncho vert bouteille en voile transparent et piqua une tête dans la piscine. L'autre pigeon devait ronfler dans sa chambre. Elle devait le supporter quelques nuits et puis, bon débarras. Mais, c'était une superbe planque que Cédric Deruenne lui avait fournie. Et rien que pour cela, elle devait encore le ménager. Quand il lui faisait l'amour, elle se donnait à fond. La comédie devait être parfaite. Puis, à force de simuler, elle finissait par prendre du plaisir. Cédric Deruenne était accro, dommage qu'il n'avait aucun avenir. Il vivotait de job en job, très peu pour elle. Jamais elle ne se caserait avec lui.

Pourquoi utilisait-elle ainsi les hommes ? Au début, elle croyait sincèrement qu'elle les aimait quand même un peu. Maxence, elle l'avait aimé quelques années. Toutefois, il n'avait jamais eu de réelle ambition. Non seulement il s'était contenté de se planquer dans une cuisine d'un hôtel de Miami, mais en plus il était lâche. Il avait fui pour se marier en cachette, vivre aux crochets d'une femme et surtout lui mentir. C'était minable. Il devrait se méfier des femmes naïves, parfois elles se transformaient en vipère une fois qu'elles avaient compris…

Dans toutes ses relations avec les hommes, Sonia trouvait toujours un quelconque intérêt. Peut-être qu'une fois qu'elle aurait récupéré tout ce fric, ce serait différent.

Elle aimerait enfin un homme sans arrière-pensée.

Elle aimerait d'un amour sincère.

Elle n'aurait même pas à le lui dire, car cela se verrait dans ses yeux et dans ses gestes.

Chapitre 33

« L'espionnage entre amis n'est jamais acceptable »
Angela Merkel

Carolina Monteiro s'arrêta de danser, il ne la regardait plus. Ses yeux étaient fermés, son visage plongé dans une douce béatitude. Sans surprise, son client un peu spécial ne réclamait rien de plus. Il lui suffisait d'être sexy et de danser avec cette langueur obsédante.

Comme ses cheveux et ses yeux, ses sous-vêtements étaient noirs : soutien-gorge en dentelles, string ficelle, bas autoportants. Des chaussures à talons aiguilles anthracite sauf leurs semelles rouge sang qui donnaient un air de passion et un goût de piment. Elle avait actionné sa playlist préférée. Elle dansait sur de vieux morceaux de Rn'B des années quatre-vingt-dix. Elle aussi raffolait de ce style de musique. C'était pour tout cela que, peut-être, elle s'était attachée plus que de raison à cet homme.

Il se soulageait toujours tout seul, sans jamais la toucher. Ensuite, il lui proposait de s'allonger à côté d'elle. Il embrassait son front, la serrait contre lui et s'endormait, repu, une heure ou deux. Elle l'avait déjà vu pleurer, au tout début. Il se confiait à elle comme à une amie, lui expliquait son premier chagrin d'amour. Cette fille, Lise, avec un nom de famille flamand imprononçable. Celle avec qui il pensait faire « sa Vie », celle pour qui et avec qui il avait bravé l'Atlantique. Cette fille qui s'envola au cou d'un pilote d'avion. Depuis, il était devenu dur, renfermé. Le cœur indisponible. Il était devenu sans doute un homme.

Florent Van Steerteghem gardait les yeux fermés, il ne bougeait plus, respirait paisiblement, mais ne dormait pas. Elle s'allongea à côté de lui. Ce fut elle qui eut cette fois-ci envie de pleurer. Carolina voudrait qu'il l'aime. Le fantasme tant redouté des femmes qui vendent leurs charmes.

— Beau gosse, quand est-ce que tu m'emmènes manger dans un bon restaurant ? soupira-t-elle en caressant son ventre quadrillé par une puissante musculature abdominale.

— Jamais Carolina. Ce n'est pas notre deal. On ne mélange pas, je te l'ai déjà expliqué. C'est juste par principe, je n'ai rien contre toi. T'es une chouette fille.

— Tu ne veux pas t'afficher avec une stripteaseuse, c'est ça ?

Florent ne souhaitait pas la blesser en la requalifiant de ce qu'elle était réellement : une prostituée. Il caressa ses cheveux charbon si soyeux, rouvrit les paupières et surprit des yeux de braise qui l'observaient.

— Chuut Carolina, j'ai besoin de me reposer un peu. Je ne suis pas venu pour qu'on me prenne la tête.

— Ça, je sais, t'es juste venu te branler. N'oublie pas de payer Bernard le patron, trois cents dollars !

Elle se leva, vexée. Elle imagina un instant un poignard qui s'enfonçait dans ce cœur glacé. Le scénario la soulagea, lui permit d'évacuer un peu sa rage. Elle enfila sa robe moulante noire, si courte, si décolletée, si impudique qu'elle ôtait tout mystère. Quand elle ouvrit la porte, une musique de dance hall s'infiltra quelques secondes dans la chambre très insonorisée. Elle ne se retourna pas. Hors de question de lui montrer ses yeux humides ! Elle fila vers la salle de pole-dance, hésita entre se remettre à danser ou s'asseoir au bar. Elle choisit d'aller danser, on l'emmerderait moins.

Florent referma les yeux. Il décida, à contrecœur, qu'il ne reviendrait plus. Pourtant, il préférait venir à La Casa Rossa, cet *adult entertainement* situé du côté hollandais « faisait plus » dans les filles latino et métissées. Il voulait éviter les Russes et les Blondes, éviter toute ressemblance avec son ex.

Ici, il avait pris ses petites habitudes quand il montait à Saint-Martin. Il disait « monter », car l'île était au nord de Saint-Barth. Cela lui avait paru la meilleure solution. Il n'avait aucun compte à rendre hormis payer le patron. Et surtout pas de désillusions de couple. Juste du plaisir et de la détente. Carolina était une brune pulpeuse qui swinguait avec brio. Son ex, Lise Clijsters, était une blonde aux yeux gris, aux seins menus, aux fesses plates, complètement désarticulée lorsqu'elle dansait. Pourtant, il en avait été fou amoureux puis elle l'avait mis KO.

Carolina… Son antidote. Toutefois, il avait commencé à déceler chez celle-ci des gestes d'attention proches de l'affection. Elle remontait le drap sur lui lorsqu'il s'assoupissait, veillait toujours à ce qu'il n'ait ni trop froid ni trop chaud en adaptant la climatisation.

Elle s'attachait et pour lui il n'en était pas question.

relaxation

Il finit par s'endormir, mais pas longtemps, il n'eut probablement pas l'occasion de rêver. Son portable vibra juste à côté de lui : Fat Boy avec sa photo lorsqu'il affichait encore son presque triple menton. Maintenant, c'était flagrant en comparant cette photo ancienne au Fat Boy actuel, combien il avait littéralement fondu.

— Wouais vieux, c'est si important pour que tu me réveilles au beau milieu de la nuit ?

— D'abord, on n'est pas au beau milieu de la nuit, il n'est que vingt-deux heures, man ! Et *yes*, c'est urgent.

— Quoi, t'as déjà pu entrer dans sa boîte mails ?

— Qu'est-ce que tu crois ! J'ai commencé à bosser dessus dès qu'on l'a quittée. Même si je ne comprends pas trop pourquoi on l'espionne alors que c'est notre cliente.

— Je sais, mais elle ne me dit pas tout. Je ne la sens pas, je ne veux pas être mêlé à quelque chose de louche. D'ailleurs, elle me fait un peu penser à quelqu'un qui m'a mené en bateau et tu sais que j'aime mener la barque...

— Pas mal le jeu de mots. Bon, son mot de passe est débile : Harmony2108. Prénom, jour et mois de naissance.

— Mais encore ?

— Ta nana, en gros, elle reçoit peu d'emails perso. Beaucoup de contacts professionnels. Ce qui est facile, c'est qu'elle a classé ses contacts par catégories. Et il y a la catégorie « love ». Dans celle-ci, il y a quelques années, il y avait un certain Steven Reardon. La nature de leur relation ne fait aucun doute, puisqu'ils devaient se marier. Puis, ce qui m'a paru bizarre, c'est qu'il y avait plusieurs mails échangés par jour de 2003 à 2006 puis tout s'arrête le dix-huit novembre 2006. Ensuite, dans la catégorie « amis », elle reçoit une flopée de messages de gens qui lui souhaitent de sincères condoléances !

— Quoi, son gars est mort ?

— Tu comprends vite toi !

— Donc, elle a un fiancé qui décède juste avant le mariage, et maintenant un mari qui disparaît. Et t'as tapé les mots-clés que je t'ai demandés dans « recherche ».

— Oui bien sûr, j'ai tapé « insurance ». J'ai trouvé des mails échangés avec Jonathan et Katreen Clark. Ce sont ses bienfaiteurs qui s'occupent d'elle depuis qu'elle a douze ans. Il y a un message intéressant où Mr Clark lui conseille de garder l'argent de l'assurance-vie, même si elle considère que c'est de l'argent maudit !

— Ça, j'imagine que ça doit être dur d'utiliser le fric que t'as eu grâce au décès de ton fiancé. Faudra qu'on trouve de quelle façon il est mort exactement. Et qu'est-ce qu'il y a d'urgent ? Tu ne pouvais pas me raconter tout ça demain matin ?

— Bon il y a d'autres mails plus récents avec « insurance », mais je n'ai pas eu le temps de les lire. Mais surtout, ça fait plus d'une heure que j'essaye de te joindre, et ta cliente aussi. Tu m'avais dit que tu serais rentré chez moi vers vingt et une heures. T'es avec Carolina, je suppose ?

— Tu supposais bien, elle vient de partir…

— Ooh, je vois.

— Non, tu ne vois rien, continue.

— Et parle-moi plus cool, n'oublie pas que je garde ton chien pendant tout ce temps ! D'ailleurs, qu'est-ce qu'elle bouffe ! Tu ne devrais pas la mettre au régime ?

— Allez termine, je suis tout « ouïe ».

— Harmony Flynt est dans tous ses états, elle dit avoir reçu une demande de rançon pour son mari.

Florent marqua une pause avant de réagir.

— Nous y voilà, il aurait donc été enlevé…

— Ils réclament deux cent mille dollars.

— La vache !

Florent ne sut pas trop pourquoi, mais la vision de Brandon Lake derrière la fenêtre de l'épicerie lui revint. Celui-ci les épiait, cela ne faisait aucun doute. Et quand il le surprit, il avait feint d'être jovial. Ce type n'était pas clair. Pourquoi avait-il importuné Harmony Flynt sur le bateau et pourquoi faisait-il semblant de ne plus se souvenir de son mari ?

— Tu connais bien Brandon Lake ?

— Oui, pourquoi ?

— Tu peux te renseigner sur lui ?

— Dis donc, qu'est-ce qui te prend, t'as de drôles de demandes aujourd'hui ? T'espionnes tout le monde !

— Non, je veux juste que tu vérifies son parcours. Notamment où a-t-il vécu depuis qu'il est majeur, s'il est, entre autres, passé par les États-Unis ? Et où il crèche à Saint-Barth. Et si sa case pouvait retenir quelqu'un prisonnier. On se rejoint à l'hôtel de Mrs Flynt dans quinze minutes.

Florent raccrocha. Il prit une douche rapide, tout en se morfondant à savoir comment il allait sortir de la Casa

Rossa sans croiser le regard assassin de Carolina Monteiro.

Chapitre 34

« L'encombrement des greniers ressemble parfois à
celui des mémoires. »
Les Déferlantes, Claudie Gallay

C'était probablement la première fois qu'il avait décidé de voyager en un temps si record surtout pour une
pareille distance. Achat des billets, le huit décembre à six
heures trente du matin, décollage à treize heures. Il avait
obtenu la dernière place en classe business, sur un vol
entre Sint-Maarten et Atlanta. Maintenant, Florent Van
Steerteghem attendait que le Boeing se pose à Milwaukee, terminus. Deux escales au total, Atlanta puis Chicago, avant d'arriver dans cette ville dont il n'avait jamais
entendu parler. Vingt heures de voyage, en tenant
compte du temps de transit. Pendant ce laps de temps, il
aurait pu effectuer Sint Maarten Paris aller-retour.

Après l'atterrissage, il devait prendre un taxi jusqu'au domicile des Flynt-Rousseau. Par chance, elle
n'habitait pas très loin du General Mitchell International
Airport, lui-même implanté à huit kilomètres au sud du
centre-ville. Toutefois dans les villes, ce n'était pas le
nombre de kilomètres qui comptait, mais la durée réelle
pour se rendre d'un point A à un point B, bouchons in-
clus.

Après le coup de fil de Fat Boy - qu'il avait de plus
en plus envie d'appeler par son vrai prénom, Josuah - il
avait délaissé la Casa Rossa, avec un arrière-goût

d'amertume en repensant à Carolina. N'importe quel homme normalement constitué l'aurait déjà culbutée. Avait-il peur de s'attacher en franchissant cette étape charnelle ?

Il était minuit lorsqu'Harmony les autorisa, lui et Fat Boy, à monter dans sa suite. En y pénétrant, Florent n'avait jamais eu autant cette conviction que les lieux s'imprégnaient avant tout de l'humeur de ses occupants. La chambre était d'un triste comme si on veillait un mort. Harmony Flynt s'était assise au milieu du lit, et leur avait montré la vidéo. Il l'avait trouvée si pâle devant l'écran de son téléphone. Et ce fut à cet instant précis que la ressemblance lui sauta aux yeux, surtout avec sa nuisette blanc cassé en satin, ses cheveux légèrement défaits. Le sosie de Lise, son ex. Cela lui avait déplu. Si Fat Boy n'avait pas été là, peut-être aurait-il proposé de tout arrêter. Il lui aurait rendu l'argent qu'elle lui avait déjà viré sur son compte. Il lui aurait ensuite conseillé avec une fausse politesse de s'adresser à quelqu'un d'autre.

Mais il s'était ressaisi. La vie à Saint-Barth nécessitait un besoin continuel de rentrées de cash. Josuah comptait sur lui, et Florent voulait prouver à ses parents qu'il pouvait s'en sortir sans leur aide financière, qu'il était un vrai aventurier, un adulte autonome. Ce dont sa mère, Claudine, doutait parfois. L'autre nuit, il s'était pris la tête avec elle à ce sujet. Elle souhaitait lui envoyer un peu d'argent. Il avait refusé, elle n'avait pas apprécié. Elle avait encore besoin de sentir que son unique enfant avait encore besoin d'elle.

Sur la vidéo, Maxence Rousseau était crispé, parlait d'un ton grave. Selon sa femme, il portait la même chemise blanche en lin à manches courtes. Il était tel qu'elle l'avait aperçu la dernière fois, hormis l'apparition de cernes assez marqués. Derrière lui, ils pouvaient distinguer un mur couleur taupe tout lisse où furtivement surgissait le bord d'un tableau avec une scène de soleil levant. Fat Boy avait essayé de déterminer la provenance de l'email. Mais ils, dans l'hypothèse où ils étaient au moins deux, avaient utilisé une adresse IP flottante. Des pros ou des amateurs professionnalisés. Et depuis, à nouveau contre leur avis, elle avait supprimé cet email avec la vidéo, obéissant aveuglément aux ravisseurs.

Pendant quelques instants, ils avaient tenté de la persuader de prévenir la gendarmerie, mais Harmony avait refusé catégoriquement. Son refus si tranché les avait un peu surpris, mais elle n'avait fait preuve d'aucune hésitation. Elle agirait comme exigé dans la vidéo : deux cent cinquante mille dollars à placer dans une banale caisse en carton, au milieu de vêtements. Ensuite, à expédier via DHL à leurs bureaux situés à Saint-Martin.

Tout serait vite terminé. Cet argent, de toute façon, Harmony avait toujours voulu s'en débarrasser. Elle leur avait raconté ce qu'ils savaient déjà depuis peu, mais ils firent semblant de l'apprendre de sa bouche. Le souffle court, elle leur avait évoqué ce terrible accident de la route qui avait emporté son fiancé, à cinq mois de leur mariage et de l'assurance-vie qu'elle avait touchée en dédommagement. Ils venaient d'y souscrire en prévision

rings under the eyes

de l'achat de leur duplex. Avaient-ils attiré le mauvais œil ? Ce à quoi avait songé tout à coup Fat Boy. Il s'était souvenu de son ami Jimmy Landefort qui avait, lui aussi, pris une assurance obsèques et qui peu de temps après, avait enterré son père emporté par un cancer fulgurant.

Toutefois, Florent avait remarqué que durant son récit, Harmony Flynt ne les fixait pas dans les yeux, comme elle le faisait pourtant habituellement. Ce petit détail lui avait déplu à nouveau, l'avait ramené à son ex, la salope de Lise Clijsters. Le jour où elle lui avait juré qu'il n'y avait rien entre elle et le séduisant pilote, Alexandre Stein. Elle aussi avait eu un regard fuyant en lui niant les faits. Harmony Flynt lui mentait-elle également ? Pour quel motif ?

L'argent de l'assurance-vie dormait chez elle, dans un coffre-fort caché derrière un tableau. Une planque à la con, avait-il crié, la faisant sursauter. Pourquoi le gardait-elle à son domicile et non à la banque ? lui avait-il alors demandé avec brusquerie, la fatigue aidant. Elle leur avait répondu que son tuteur, un certain Monsieur Jonathan Clark le lui avait recommandé. Qu'il était important d'avoir toujours du cash en liquide disponible quelque part. Une somme conséquente et secrète dans laquelle on pouvait puiser, sans devoir remplir des formulaires ou devoir attendre l'ouverture du guichet de la banque. Florent s'était fait la réflexion que seuls les mafieux agissaient de la sorte ou ceux qui avaient l'esprit paysan. S'agissant de Chicago, il avait opté pour la version mafieuse.

hiding place of an idiot

300

Harmony avait suivi les conseils de Jonathan Clark, elle avait planqué tout ce fric, comme un bandit cacherait son argent sale. Elle avait clôturé son récit, d'une voix soulagée, qu'enfin, cette somme allait servir à quelque chose d'utile. Dans quelques jours, Maxence serait libéré. Ils reprendraient leur vie paisible, tout redeviendrait comme avant. La mort d'un premier amour allait sauver le deuxième. En prononçant cette dernière phrase, elle avait regardé très loin devant elle, fixant on ne sait quel fantôme du passé.

Les deux hommes avaient croisé leurs regards. Fat Boy avait écarquillé les yeux, sa façon de faire remarquer qu'il trouvait la personne bizarre. Florent avait juste froncé les sourcils. La fragilité de cette femme le perturbait, il avait mis de côté les similitudes malheureuses avec son ex, car celle-ci avait, elle, un caractère en acier...

Contre toute attente, il avait accepté de partir à sa place récupérer la rançon. Harmony n'en avait pas la force. Florent voulait également assouvir sa curiosité, sortir de ces îles et du huit clos de son bateau. Josuah gardait son chien Tempête. Sous ses soupirs qu'il lâchait face à cette corvée, son coéquipier vouait un véritable attachement pour cet animal.

L'avion n'était plus qu'à trois cents mètres d'altitude. Cent cinquante kilomètres seulement séparaient Chicago de Milwaukee. Une hôtesse qui avait plus le look d'une employée de Mac Donald marcha dans la rangée vérifier que tout le monde avait sa ceinture. Elle savait pourtant qu'en cas de crash, ils y passeraient tous.

Florent serra ses accoudoirs, il préférait de loin la mer aux airs.

Dehors, le froid le saisit. Il ferma sa doudoune noire que Josué Hamlet, le frère de Fat Boy qui voyageait souvent vers l'Europe, lui avait prêtée. La famille Hamlet faisait dans les prénoms bibliques, les Antillais avaient aussi ce point commun avec l'Afrique. Cela faisait longtemps que Florent avait affronté de telles températures hivernales, plus de deux ans. Ce petit coup de fouet sur ses neurones qui fonctionnaient au ralenti sous les tropiques ne lui fit pas de tort. Il s'inquiéta juste de ne pas avoir pris assez de vêtements chauds. Il n'avait emporté qu'un léger bagage à main, un ancien sac de sport bleu marine, vestige de ses années « lycée ». Dedans, il y avait glissé de quoi se changer pour trois jours : trois t-shirts, trois caleçons et deux pulls.

Il s'engouffra dans le premier taxi de libre.

Harmony Flynt n'avait pas exagéré. La course fut brève, quinze minutes à peine. Le chauffeur chinois le déposa dans la rue W Alvina Eve, au cœur d'un quartier résidentiel, silencieux, propre. D'après l'inscription sur une pierre de la façade, la maison devait dater du XIXe siècle, ce qui lui conférait un certain cachet. Un jardinet à l'avant la séparait de la chaussée. Une fine couche de givre recouvrait celui-ci. C'était dépaysant, surtout en débarquant de la Caraïbe.

En pénétrant dans la maison, il la trouva très bien entretenue, mais ça manquait de vie, de chaleur humaine. Les meubles étaient trop neufs, trop modernes.

Frost

Cette impression était sans doute due à l'absence des propriétaires. Il ne s'attarda pas à détailler la déco, il fila éteindre l'alarme avant qu'elle ne s'enclenche. Il n'avait pas plus de trois minutes pour introduire le code, 2108, à nouveau le mois et le jour de naissance d'Harmony Flynt.

Puis, il fit le tour du rez-de-chaussée. Il garda en bandoulière son unique bagage, comme s'il allait aussitôt quitter les lieux. Ce qui n'était pas le cas, il devait dormir au moins deux nuits dans cette maison. Le salon était assez vaste. Un spacieux canapé gris clair en forme de L faisait face à la traditionnelle télévision avec écran plat, trônant sur un meuble blanc. Florent était certain d'y effectuer une sieste, sous peu. Le salon se prolongeait par une cuisine américaine avec un îlot central très à la mode.

Une pièce exiguë à gauche de la porte d'entrée servait a priori de bureau à Maxence Rousseau. Une solide planche en bois déposée sur deux tréteaux faisait office de table de travail. Dessus trônaient son ordinateur portable et un cahier Clairefontaine rempli de notes. Une multitude de cartes postales étaient épinglées sur le mur juste au-dessus, comme cela se pratiquait dans les salles de détente des entreprises. Il en lut quelques-unes. Pour la plupart, elles avaient été envoyées par des collègues de son ancien hôtel : vacances en Californie, Bahamas, Mexique, Hawaï... Les destinations habituelles des Américains.

Quelques feuilles jonchaient le sol, ce qui faisait un peu désordre, un contraste avec le reste de la maison si bien ordonné. Il en saisit une, un peu au hasard, quelques phrases y avaient été griffonnées. Une scène décrivait des étudiants qui partageaient un repas sur un bateau. Probablement un morceau du livre que Maxence Rousseau était en train d'écrire. Il ouvrit l'ordinateur et l'alluma. Par chance, il n'y avait pas de mot de passe. L'image de fond d'écran montrait une plage de sable noir et des pieds nus.

Sur l'écran se trouvaient plusieurs fichiers Word. L'un d'eux était dénommé « D.E.E.T », le même acronyme inscrit sur l'autre cahier de notes de Maxence découvert dans sa valise. Florent s'était interrogé sur sa signification. Cela faisait-il référence au produit répulsif utilisé contre les moustiques, le N,N-diethyl -3 - méthylbenzamide ?

Il cliqua sur le fichier, le survola. Le manuscrit d'un roman ! Le premier chapitre racontait les préparatifs de jeunes étudiants fraîchement diplômés de science Po. Le deuxième décrivait leur arrivée sur une île indonésienne. Florent le referma, n'y voyant rien d'intéressant dans l'immédiat. Néanmoins, il le copia sur une clé USB. Ses emails et l'historique de sa navigation devaient être plus intéressants. Dommage que Fat Boy n'était pas présent. Mais un billet d'avion acheté à la dernière minute avait suffisamment coûté à leur cliente.

Il revint vers le hall d'entrée. Un escalier en colimaçon avec des rampes en fer forgé conduisait vers l'étage. Il l'emprunta aussitôt, pressé de découvrir les lieux. C'était dans la chambre d'amis qu'il devait dormir, c'était là aussi qu'il trouva le tableau, une imitation d'une peinture de Gauguin, *Piti Teina*. Deux jeunes sœurs polynésiennes, l'aînée au regard songeur entourait d'un bras protecteur sa cadette. Les couleurs vives lui rappelèrent les œuvres du célèbre peintre saint-martinois sir Roland Richardson.

Enfin, il déposa son bagage sur le lit massif beaucoup moins moderne que les meubles du rez-de-chaussée. Sûrement l'un de ces lits qu'on héritait un jour d'une grand-mère ou d'une vieille tante et dont on n'osait plus se débarrasser. Comme ameublement, il y avait juste une tringle avec des cintres vides, ainsi qu'un pouf en cuir très usé. La pièce ne devait pas accueillir très souvent des invités.

Il s'attela à décrocher l'œuvre copiée de Gauguin. Il la retira avec précaution, même s'il supposait qu'elle ne devait pas avoir une très grande valeur. Derrière le tableau, le coffre-fort, dans celui-ci, des liasses de billets en coupures de cent dollars. Quelle inconscience que de conserver tout cela ici. Mais le couple recevait peu de visites et il n'avait pas de femme de ménage. Maxence Rousseau se chargeait de tout, comme un homme au foyer.

Les seuls qui avaient été mis dans la confidence étaient les Clark. D'après Harmony Flynt, ils n'étaient pas du style à ébruiter ce genre d'information. Mais qu'elle n'en ait jamais parlé à son mari était culotté. L'image d'un amour fusionnel s'effritait. Elle avait au moins ce secret.

Une échelle en aluminium rétractable longeait le mur qui donnait sur l'arrière de la maison et leur immense jardin. Il la ramassa, la trouva si légère. Harmony Flynt lui avait expliqué qu'il trouverait des caisses en carton en bon état au grenier. Au milieu du couloir, il dut abaisser une trappe, puis glisser l'échelle à travers l'ouverture pour pouvoir y grimper. L'accès n'était pas pratique pour un sou.

À l'intérieur du grenier mansardé, il put se tenir à peine debout. Des caisses en carton vides s'empilaient à l'endroit exact où elle le lui avait renseigné, sur la gauche. Il y avait aussi plusieurs volumineux sacs en plastique contenant des vêtements, notamment des robes d'été en profusion, qu'elle comptait un jour donner. Aujourd'hui, elles serviraient à camoufler les liasses de billets dans le colis. Il s'empara d'un sac et d'une caisse.

Il commençait à redescendre à reculons quand il remarqua que quelque chose clochait. Le grenier n'était pas assez long. Il ne pouvait recouvrir toute la longueur de la maison. Le mur sur la droite était en briques nues, alors que le reste de la pièce avait été plâtré et repeint en blanc. Un chiffonnier occupait le milieu de ce mur qui paraissait neuf. Il remonta, se dirigea vers celui-ci et entreprit d'ouvrir les tiroirs du meuble : des jeux de société en quantité, identiques à ceux que l'on retrouvait dans les familles : Scrabble, Monopoli, Puissance 4, Stratego… Ses parents possédaient les mêmes à Bruxelles. La seule différence était que ceux-ci étaient en anglais.

Au sol, des traces dans la poussière semblaient avoir été provoquées par le déplacement du chiffonnier. Il eut l'intuition de le bouger. Il tomba sur une ouverture aussi large qu'une porte, mais pas plus haute qu'un mètre. Nul doute que le meuble était là pour camoufler l'entrée. De plus en plus intrigué, il s'abaissa et pénétra dans ce qui devait être le reste du grenier. Une pièce dont l'accès était restreint avait toujours quelque chose d'extrêmement attirant. Il ne trouva pas d'interrupteur. Pour mieux voir, il dut actionner la lampe de poche intégrée à son téléphone. Encore un gadget révolutionnaire des smartphones.

Ce qu'il découvrit le surprit : une chambre d'enfant, plus exactement de petit garçon. Un lit en forme de voiture de course, bleu et rouge, ainsi que de nombreuses constructions en Lego garnissaient des étagères murales. Le plus étonnant était la présence d'un bac à sable rempli de ces minuscules parasols en papier que l'on plantait sur les coupes de glace.

Un lieu impeccable, sans poussière. Une sorte de sanctuaire très bien entretenu. On y venait donc fréquemment. Au-dessus d'un petit bureau en bois jaune, une photo épinglée au moyen de plusieurs punaises l'émut : un garçon blond aux yeux bleus d'environ sept ans. Son visage souriant se collait à celui d'une fille un peu plus âgée, plus sérieuse.

Sans hésitation, il l'identifia.

Elle avait le même regard.

Quelques mots écrits au marqueur rouge indélébile, d'une écriture ronde : « *À Ben, mon frère disparu. Je t'aimerai toujours, tu seras toujours avec moi* ».

Chapitre 35

« Il faut être un peu mythomane, il faut être même
beaucoup mythomane. Le problème de la mythomanie,
c'est que parfois on perd contact avec la réalité [...]. Et
c'est une notion qui est difficile à expliquer [...]. Il faut
aussi embellir, il faut aussi tricher, il faut aussi mentir
pour raconter la vérité. »
Contact l'encyclopédie de la création — Emission
canadienne par Stéphan Bureau -Robert Lepage

Florent revérifia l'adresse indiquée sur la carte de visite. Il l'avait découverte sur la porte du frigo des Flynt-
Rousseau, maintenue par un magnet en forme de chapeau de chef-coq. Mais il n'y avait pas d'erreur, c'était
bien là. Il fit un signe de la main au taximan qu'il pouvait
s'en aller. Au dos de la carte, Harmony avait noté :
« rendre visite à maman tous les samedis », suivi de plusieurs points d'exclamation.

L'institut neuropsychiatrique où avait été placée Rosanna Flynt se trouvait à l'écart de la ville. Une localisa-
tion plutôt traditionnelle pour ce genre d'établissements.
Voulait-on ainsi que les pensionnaires se reposent à
l'écart ou qu'ils soient loin, moins visibles des gens nor-
maux ? Mais comme celui-ci, ils avaient souvent
l'avantage d'être au milieu d'un magnifique parc boisé.
De plus, il abritait un étang sur lequel glissaient de ma-
jestueux cygnes. Le long de ses berges, il y vit même un

paon se pavaner en toute liberté. L'endroit était paisible et le personnel qu'il croisa était assez jeune et souriant.

L'infirmière en chef, Elisabeth Jenkins, contactée la veille, lui avait recommandé de venir vers les seize heures. Il n'y avait aucun repas, ni soin, ni activité de loisirs à cette heure-là. Il faisait anormalement plus calme. De plus, c'était samedi, beaucoup de pensionnaires avaient déjà quitté l'établissement pour passer le week-end dans leurs familles respectives. Ils revenaient, pour la plupart, le dimanche en fin d'après-midi. Mais Rosanna Flynt restait souvent ici. Son cas était trop lourd pour que sa fille la loge tous les week-ends. Une fois par mois, ou les jours fériés, Harmony essayait de la prendre chez elle pour la journée.

Florent avait dormi tel un loir dans le canapé du salon. Complètement décalé à son réveil, il ne savait plus où il était, chez qui il se trouvait, quel jour on était. Après avoir bu deux expressos, ses repères spatio-temporels s'étaient réajustés. Ensuite, il avait préparé le colis si précieux contenant l'argent de la rançon. C'était le plus urgent. Harmony l'avait contacté à plusieurs reprises pour s'assurer qu'il faisait tout le nécessaire pour l'expédier. Par facilité, il avait appelé un taxi. Il n'avait pas envie de se perdre dans la ville en trimbalant la caisse. Maintenant, il était soulagé. C'était réglé, expédié. Le comble, c'était d'avoir dû estimer sur le récépissé d'envoi, la valeur du contenu du colis. Il avait effectué un rapide calcul, s'interrogeant sur la valeur de robes d'été démodées et des soi-disant livres destinés à justifier le poids de la caisse. Il avait noté au pif, cinq cents dollars.

Dans quarante-huit heures, l'argent ainsi camouflé serait déjà disponible au comptoir local de DHL à Saint-Martin. Harmony n'avait plus qu'à le récupérer. Florent devrait être de retour à temps pour l'accompagner, en toute discrétion, pour la transaction. Fallait-il qu'il mette dans la confidence la gendarmerie malgré le refus de sa cliente ? Car de toute évidence, les kidnappeurs de Maxence Rousseau ne pouvaient se planquer qu'à Saint-Martin ou aux alentours pour pouvoir réceptionner la rançon.

Florent se fit guider par un infirmier, Harry Green, jusqu'au logement de Rosanna Flynt. Ce Harry avait le physique habituel du personnel soignant, mince, dyna-mique, les cheveux impeccables. Quand ils pénétrèrent dans le studio, ils la trouvèrent assise dans un fauteuil roulant électrique. Il faisait extrêmement lumineux. Les rideaux n'étaient pas tirés et les fenêtres donnaient plein sud sur un ciel bleu hivernal.

CNN retentissait à volume maximal et annonçait une dégradation de la météo pour le lendemain, prédi-sant des chutes de neige conséquentes. L'infirmier qui l'avait mené jusque-là fut un peu gêné par la hauteur du son. Il ne fallait pas qu'on le suspecte de ne pas faire son boulot et de laisser la pensionnaire sans surveillance. Il chercha la télécommande, l'arracha des mains de Rosan-na et diminua le son. Celle-ci observa l'infirmier d'un regard contrarié, mais replongea aussitôt dans le flot des actualités.

— Madame Flynt, vous avez de la visite !
— Harmony, c'est toi ?

— Désolé, madame je suis…

— Ben ?

— Bien sûr que non, Rosanna, vous savez que ce n'est pas possible. C'est un ami de votre fille, Florent heu…

Florent s'avança pour faire face à la mère d'Harmony pour qu'elle le distingue mieux. Il découvrit une femme assez maigre avec des yeux bleu gris, identiques à ceux de sa fille.

— Florent Van Steerteghem, dit-il sur un ton quelque peu irrité que son nom soit si souvent estropié.

— Bon, je peux vous laisser ? enchaîna Harry Green qui avait besoin d'un café pour tenir le coup jusqu'à la relève.

— Oui, merci, répondit Florent toujours en anglais qu'il maîtrisait plutôt bien et qui se félicitait depuis la veille de tout comprendre et de s'exprimer aisément.

Rosanna Flynt scruta l'intrus. En dehors de sa fille et de Jonathan Clark, elle ne recevait jamais de visiteurs. À l'époque de son accident, ses collègues de son ancien fast food étaient venues la soutenir en une longue procession solennelle. Puis, les visites s'étaient espacées pour se tarir et s'arrêter. Vingt ans s'étaient écoulés.

— Excusez-moi de vous déranger, Madame Flynt, je suis de passage dans la région. Je viens de la part de votre fille, Harmony. Elle vous salue. Elle est en vacances à Saint-Barth où je vis.

Il eut mauvaise conscience de mentir à cette femme handicapée. Harmony ne l'avait pas mandaté pour cette visite. Mais il devait aller jusqu'au bout de sa quête de vérité. Trop de mystère, trop de secrets et par conséquent, de mensonges planaient autour de sa fille. Pour se déculpabiliser, il lui tendit un ballotin de pralines.

— Oh, du chocolat, c'est trop aimable, merci, Monsieur. Et avez-vous vu Ben également ?

— Non, malheureusement...

— Oh, dommage, c'est un garçon si adorable.

— Certainement, je n'en doute pas, surtout s'il ressemble à sa sœur.

Elle sourit. Elle appréciait qu'on flatte ses enfants. Ils étaient ses uniques trésors. Harmony avait réussi sa vie, mais surtout sa fille était une belle personne. Rosanna était juste un peu triste que Ben ne vienne plus rendre visite à sa sœur. Par conséquent, elle n'avait plus aucune nouvelle. C'était pour cela qu'elle regardait les chaînes d'info en continu, quelques fois qu'elle le verrait au hasard d'un breaking news...

Florent quitta l'institution après s'être entretenu avec l'infirmière en chef, Elisabeth Jenkins. Femme de poigne qui avait pris quelques rondeurs après la cinquantaine, elle était toujours animée de cette énergie perceptible à travers ses grands yeux bruns écarquillés en permanence. Longtemps, elle était restée furieuse contre Harmony Flynt. Même si ce n'était pas déontologique d'avoir ce genre de réaction. Une soignante se devait, si pas pardonner, écouter et surtout ne pas juger.

Quand Florent avait voulu en savoir plus, Élisabeth s'était montrée réticente. Elle tenait au secret médical. Mais il avait insisté en douceur, en mentant à nouveau. Il lui prétendit travailler en collaboration avec la gendarmerie française. Ils essayaient de comprendre pourquoi le mari d'Harmony Flynt avait disparu. Et qu'ils imaginaient peut-être un ras-le-bol d'une situation familiale et de couple trop lourde à supporter pour celui-ci.

Elle avait fini par lui détailler tout le drame de la famille. Florent avait déjà remarqué que les gens qui au départ étaient réticents à parler, une fois lancés, devenaient de véritables moulins à paroles. Il fallait juste amorcer la pompe.

Le trente novembre 1996, la petite tribu Flynt avait décidé de s'offrir un cinéma. Rosanna, Harmony et Benjamin, plus souvent appelé « Ben », s'étaient régalés en visionnant le dernier Walt Dysney, *le Bossu de Notre-Dame*. Ils n'avaient qu'une demi-heure de route à effectuer pour regagner leur domicile. S'ils étaient partis quelques secondes plus tôt ou quelques secondes plus tard, le drame ne se serait pas produit. Le temps s'était dégradé brutalement durant la séance de cinéma. Sur une ligne droite, une jeune femme, Kimberley Clark, avait dérapé juste devant eux. C'était la fille de Jonathan et Katreen Clark, âgée de dix-neuf ans, qui conduisait après avoir pris un verre, et pas qu'un seul, dans un bar avec des copines. En quittant le bar, elle avait avoué à l'une de ses amies, Betty Glasgow, qu'elle était fatiguée et qu'elle avait un peu trop bu. Betty lui avait dit d'attendre un peu, mais Kimberley, impatiente de rentrer chez elle, avait haussé les épaules. Rosanna Flynt n'avait pas pu éviter la collision. Tout semblait glisser, y compris son volant qu'elle ne contrôlait plus.

Quand des semaines plus tard, Rosanna s'était réveillée de son coma au Provident Hospital of Cook County, les médecins avaient douté qu'elle puisse un jour se mettre debout, qu'elle puisse un jour parler et même communiquer avec les yeux. Pourtant un petit miracle s'était produit. Au bout de longs mois de rééducation dans une clinique privée à Chicago, elle s'était assise. Mais elle ne pouvait plus marcher de façon autonome. Et surtout, elle présentait des séquelles cognitives. Sa logique n'était plus pareille. Lorsqu'Harmony avait pu enfin s'entretenir avec elle, sa mère l'avait crue sans broncher quand elle prétendit que Ben était toujours en vie. Harmony lui avait même précisé qu'elle en prenait bien soin. Elle lui faisait répéter ses leçons, et qu'il brossait matin et soir ses dents, dont certaines, étaient prêtes à tomber. Et surtout le soir, elle lui lisait souvent un conte pour qu'il s'endorme.

Depuis ses douze ans, Harmony Flynt avait un compagnon imaginaire qui n'était autre que son frère décédé à côté d'elle, et dont le sang s'était répandu sur ses vêtements. Harmony s'était sentie coupable. Ce trente novembre, elle avait resservi un dernier verre de vin à sa mère. Elle s'était toujours interrogée si celui-ci avait pu altérer les réflexes de sa mère au moment de l'accident. Les analyses sanguines démontrèrent que non. Mais la culpabilité était un sentiment qui ne disparaissait pas comme cela, même avec des données scientifiques.

Heureusement, avait soupiré Elisabeth Jenkins, que depuis son mariage, tout ce cirque avait cessé. Maxence Rousseau avait été intransigeant. Il avait empêché sa

femme de continuer à vivre dans cette mythomanie douloureuse. Mais pour Rosanna Flynt, c'était trop tard. Son
cerveau abîmé ne pouvait pas l'admettre, surtout après
autant d'années. Florent avait remercié Élisabeth pour
toutes ces informations. En la quittant, il avait senti
qu'elle regrettait déjà d'en avoir un peu trop dit.

Florent remonta à l'arrière d'un taxi. Il avait hâte de
contacter la compagnie aérienne EasyJet. Il devait trouver une place pour son voyage retour. Il en avait suffisamment appris. Harmony avait donc reconstitué la
chambre de son frère dans une partie secrète de son grenier. Son mari en connaissait-il l'existence ? Le jour où il
avait acheté des paellas, elle lui avait prétendu qu'elle
parlait à un petit garçon sur un banc. Avait-elle replon-
gé ?
    Que lui cachait-elle d'autre ?
    Ce fut à cet instant que Fat Boy l'appela. Cela devait
être urgent, il savait qu'il avait horreur de dépenser son
argent en frais de « roaming ».
    — Oui, qu'est-ce qu'il y a Josuah ?
    — Tiens-toi bien, Maxence et Harmony Flynt avaient
aussi souscrit pour une assurance-vie après leur mariage.
    — Tu as trouvé ça dans ses mails ?
    — Yes, man. Et j'ai également une copie du contrat
dans une pièce jointe. Il y a une clause qui précise qu'elle
touchera l'assurance-vie, même en cas de disparition. À
condition que celle-ci soit supérieure à six mois…

Chapitre 36

« La raison nous commande bien plus impérieuse-
ment qu'un maître ; car en désobéissant à l'un on est
malheureux, et en désobéissant à l'autre on est sot. »
                                    De Blaise Pascal /Pensées

Lundi douze décembre 2016, quinze heures. Le ciel
était dégagé, le soleil avait repris toute sa vigueur. Ce ne
fut pas une idée très lumineuse qu'elle soit montée dans
ce taxi collectif. Bien que la spacieuse camionnette grise
Hyundaï ait pu contenir au moins une dizaine de passagers, Harmony se sentit coincée entre deux plantureuses
Haïtiennes.

La traversée du quartier d'Orléans, l'un des plus po-
pulaires de l'île, fut assez laborieuse. De multiples arrêts,
des gens qui se bousculaient, des voitures garées en
double file qui gênaient le trafic. À vouloir à tout prix
passer inaperçue, elle en avait peut-être trop fait. Une
blonde, au milieu de la population noire et métissée, ça
se remarquait. Elle regretta son choix de transport en
commun. Le trajet lui parut interminable, mais bientôt
elle reconnut l'endroit où elle allait descendre. Elle régla
les deux euros pour la course et sortit sans précipitation,
freinée par la nonchalance de sa voisine.

Le réceptionniste de l'hôtel lui avait dessiné un plan
assez rigoureux pour qu'elle ne se trompe pas. Au rond-
point, elle prit le troisième embranchement sur la
gauche. Elle s'engagea dans la rue presque parallèle à

clear

celle qu'elle venait de quitter, longea une petite zone commerciale. Une femme en tenue de sport fuchsia grimpait les marches d'un escalier métallique. Tout en haut, elle vit des affiches publicitaires pour un club de fitness. Les cours de zumba qu'elle suivait à Milwaukee semblaient appartenir à un passé imaginaire. Pourtant, quinze jours plus tôt, elle s'y était rendue avec gaîté. Maxence l'avait attendue à la cafétéria. Il aimait l'y emmener, lui permettant ainsi de profiter de son sport sans être stressée par la conduite.

Parvenue à un deuxième carrefour, elle prit sur la droite, puis directement à gauche pour rejoindre la zone commerciale de Hope Estate. Celle-ci était assez récente et de nombreux bâtiments avaient poussé tels des champignons un matin brumeux d'automne. Un vaste chantier était en fin de construction. Il devait abriter prochainement une galerie commerciale. L'air lui parut quelque peu poussiéreux. La présence, non loin de là, d'une carrière en activité à flanc d'une colline défigurée en était peut-être la cause.

Elle ne regretta pas de s'être vêtue d'un jeans et d'un polo gris foncé pour être plus à l'aise. Elle marchait vite, sa cheville gauche, bien contenue dans sa chaussure de tennis, n'était plus douloureuse. Juste une légère gêne qui lui rappelait les tragiques évènements qui s'étaient succédé en si peu de temps.

Quand elle se trouva devant le bureau de DHL, son cœur s'accéléra. Elle jeta un rapide coup d'œil aux alentours, vérifiant que personne ne la suivait. Florent Van Steerteghem n'était pas là. La météo s'était dégradée dans le nord-est des États-Unis, beaucoup de vols avaient été annulés. Florent était coincé, en transit à Chicago, attendant que les conditions redeviennent plus favorables et que son avion soit autorisé à décoller. Toutefois, son absence l'arrangeait. Elle ne devait prendre aucun risque, elle l'avait senti très réticent à agir sans prévenir la gendarmerie. Pour cette raison, elle préférait effectuer l'échange seule. Elle leur donnerait l'argent, Maxence reviendrait. Tout serait fini.

Aux mystérieux kidnappeurs, elle leur avait fourni tous les renseignements par mail. Leur précisant le jour et l'heure à laquelle elle se rendrait au bureau de Hope Estate pour récupérer le colis. Sibyllins, ils lui avaient juste répondu : « OK ».

Elle poussa la porte, mais il y eut une résistance. Elle n'avait pas vu la sonnette obligatoire. L'employé assis derrière son comptoir la dévisagea brièvement avant d'ouvrir. L'homme, d'une cinquantaine d'années, aux manières efféminées, l'accueillit sur un ton chantant, en total décalage avec la tension nerveuse qu'elle ressentait. Robert Kowalski ne semblait pas pressé de la servir. Enchanté d'avoir affaire à une Américaine, il se lança dans l'évocation heureuse de ses récentes vacances à San Francisco. Curieux, il la questionna sur Milwaukee, voulant s'assurer qu'elle était une ville qui méritait le détour. Elle ne sut quoi répondre. Elle lui parla du Milwaukee Art Museum. Le dernier bâtiment qui fut ajouté comportait une sculpture de brise-soleil, avec des auvents s'ouvrant et se fermant comme les ailes d'un grand oiseau. L'un des symboles majeurs de la ville. Elle évoqua aussi la Basilica of St Josaphat dans le quartier de Lincoln village, créé par les immigrants polonais. Elle tenta ainsi de flatter l'ego de l'employé, vu son patronyme. À court d'idées, elle lui précisa que Chicago était proche et qu'il y avait là-bas matière à visiter.

Décelant un petit agacement dans la voix de sa cliente, Robert Kowelski en vint à lui demander enfin la raison de sa venue. Elle lui montra son passeport, signa un récépissé et récupéra la fameuse caisse.

En sortant de l'agence, elle ne sut plus quoi faire. Les ravisseurs avaient répondu « OK », mais où devait-elle se rendre maintenant ? Elle déambula au hasard pour réfléchir. Était-ce dangereux de reprendre un taxi collectif en se baladant avec une telle somme ? Toutefois, la rançon se trouvait dans une banale caisse en carton qui n'attirait pas l'attention. Qui voudrait voler cela ?

Elle se décida, en fin de compte, à se diriger vers le rond-point, en face de l'endroit où elle était descendue de la camionnette quelques minutes auparavant. Elle n'avait plus qu'à remonter dans un autre et rentrer à l'hôtel. Concentrée, elle n'entendit pas les pas qui se rapprochaient derrière elle.

– Ne vous retournez pas Harmony ! Déposez la caisse par terre, et continuez comme si de rien n'était.

– Et mon mari où est-il ? Où est Maxence ?

– Ne vous affolez pas ! Si le compte est bon, vous allez bientôt le revoir votre « chouchou ». Et surtout, ne contactez pas les flics, c'est compris ? Rentrez à Milwaukee à la date prévue, il vous y retrouvera.

Harmony sua tout à coup. Elle n'appréciait pas le ton moqueur de cette voix, même s'il s'agissait d'une femme, a priori moins dangereuse qu'un homme. Après quelques secondes, désobéissante, Harmony se retourna, mais la femme avait disparu. Elle entraperçut une Golf blanche dont une portière arrière venait de claquer. La voiture démarra à vive allure.

Son jeans devint trop serrant, son t-shirt trop moulant. Tout l'étouffait, même l'air qu'elle trouva encore plus poussiéreux. Le rond-point lui sembla inaccessible, le soleil trop bas. Elle pensa au malaise de Maxence qu'il avait présenté l'autre jour, après avoir visité le musée de Gustavia. Elle se sentait dans un état très proche. Mais elle devait être aussi forte que lui, empêcher que ce vertige l'emporte dans un tourbillon incontrôlable. Il devenait indispensable qu'elle regagne sans tarder son hôtel. Quand allaient-ils libérer son mari ? Pourquoi ne le faisaient-ils pas immédiatement ? À cet instant, elle regretta de ne pas avoir attendu Florent.

Chapitre 37

« Si j'avais à choisir entre une dernière femme et une dernière cigarette, je choisirais la cigarette : on la jette plus facilement ! »
Serge Gainsbourg

— Toujours aucune nouvelle, Harmony ?

— Non, Florent, aucune. J'ai beau envoyer des mails à la même adresse, aucune réponse. Ce qui est inquiétant c'est que mon dernier message m'est revenu avec « *adress not found* ».

— Au fait, pourquoi dites-vous sans arrêt « ils », c'est bien une femme qui a récupéré l'argent ?

— Oui, c'est sans doute inconscient. Je ne conçois pas une femme seule, ou plusieurs, faire un truc pareil.

— Hum, un peu sexiste votre réflexion. Mais peut-être que vous avez raison. Le plus incroyable, c'est d'imaginer que votre mari ait suivi quelqu'un sous la contrainte au beau milieu de Saint-Barth. Ensuite, il a dû être séquestré quelque part sans éveiller le moindre soupçon. Même s'il y a beaucoup de touristes d'un jour, l'île est un vase clos. On finit toujours par tout savoir, certains connaissent parfois mieux que vous votre emploi du temps.

— Ils l'ont peut-être emmené ailleurs, sur Saint-Martin, vous ne pensez pas ?

— Vous avez décidément réponse à tout. Mais vous n'auriez pas dû remettre cet argent toute seule. C'était stupide !

Florent s'empêcha d'ajouter l'adjectif « volontaire ». Il n'avait aucun doute qu'elle l'avait fait exprès.

— Je me sens un peu coupable d'avoir accepté cette sortie en mer. J'aurais dû rester à l'hôtel. Ici, je ne pourrai pas avoir de ses nouvelles, je ne peux pas consulter mes mails.

— Ne culpabilisez pas, Harmony. Dans deux jours, vous vous envolez pour Milwaukee. C'était maintenant ou jamais. Je voulais vous faire ce petit cadeau. Je sais que vous n'avez pas la tête à ça. Vous verrez, ça détend. Ça remet souvent les idées en place.

Harmony ne le contredit pas. Après avoir restitué la rançon, elle avait regagné son hôtel toujours dans un taxi collectif, mais qui cette fois-là n'était pas bondé. Dans sa chambre, elle avait ôté tous ses vêtements qui l'oppressaient. Elle s'était allongée nue sur son lit, la climatisation poussée au maximum. Son malaise s'était estompé. Ensuite, ce fut une attente folle, angoissante. La femme lui avait ordonné de retourner à Milwaukee comme prévu. Elle avait hésité à appeler la gendarmerie, mais craignait des représailles envers Maxence si les ravisseurs venaient à l'apprendre. Comment avaient-ils pu savoir qu'elle possédait une telle somme ?

Elle avait espéré des nouvelles de Maxence via une nouvelle vidéo, voire fantasmé qu'il surgirait en entrant précipitamment dans leur chambre. Mais rien. Ni coup de fil ni coups frappés à la porte. Elle s'était réveillée plusieurs fois en sursaut durant la nuit, vérifiant aussitôt son téléphone. Elle avait envoyé quelques messages, exigeant une preuve qu'il soit bien en vie.

Une fois le jour levé, elle était passée à une phase compulsive, postant des emails sans arrêt.

Mais aucune réponse.

Après une ultime tentative, elle avait reçu en retour : « *post mail undelivery, adress not found* ».

Prise de remords, elle avait alors prévenu Florent qui n'avait toujours pas embarqué pour Saint-Martin. Il y avait eu un long silence à l'autre bout du fil. Il lui avait ensuite raccroché au nez. Elle n'avait plus osé le rappeler.

Josuah Hamlet alias Fat Boy était venu lui rendre visite avec la chienne Tempête. Il lui avait posé beaucoup de questions dont une déconcertante : « Était-elle absolument certaine qu'elle ne connaissait pas Brandon Lake, cet employé du ferry ? ».

Il avait répété sa question, lui priant de se concentrer pour essayer de se souvenir. Elle n'avait pas compris son insistance. C'était la première fois qu'elle mettait un pied dans la Caraïbe, et encore plus sur ce ferry où elle l'avait croisé. Brandon Lake avait vécu dans les Îles Vierges britanniques où un jeune Français avait disparu durant cette période. Il tentait de lier cet évènement et le kidnapping de Maxence. Harmony ne voyait aucun rapport. De plus, beaucoup de personnes se volatilisaient un peu partout dans le monde, cela ne devait être qu'une coïncidence.

Josuah était demeuré un certain temps auprès d'elle. Il avait insisté pour qu'ils dînent ensemble. Il l'avait ensuite emmenée dans une crêperie bretonne dans le petit bourg d'Oyster Pond afin de la sortir un peu de l'hôtel. Tempête était restée sans broncher dans sa chambre, la TV allumée. Josuah prétendait que ça la distrayait. Lorsqu'il l'avait récupérée, la chienne s'était montrée quelque peu réticente à quitter le lit. Elle s'était installée comme pour y dormir toute la nuit.

Florent Van Steerteghem semblait être revenu différent de son voyage de Milwaukee. En quelques jours à peine, sa peau paraissait plus claire. Mais mis à part ce changement physique, c'était son attitude lunatique qui l'intriguait. Il avait atterri, mercredi, la veille. Il n'avait pas traîné à débarquer à son hôtel. Dès qu'elle lui avait ouvert la porte de sa chambre, il ne lui avait pas caché son mécontentement. Il avait hurlé au point de la sidérer. Il l'avait traitée d'inconsciente de ne pas avoir attendu son retour pour remettre la rançon. Puis, il s'était calmé aussi soudainement que ces averses tropicales qui se déversent avec brutalité et qui ramènent aussitôt derrière elles, le beau temps.

Elle l'avait donc trouvé versatile quand il lui avait proposé dans la foulée cette escapade en mer. Toutefois, elle avait accepté. Tuer les heures avant son départ était presque devenu vital. Enfermée la plupart du temps dans sa chambre d'hôtel, elle se morfondait, attendant son vol retour pour Milwaukee.

Le matin, Florent était venu la chercher avec son voilier *Bísó na bísó* à la marina Captain Oliver. En le voyant pénétrer dans la baie, il lui parut très imposant. D'autant plus, lorsqu'il s'amarra juste à côté d'un petit hors-bord. Tempête avait couru vers elle, avait voulu l'honorer en lui prodiguant quelques embrassades. Harmony avait esquivé comme elle avait pu sa langue baveuse, ce qui avait provoqué l'hilarité parmi d'autres plaisanciers qui déambulaient sur le ponton.

Maintenant, cela faisait plus de six heures qu'ils avaient laissé la marina. Florent parlait peu, très concentré derrière son gouvernail qu'il quittait rarement. La mer s'était progressivement transformée. Au plus loin que l'on puisse voir, elle avait revêtu cet aspect moutonneux, synonyme de mer agitée. Les creux s'étaient amplifiés. Le vent puissant rendait difficile la navigation à la voile. Ils venaient de laisser derrière eux un îlet inhabité d'Anguilla, Dog Island, un sanctuaire pour oiseaux. Elle s'était amusée à y prendre quelques photos.

Elle se sentait à nouveau déconnectée. C'étaient de tels moments de détente qui auraient dû normalement rythmer ses vacances avec Maxence. Plus que quelques jours à attendre et elle serait chez elle. Son mari reviendrait aussi.

Florent quitta la barre et se dirigea vers l'avant du bateau. Quelques secondes plus tard, il la héla soudainement.

— Harmony, ça vous dérange si on se prend en photo avec la mer en arrière-plan ? Une vieille tradition, j'aime garder un petit souvenir de mes clients ou clientes. Si vous êtes d'accord, je la posterai sur ma page Facebook professionnelle. Ça fait un peu de pub !

Amusée par sa proposition, elle délaissa le carré central où elle s'était mise à l'abri. Les éclaboussures étaient devenues trop importantes sur le trampoline. Par-dessus son bikini noir, elle s'était enveloppée de son paréo fleuri pour ne pas prendre froid.

Tempête n'était pas là. Harmony imagina qu'elle était partie se coucher dans la cabine de son maître ou les escaliers qui y mènent. Elle aurait voulu aller la chercher pour qu'elle fasse partie de la photo. Mais elle n'en eut pas le temps, Florent la héla à nouveau, pressé de reprendre le gouvernail.

Il l'attendait, agrippé d'une main à la filière, tenant son téléphone dans l'autre main, prêt à photographier. Elle avança avec prudence. Quand elle fut près de lui, un air anodin de vacances flotta autour d'eux, pendant quelques instants. Ils rapprochèrent un peu plus leurs visages, elle patienta avec un discret sourire qu'il effectue plusieurs « clic clic clic ».

Elle dégagea sa tête. Elle aurait voulu qu'il lui montre le résultat de ces « duoselfies », mais elle n'en eut pas l'occasion. Elle ne comprit pas, n'eut pas le temps de réagir, et encore moins de crier. Peut-être pensa-t-elle que c'était un jeu stupide, comme ces enfants qui se font peur en se poussant au bord d'une piscine.

Elle se sentit soulevée puis propulsée et tomba en arrière. L'effet de surprise fut total. Ébahie, elle regarda, le temps de sa chute, les yeux de Florent qui la fixait.

Elle toucha la surface de l'eau puis s'enfonça dans la mer agitée.

Chapitre 38

« Pourquoi le poison, quand on peut tuer avec du
miel ? »
Proverbe serbo-croate

— T'es occupé ?

— Oui, Jérôme. Pourquoi, qu'est-ce qu'il y a ?

Yves Duchâteau s'était résigné à ne plus exiger de
frapper avant d'entrer. Mais à chaque fois que Jérôme
Jourdan ouvrait sa porte avec la même brusquerie, cela le
faisait sursauter.

— Tu m'accompagnes ? Bernard et Éric sont occupés. Les pompiers nous ont appelés, ils signalent un décès dans une bicoque de riches. Une femme a succombé à
une réaction allergique aux fruits de mer. Malgré tous
leurs efforts, ils n'ont rien pu faire pour la sauver.

— Et pourquoi doit-on y aller ? Ce n'est pas une
mort violente d'après ce que tu me racontes.

— Non, mais il y a un problème d'identification. Il y
a deux gars sur place, dont un Colombien. C'est lui qui a
alerté les pompiers. Il a donné l'identité de la femme,
Gloria Sanchez.

— Et alors, ce n'est pas parce que t'es Colombien que
tout doit devenir suspect.

— Sauf quand l'autre mec sur place dit que la fille
s'appelle « machin » et l'autre « chose »

— Hein ? Je ne comprends rien !

— À l'arrivée des pompiers, il y avait un autre gars qui n'arrêtait pas de hurler, mais qui appelait la femme différemment.

— Ils n'ont pas décliné la même identité pour la femme décédée, c'est ça ?

— C'est ça, t'as tout pigé…

— OK, on y va.

Cela l'arrangeait à moitié, car il voulait justement envoyer un email au service d'état civil de la mairie de Montpellier. Il devait vérifier l'extrait d'acte de naissance de son frère disparu et aussi celui de son ami qui l'avait accompagné dans ce voyage dans la Caraïbe. Toutefois, il était vingt-trois heures là-bas, il ne pouvait obtenir ces documents maintenant. Tant pis, il ferait cela une autre fois. Décidément, depuis une semaine, il n'avait plus eu l'occasion de se pencher sur l'affaire Maxence Rousseau. Le commandant l'avait chargé de préparer un exercice de fausse découverte de cargaison de cocaïne au large des côtes. Thierry Roland ne l'avait pas lâché d'une seconde pour être sûr qu'il avançait bien dans les préparatifs.

Les jours avaient filé sans qu'il s'en rende compte, et on était déjà le quinze décembre. Que tramaient Harmony Flynt et Florent Van Steerteghem ? L'épouse du disparu ne voulait pas déposer de main courante. Et depuis une semaine, elle s'était montrée plutôt bizarre. Elle semblait retourner sa veste et se ranger vers l'hypothèse du commandant Thierry Roland. Manque de bol, Florent Van Steerteghem était parti subitement quelques jours en voyage et était rentré depuis peu, mais était ce matin à nouveau injoignable.

Yves vérifia son arme, appela sa femme Nadia en coup de vent. Il allait être un peu en retard pour le repas, elle appréciait qu'il la prévienne. À Paris, c'était rarement possible à cause de la charge du boulot et de certaines interventions à risque. Ici tout était vraiment « pépère ». Nadia ferait dîner leur fille, puis elle l'attendrait. Elle tenait toujours à ces moments en tête à tête sur leur terrasse. Ils avaient une superbe vue sur les îlets Chevreau et Frégate, sa femme ne s'en lassait pas...

Il suivit Jérôme Jourdan. Ce dernier était anormalement motivé pour une fin de journée. Il le trouva alerte, presque joyeux. La visite de la marchande ambulante, Claudia Collomb, venue signaler la perte de sa carte d'identité n'y était pas étrangère. Celle-ci était probablement tombée par inadvertance de son sac de marchandises sur la plage de la baie de Saint-Jean. Quelqu'un allait finir, un jour ou l'autre, par la ramener ici ou avertir radio St-Barth qui aimait relayer ce genre d'infos. Mais pour une fois, Jérôme s'était précipité pour s'occuper de ce cas. Les yeux de merlan frit qu'il avait lancé à la fille furent mémorables. Cela avait un peu gêné Yves de surprendre son collègue en plein délit de « coup de sang chaud » pour une autre femme. Il connaissait son épouse Christine. Celle-ci, plutôt teigneuse avait, contre toute attente, sympathisé de suite avec Nadia. Si elles ne se voyaient pas tous les jours, elles s'appelaient au minimum. Elles se tenaient informées des derniers bons tuyaux concernant l'île. Notamment, les promos alimentaires. Sur St-Barth, le budget de la ménagère était particulièrement à surveiller au risque d'avoir du mal à clôturer les fins de mois.

En moins de dix minutes, ils se retrouvèrent devant la villa des Wallace. Une rue dans un quartier si calme où il ne se passait rien, mis à part, quelques malheureux iguanes écrasés. Depuis la disparition de Maxence Rousseau, tout semblait converger vers la maison des Écossais. Le panier en osier dérobé par Antoine Brin, l'adolescent atteint d'autisme, et maintenant une femme qui succombe à une réaction allergique.

Les pompiers étaient venus en nombre et avaient été rejoints rapidement par le médecin urgentiste, Ghassan Nasser. Celui-ci n'avait pu que constater le décès. Le corps avait été étendu sur le brancard, recouvert d'une toile grise et ceinturé par deux sangles. Il n'allait pas être embarqué dans l'ambulance. Contrairement à ce que l'on pouvait voir dans les séries TV, les secours n'avaient pas vocation à transporter les morts. Tous attendaient l'arrivée des pompes funèbres.

Cédric Deruenne touchait le corps inerte au niveau de l'épaule. Il ne retenait pas ses larmes. Environ trois mètres derrière lui, un bel homme de type latino observait la scène d'un air incrédule. Yves supposa qu'il devait s'agir du fameux Colombien. Il hésita quelques secondes avant de les interroger. Il fallait toujours faire preuve de délicatesse, dans ce genre de circonstances dramatiques. Yves avait chaque fois l'impression d'arriver avec ses gros sabots. Ses questions pratiques, concrètes le faisaient passer pour quelqu'un de froid. Mais d'un autre côté, plus vite c'était fait et plus vite on en était débarrassé. Alors il respira profondément et se lança. Il choisit de s'adresser en priorité au Colombien, l'autre paraissant beaucoup plus affecté :

— Bonjour, Monsieur, excusez-moi de vous déranger. Vous connaissez la victime ?

— No entiendo.

Yves préféra continuer dans un espagnol rudimentaire, vestiges de ses cours de langue au lycée. L'homme devait lui confirmer l'identité de la femme et ce serait terminé.

— La signora, cómo se llama ?

Le Colombien marqua une pause beaucoup trop longue. Cédric Deruenne suspendit un bref instant ses pleurs et les deux hommes se regardèrent en chien de faïence.

— Esta « Sonia Marquès », finit-il par sortir en tendant un passeport.

Yves allait continuer lorsque Jérôme Jourdan eut lui aussi envie d'entrer en scène. Il se sentait toujours envahi par une énergie inhabituelle, provoquée par la venue de la sensuelle Claudia. Mais pas question pour lui de parler autrement qu'en français, c'était son obsession. Il s'adressa au Colombien, tout en accompagnant ses paroles, de mimes à l'italienne. Yves dut détourner les yeux et se retenir pour ne pas éclater de rire.

— Mais pourquoi alors avoir dit aux pompiers qu'il s'agissait de Gloria Sanchez ?

Fernando Sanchez continua cette fois-ci avec une voix plus forte, dans un mélange de franco-espagnol.

— Muchos emociones, la femme gonflait de partout, estaba panico. Gloria, es el nombre de mi hermana.

— OK, si je traduis bien, vous étiez paniqué et vous avez donné le nom de votre sœur aux pompiers. C'est ça ?

Le Colombien fit oui de la tête. Et vous Monsieur, vous confirmez qu'il s'agit bien de Sonia Marquès ?

— Évidemment que c'est elle, foutez-moi la paix avec ça. Merde, vous faites chier, s'emporta Cédric Deruenne.

Les deux gendarmes ne réagirent pas à cette colère dirigée contre eux. Cela prouvait au moins que son chagrin n'était pas feint. À court de questions, Jérôme fixa son coéquipier, et Yves regarda vers le brancard, tel un effet de dominos. Il eut d'abord un doute, essayant de se convaincre qu'il y avait là encore une nouvelle coïncidence. Mais, non ! Ce nom, ce prénom, cette photo sur le passeport, ce n'était pas possible. Il avança vers le brancard, se plaça à hauteur du visage et souleva la toile.

C'était bien elle. Yves Duchâteau l'avait vue à une seule reprise après la disparition de son demi-frère François. Il l'avait rencontrée à Tortola pour récupérer les quelques effets de son frère. Même si son visage avait doublé de volume à cause de l'œdème, il ne pouvait se tromper. C'était la même Sonia, la petite amie de son frère à l'époque où il avait disparu. Il en était fou, tellement fou que François lui avait passé un coup de fil pour lui annoncer qu'il sortait avec une fille super. Ce ne pouvait être une coïncidence que cette femme décède, elle aussi, dans le nord de la Caraïbe quelques années plus tard.

Et puis ce nom : Rousseau ! Cela l'avait déjà fait tressaillir quand il l'avait entendu pour la première fois à la gendarmerie. Mais des Rousseau il y en avait beaucoup, il n'avait voulu y voir qu'une pure coïncidence. De plus, le prénom ne collait pas. Son frère était parti avec un ami, un certain Olivier Rousseau. Yves ne l'avait jamais vu. Yves et son frère s'étant retrouvés depuis peu de temps n'avaient pas eu l'occasion de connaître l'univers de l'autre.

Yves avait parlé à Olivier par téléphone avant de rejoindre Tortola. Celui-ci culpabilisait. Il s'en voulait à mort d'avoir laissé François seul dans ce bar. Cependant Olivier ne pouvait pas attendre l'arrivée d'Yves, il avait obtenu un poste de cuisinier à l'étranger. Mais il avait laissé à Yves Duchâteau, qui à l'époque n'était pas encore gendarme, son adresse email pour qu'ils se tiennent informés. Ils s'étaient écrits quelque temps, puis, comme dans toute relation à distance, les mails s'étaient espacés. Ils avaient fini par s'interrompre. Aux dernières nouvelles, Olivier Rousseau devait être en Thaïlande. Il fallait qu'il le recontacte à tout prix ainsi que Florent Van Steerteghem. Peut-être que celui-ci avait du nouveau.

Il forma le numéro du commandant Roland. Celui-ci manqua d'avaler de travers quand Yves exigea une autopsie du corps pour mort suspecte.

Mais il ne lui parla pas de son frère disparu ni du lien entre celui-ci et Sonia Marquès. Il devait comprendre et savoir avant les autres.

Et si Sonia avait été empoisonnée ?

Si l'autopsie le confirmait, ils mettraient Cédric Deruenne et le Colombien en garde à vue. Mais il devait patienter, ne jamais faire d'éclat à Saint-Barth sans preuve solide. Surtout qu'il n'avait aucune idée de la position sociale de ce Fernando Sanchez.

— Bon, Messieurs, le corps va être transféré à l'hôpital, car nous allons demander une autopsie. En attendant, je vous recommande de ne pas quitter l'île, vous devez rester à notre disposition au cas où nous souhaiterions d'autres renseignements.

Fernando Sanchez s'interposa dans un français approximatif. Il leur expliqua qu'il devait absolument partir dans quatre jours. Qu'il ne comprenait pas cette autopsie, que tout le monde savait qu'elle était allergique. Il leur précisa qu'il n'y avait pas qu'eux présents dans la villa. Sonia avait invité un ami à passer quelques jours ici. Un homme discret qui était resté presque tout le temps enfermé dans sa chambre et qu'elle appelait « Stéphane ».

Yves sentit tout de suite que le Colombien avait déjà eu affaire à la police. Cette façon de détourner les flics vers une autre piste, vers un prétendu colocataire qui n'était plus là.

La priorité était que l'autopsie s'effectue au plus vite, et exclure tout empoissonnement...

Et qu'il trouve rapidement ce qui reliait cette affaire à celle de son frère. Pour la première fois en presque sept ans, il tenait quelque chose.

Chapitre 39

« Il faut mentir s'il n'y a que du mal à attendre de
l'aveu d'une vérité. »

De Michel Leiris /Fibrilles

— Florent, Florent, vous êtes cinglé ou quoi ? Reve-
nez ! Qu'est-ce que vous faites ? Si c'est un jeu, ce n'est
pas marrant !

Harmony avait beau crier de plus en plus fort, il était
devenu sourd. Il l'observait sans réaction. Il quitta
l'avant du bateau et disparut. Elle tenta de rester calme.
Les creux l'impressionnaient. Adolescente, elle avait pra-
tiqué de la compétition de natation. Mais être une excellente nageuse en piscine ne garantissait pas les mêmes
compétences en mer. Elle inspira profondément et se
concentra pour affronter la prochaine vague.

Le voilier s'éloignait. Que faisait-il ? Si c'était un
baptême de l'eau, il avait assez duré. Il ne fallait surtout
pas qu'elle panique. Elle continua à respirer comme elle
l'avait appris dans ses cours de yoga : gonfler le ventre
en inspirant, le rentrer à fond en expirant. Rester zen. Il
devait il y avoir une explication. Tout cela n'était qu'un
jeu stupide auquel se prêtait Florent. De quoi d'autre
pouvait-il s'agir, même si cela était dangereux ? Mais elle
eut du mal à dédramatiser : le bateau était maintenant à
une bonne distance.

Crazy

Tout à coup, Florent réapparut, un haut-parleur à la main.

— Harmony, vous nous mentez, et ce depuis le début. Je vais revenir au plus près de vous pour vous parler. Mais vous avez intérêt à tout me dire, cette fois-ci. Sinon, je vous jure que je vous laisse ici. Et sans palmes, sans gilet de sauvetage, je ne donne pas cher de votre peau. La mer va devenir très agitée et vous allez vous épuiser. Et même s'il n'y a pas de requins dangereux, de fausses orques traînent par ici. Elles n'aiment pas trop qu'on soit dans leur zone de chasse, vous comprenez ?

Florent manœuvra le catamaran et ramena l'arrière de celui-ci au plus près d'elle, sans prendre de risque de la percuter. La petite échelle qui permettait d'accéder à bord était absente.

— Oui, vous avez beau chercher, l'échelle n'est pas là. Et je peux vous garantir que vous n'arriverez jamais à remonter sans celle-ci, surtout avec une mer si agitée. Vous avez sûrement déjà entendu ces histoires de bateau fantôme où tous les passagers, y compris le skipper avaient disparu. Ces bateaux errent parce que leurs occupants ont eu la mauvaise idée de sauter tous en même temps à l'eau. Bien sûr, tout cela loin des côtes, et sans prendre la précaution de vérifier que l'échelle était en place pour pouvoir remonter.

— Vous êtes devenu complètement fou, qu'est-ce que vous me voulez ? Je pourrais me noyer.

— Non, pas tout de suite, j'ai vu vos médailles de compétition de natation sur la cheminée du salon. Bravo ! J'en ai d'ailleurs appris beaucoup sur vous à Milwaukee.

— Qu'est-ce que vous avez appris ? Je ne vous ai jamais payé pour enquêter sur moi ! Vous deviez juste envoyer cet argent.

— Excès de zèle, envie de jouer au vrai flic. J'ai découvert une chambre d'enfant camouflée dans votre grenier et je suis parti voir votre mère dans son institution. Vous avez continué à vivre comme si votre petit frère n'était pas mort.

— Vous avez été fouiller dans ma maison. C'est honteux ! Et qu'est-ce que tout ça peut vous faire ?

— Et bien, je me demande si vous n'êtes pas cinglée Harmony ? Jusqu'où êtes-vous capable d'aller ?

— Cela s'est toujours limité à ça. J'avais douze ans quand nous avons eu cet accident de voiture. Kimberley Clark nous a percutés, elle avait perdu le contrôle de son véhicule à cause du mauvais temps. Mon frère est mort sur le coup, ma mère a failli perdre la vie. Vous l'avez vue, elle n'est plus que l'ombre d'elle-même. Jonathan et Katreen Clark, les parents de la jeune fille, se sont occupés de moi depuis lors. À ma mère, je n'ai pas eu le courage de lui dire la vérité. Je lui ai raconté ce qu'elle souhaitait entendre. Ben est devenu mon compagnon imaginaire. Mais lorsque j'ai rencontré Maxence, il a fallu que je cesse tout cela. Mais je n'ai pas eu la force de me séparer de ses affaires et de sa chambre. J'ai donc aménagé cette pièce là-haut. Laissez-moi remonter, j'ai très froid et je ne veux pas mourir. Je veux revoir Maxence, je veux le retrouver. Je n'ai pas enduré tout ça pour crever ici maintenant, hurla-t-elle au bord de l'hystérie.

Florent la fixa quelques secondes. Il avait envie de croire ce qu'elle venait de lui dire. Elle n'était qu'à demi cinglée, comme la plupart des gens. Il ne la sentait pas capable d'avoir organisé le rapt de son mari juste pour toucher l'assurance-vie. D'ailleurs, elle possédait de l'argent chez elle qu'elle n'utilisait même pas. Elle était loin d'être une femme vénale. Et surtout, elle aimait son mari, et cela crevait les yeux.

Florent n'était pas à sa première expérience de balancer une femme par-dessus bord pour obtenir la vérité. Avec la mer et ses vagues prêtes à vous engloutir, on confessait tout. Il l'avait déjà fait avec Lise, et elle lui avait enfin tout avoué. Elle avait déposé une plainte contre lui en Martinique qui avait été classée sans suite. Il leur avait juré, aux flics de Fort-de-France, qu'elle était tombée par accident à l'eau.

Il descendit vers sa cabine et fit sortir Tempête qui aboyait depuis de longues minutes. Celle-ci le renversa, fonça vers l'arrière du bateau et sauta dans la mer. Elle était bel et bien un « Saint-Bernard des mers ». Harmony s'accrocha à elle, à bout de force d'avoir dû lutter dans l'eau, mais aussi d'avoir été obligée de dévoiler cette partie un peu honteuse de sa vie. Peu après la mort de son premier fiancé, le phénomène s'était amplifié. Elle avait même pris de faux congés maladie pour emmener son frère imaginaire en vacances dans les parcs d'attractions de la Floride. Il l'accompagnait partout, jusque dans ses congés à Miami où elle avait rencontré Maxence. Il était réapparu sur ce banc à Saint-Barth. Dès que des évènements stressants survenaient dans sa vie, il était là et il lui faisait du bien. Mais ça, personne ne pouvait apparemment le comprendre.

Florent avait découvert une partie de sa vie secrète. Mais elle ne lui avait pas tout dit. Elle avait résisté. Toute vérité n'était pas bonne à révéler. Et si elle n'avait pas voulu mettre les gendarmes dans la confidence de la remise de la rançon, c'était parce qu'elle avait eu peur qu'ils ne demandent l'origine de cet argent. Qu'ensuite cela amène à d'autres interrogations et pourquoi pas jusqu'à rouvrir une enquête sur la mort de son fiancé.

Elle avait tenu bon toutes ces années, c'eut été bête de craquer maintenant…

Après-demain, elle rentrerait chez elle, et elle oublierait ces vacances ratées. Maxence allait lui être rendu.

Chapitre 40

« Le pire quand on assemble enfin un puzzle, c'est de découvrir qu'il manque des pièces... Il est revenu et n'a fait que me laisser un message. "Viens me chercher". Et c'est ce que je vais faire. Il n'y a pas de secret dans la vie, juste des vérités cachées qui reposent sous la surface. »

Citation de personnage de fiction, Dexter, film/série

Le vent doux et chaud circulait partout dans l'appartement grâce aux jalousies qui garnissaient l'ensemble des fenêtres de la maison. Le couple Duchâteau occupait le premier étage de l'habitation de Victor et Denise Lédée. Des Saint-Barths dont le fils unique était parti s'exiler en Guadeloupe pour échapper un peu à la chape parentale. C'était pourtant pour lui qu'ils avaient aménagé cet étage cossu dans la maison familiale. Mais l'ingratitude du fils avait été une aubaine pour Yves et Nadia. Ils étaient logés comme des rois, car bénéficier d'un appartement avec trois chambres sur cette île, relevait de l'exploit. Surtout que sa femme n'avait pas souhaité loger avec les autres familles de gendarmes dans les maisons près du fort.

Sa petite fille Maya venait de s'endormir pour la sieste de l'après-midi, qui souvent était assez longue. Nadia était partie en coup de vent pour ne pas encore pointer en retard à sa séance d'aquagym. Dès lors, il régnait un calme inhabituel, propice aux réflexions qui le torturaient.

Yves Duchâteau restait perplexe sur la présence de Sonia Marquès sur l'île et son décès. Il avait beau inscrire toutes sortes d'hypothèses sur une feuille blanche ou les faire s'entrechoquer dans sa tête, rien ne collait. Il manquait sûrement des pièces au puzzle. Ils avaient reçu assez rapidement les résultats de l'autopsie effectuée par un médecin légiste de Guadeloupe. Sonia Marquès avait bel et bien succombé à un choc anaphylactique consécutif à l'ingestion de fruits de mer. Ils avaient même récupéré un vieux dossier médical du CHU de Valenciennes où elle avait été suivie jusqu'à l'adolescence. Deuxième d'une fratrie de six, elle avait enchaîné eczéma, asthme, allergies alimentaires multiples. Prise en charge également par un pédopsychiatre pour des troubles du comportement, celui-ci avait psychanalysé ses symptômes. Il en avait conclu qu'elle faisait un rejet de son environnement socio-familial. Forte de ce diagnostic, elle avait quitté sans aucun état d'âme le domicile familial à dix-huit ans. Lorsque sa mère avait été informée de son décès, celle-ci avait simplement dit « Je savais qu'elle finirait mal, elle voulait vivre sous le soleil, et bien tant pis pour elle ». Et quand plus tard, on lui avait annoncé les frais de rapatriement du corps, elle avait juré : « Celle-là, elle nous aura fait chier jusqu'au bout ». Un enfant qui n'avait pas été aimé de son vivant ne l'était pas plus à sa mort.

Yves avait beaucoup compté sur une autopsie suspecte pour placer Cédric Deruenne et Fernando Sanchez en garde à vue. Ce dernier n'avait pas demandé son reste et à l'annonce des résultats des examens, il avait aussitôt grimpé dans un avion pour Miami. Cédric Deruenne, lui, passait le plus clair de son temps entre le voilier de Florent Van Steerteghem et la villa des Wallace.

Pas de meurtre, pas de possibilité d'ouvrir une enquête. Mais Yves demeurait persuadé que la disparition de son frère il y a six ans, la mort de Sonia Marquès, et le cas de Maxence Rousseau étaient liés.

Toutefois, Cédric lui avait fourni un précieux renseignement. Sonia Marquès vivait à Miami et travaillait comme réceptionniste dans un hôtel. Lorsque Harmony était venue signaler la disparition de son mari, elle leur avait confié qu'ils s'étaient mariés à Las Vegas et qu'ils s'étaient connus à Miami. Trop de coïncidence tue la coïncidence...

Yves avait tenté de sortir les vers du nez de Florent Van Steerteghem, car celui-ci était la pièce charnière entre ce qui s'était tramé dans la villa des Wallace et l'affaire Maxence Rousseau. Mais Florent s'était montré très évasif. Et depuis, Harmony Flynt était retournée chez elle, prétendant que son époux avait donné signe de vie via internet. Elle avait passé un coup de fil à la gendarmerie de Saint-Barth avant son départ, exigeant de parler à Thierry Roland. Derrière son téléphone, il avait arboré un sourire en coin. Il avait pris un plaisir presque jouissif de la sermonner :

« Vous voyez bien, Madame Flynt-Rousseau, qu'on avait raison, que votre mari était parti de son propre plein gré. Encore des deniers publics français jetés à la poubelle, ça coûte une fortune d'organiser des recherches en mer la nuit et en plus nous avons fait sortir l'hélico. La prochaine fois que votre mari fera une fugue, vous attendrez quelques jours avant d'aller trouver la police ou la gendarmerie ».

Florent avait également confirmé à Yves Duchâteau qu'elle était sa cliente. Ce qui revenait à dire qu'il ne pouvait tout lui dévoiler. Un privé était pire qu'un avocat de la défense. Si nécessaire, il pouvait brouiller les pistes, effacer les choses compromettantes. Et si elle était toujours sa cliente, cela prouvait bien que « l'affaire Maxence Rousseau » n'était pas terminée.

Yves ne lâcherait pas le morceau. Dès que cet énigmatique Maxence Rousseau aurait refait surface physiquement, il fallait qu'il lui parle. Connaissait-il Sonia Marquès, connaissait-il son frère disparu ?

Et aujourd'hui, six janvier, contre toute attente, le privé lui avait envoyé un document Word. Il débutait par quatre lettres et quatre points : « D.E.E.T », le tapuscrit du roman que Maxence Rousseau était en train d'écrire. Florent Van Steerteghem avait intitulé son message : « *à toutes fins utiles* ». Puis, avait ajouté dans le corps du message : « *toute ressemblance avec des personnes existantes ou ayant existé n'est parfois pas une coïncidence…* »

La dernière page du roman venait de sortir de l'imprimante, au total une cinquantaine de feuilles A4 qu'il s'apprêtait à lire, profitant de cette quiétude transitoire. Il retourna vérifier que Maya ne s'était pas réveillée. Même si elle se serait de toute façon déjà manifestée.

348

D'abord d'une voix douce, puis d'une voix impatiente pour finalement pleurer s'il tardait. Maya était leur première enfant, et lorsqu'elle dormait, il avait pris cette habitude de passer la tête par la porte de la chambre, histoire de se rassurer.

Son visage était détendu et avait lâché sa peluche fétiche, le renard. Sur le parquet en bois, Maya avait éparpillé toutes les tasses, assiettes et couverts. C'était devenu son jeu préféré : tout balancer. Il rangea un peu, mais ne s'attarda pas, sinon c'était prendre le risque de la réveiller.

Il partit chercher les feuilles fraîchement imprimées et s'en alla s'étendre dans le hamac familial fixé aux piliers de la terrasse. C'était un cadeau artisanal de Christine, la femme de Jérôme Jourdan, en provenance de la forêt amazonienne, ramené de leur voyage récent en Guyane. Yves se surprit à avoir une pensée sarcastique envers son collègue. La marchande ambulante, la jolie brune, était revenue leur annoncer qu'elle avait retrouvé sa carte d'identité. Elle était cette fois-là accompagnée d'un bel étalon. Un surfeur avec tous les attributs usuels qui faisaient craquer les filles : cheveux longs éclaircis par le soleil, peau chocolatée, sourire écarlate. Devant cette concurrence déloyale, Jérôme avait dû « raison retrouver ».

Il commença à lire. Un, deux, trois, quatre, cinq, six, sept chapitres. Ils étaient courts, rythmés. Lui qui ne lisait jamais de fiction ne pouvait s'en détacher. Plongé dans le récit, il ne vit pas les deux heures s'écouler ni ne perçut les doux appels de sa fille, mais bien ses pleurs. Il tomba à terre en tentant de s'extirper du hamac et fonça vers la chambre de Maya.

— Oh, désolé, ma puce, Papa ne t'avait pas entendue.

Elle lui tendit ses bras, le visage perlé par les larmes. Il la délivra de son lit à barreaux. Le renard en peluche semblait le fixer, désirant lui aussi quitter ce lieu de repos. C'était le premier cadeau d'anniversaire que Nadia lui avait offert. Le choix fut judicieux, dès le premier toucher, elle l'avait adopté comme doudou préféré. Maya arrêta de pleurer lorsqu'il le lui mit dans ses mains. Une seconde plus tard, Yves Duchâteau se figea.

Il songea à la dînette, la cuisinière en bois de sa fille, le roman de Maxence Rousseau. Son cerveau fonctionna tel un robot mixeur. Et il assembla enfin tout. Les pièces du puzzle manquantes.

Il avait déjà entendu des écrivains parler de leur premier roman dans les émissions littéraires. Le point commun de ces premières œuvres et qu'elles comprenaient très souvent des éléments autobiographiques camouflés sous une fiction. On réglait ses comptes avec sa famille, avec ses copains. On racontait un secret, on pleurait un amour de jeunesse, on expiait ses fautes…

Les chapitres qu'il venait de dévorer racontaient l'arrivée d'un trio d'amis en Indonésie :

Trois personnages-clés, deux hommes et une femme.

Lionel et Benoit, tous deux orphelins, avaient étudié à la même faculté de Sciences Po. Lionel avait obtenu son diplôme et avait déjà signé un contrat pour une boîte internationale à Hong-Kong.

Benoit, pourtant brillant, sans doute plus doué que son meilleur ami, avait échoué. Une phobie des examens, une incapacité à surmonter son stress, ses émotions l'avait empêché de réussir sa dernière année. Il devait redoubler.

La femme, c'était Clara, la petite amie de Lionel. Ils se connaissaient depuis le lycée. Ce genre de couples qui marchaient sur un fil suspendu entre deux gratte-ciel. Le lecteur se demandait lequel allait tomber en premier lieu ou lequel allait entraîner l'autre dans sa chute. Un couple « je t'aime, moi non plus » pour reprendre le titre célèbre de Gainsbourg.

Au décours d'une soirée arrosée dans un bar, un boui-boui mal famé que les touristes occidentaux se devaient de fréquenter au moins une fois durant leur séjour, les amoureux se disputèrent. La soirée coupa court. Ils sortirent fâchés. Ils marchèrent et se perdirent sur une route déserte, caillouteuse où ci et là des déchets en tout genre avaient été déversés. Vieux matelas, fours usagés, blocs de béton de maisons en démolition...

Ne retrouvant pas leur chemin, les insultes entre Clara et Lionel fusèrent de plus belle. Le couple en vint aux mains. Benoit s'interposa et la petite amie en profita pour bousculer une ultime fois son compagnon. Ce genre de bousculade ne portait jamais à conséquence, mais il tomba à la renverse et surtout au mauvais endroit. Une ferraille qui traînait, une stupide ferraille qui le transperça en plein thorax.

Ils eurent beau comprimer et appeler à l'aide. Il n'y avait personne, et il y a des plaies qu'on ne peut comprimer... Il cessa de bouger, de respirer, de réagir ni aux cris ni à la douleur.

L'implacable loi de « l'effet Papillon ».

S'ils ne s'étaient pas perdus, si le couple ne s'était pas disputé, si Benoit ne s'était pas interposé, si cette ferraille avait été ne fut-ce que vingt centimètres plus loin, rien de tout cela ne se serait produit.

Prise de panique, Clara persuada Benoit de l'aider à cacher le corps. Ils étaient en Indonésie, elle avait bu. Les autorités allaient-elles la croire ? Benoit hésita, mais elle lui fit le coup « de la pauvre Cendrillon qui décidément n'avait jamais eu de chance ». Une mère au chômage, obèse, avec six enfants. Elle, la plus mal aimée, qui avait dû travailler dès ses seize ans. Il craqua.

Ils partirent enterrer le corps sur un îlot idyllique, de ceux qui de jour possédaient des eaux si turquoise, contrastant avec le terrible drame.

Yves Duchâteau s'était arrêté au moment le plus crucial : celui où ils décidèrent d'aller déclarer la disparition de Benoit et non de Lionel. C'était là l'acte le plus immoral. Le vrai Benoit devenait Lionel. Il prenait la vie de celui-ci, ses diplômes, son futur emploi avec la complicité de Clara.

D.E.E.T signifiait Disparitions En Eaux Turquoise.

Tout semblait limpide, cela lui fit à la fois chaud et froid dans le dos. Car pourquoi y avait-il un « s » à disparitions ?

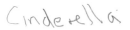

Cinderella

Chapitre 41

« Notre temps est limité, alors ne le gaspillez pas à vivre la vie de quelqu'un d'autre. Ne laissez pas le bruit des opinions des autres avoir le dessus sur votre voix intérieure. Et, le plus important, ayez le courage de suivre votre cœur et votre intuition. Tout le reste est secondaire. »
Steve Jobs

Harmony Flynt fut étonnée du confort des autobus : climatisés, sièges larges à l'aspect neuf et un écran TV à l'avant, au milieu de l'allée centrale pour passer le temps, bien que le paysage lui suffisait amplement. De plus, l'axe reliant Abidjan à San Pedro n'avait absolument rien à envier à certaines routes délabrées des États-Unis. Elle songea à ces nids-de-poule qui s'étaient propagés un peu partout sur le réseau routier américain par manque d'entretien. Une honte pour un pays qui se targuait d'être la première puissance mondiale. Mais les finances publiques étaient à sec.

Elle était arrivée la veille en Côte d'Ivoire. Elle avait passé la nuit dans un hôtel un peu bruyant du centre-ville d'Abidjan. Le voyage qu'elle était en train d'effectuer était insensé, voire idiot si elle ne trouvait pas celui qu'elle cherchait. Elle se trompait peut-être de destination.

Quelques semaines auparavant, elle avait appelé ce restaurant français, Sous l'ombre du Baobab, situé en bordure de l'une des splendides plages de San Pedro. La ville avait la chance de compter sur son territoire, les plus belles du pays. Là-bas, la baignade n'y était pas dangereuse, il n'y avait pas cette fameuse « barre » tant redoutée qui existait sur le reste de la côte ivoirienne. Mais ce n'était pas pour faire du tourisme qu'elle avait entrepris ce très long périple.

À l'autre bout du fil, une jeune femme très enthousiaste avait décroché. Mise à l'aise, Harmony avait continué en se faisant passer pour une vacancière en quête d'un restaurant français, désireuse d'obtenir des renseignements sur le menu. La femme s'était présentée en pouffant de rire. Elle s'appelait Fanta, comme la célèbre boisson orange et sucrée, car peu après sa naissance, une jaunisse lui avait donné ce drôle de teint. Ses parents avaient beaucoup d'humour. Fanta lui avait ensuite détaillé tout ce qu'il y avait sur la carte. Et sans qu'elle eût à lui demander, elle précisa qu'ils avaient eu en renfort un nouveau chef français depuis janvier. Le lendemain de cet échange, Harmony avait réservé son vol, et avait déposé des congés, ces fameux *paid sick days* pour ce début du mois de février.

Pourtant, après avoir quitté Saint-Barth et rejoint Milwaukee, elle avait attendu, avec l'impatience des anxieux, le retour de Maxence ou au minimum des signes de vie. Mais rien. Aucun coup de fil, aucun email. Elle désespérait. Elle avait supplié Florent Van Steerteghem de continuer à travailler pour elle.

Il avait lu le manuscrit « D.E.E.T » de Maxence qu'il avait copié depuis son ordinateur. Florent lui avait ensuite étalé sa version personnelle des faits : son mari était un imposteur et il l'avait clairement expliqué sous forme de fiction dans son roman. Et ce n'était pas tout. Cédric Deruenne, après le décès de Sonia Marquès, était revenu sur le voilier, pour squatter chez Florent et fuir un peu le lieu du drame. Il ne se remettait pas de la mort de Sonia, pleurait à chaque évocation de celle-ci : une chanson qui passait à la radio, le mot « Miami »…

Cédric avait fait également son mea culpa d'avoir largué la pauvre Brigitte. Et puis un soir, l'alcool aidant, les véritables confessions avaient fleuri. Il avait tout expliqué dans les moindres détails.

Tout avait commencé par l'arrivée de Sonia et de Fernando Sanchez à Saint-Barth, en retard, le 5 décembre. Ils avaient raté le ferry, car Sonia voulait voyager sous un faux nom. Mais ils n'avaient pas songé au visa obligatoire pour les ressortissants colombiens. Ils avaient trouvé un pêcheur d'Anguilla, James Richardson, qui les avait débarqués sur la côte et dont l'embarcation était tombée en panne, en pleine traversée rajoutant du stress. Dans l'après-midi, Sonia leur avait demandé de la conduire à Gustavia. Elle leur avait promis à l'un de l'argent, à l'autre une relation stable. Pour cela, il suffisait de récupérer un homme au bas du phare de Gustavia, juste en face de la statue du Christ. Puis de ne lui poser aucune question, de ne divulguer à personne sa présence. Que dans quelques jours, elle aurait plein de pognon, sans rien faire et surtout sans faire de mal à personne ! L'homme n'était pas prisonnier, mais par précaution, elle l'enfermait dans sa chambre afin qu'il n'ait aucune tentation de parler à quiconque ce qui aurait compromis leur opération. Elle devait juste envoyer une vidéo du visiteur et de l'argent propre « tomberait du ciel ».

Cédric l'avait accompagnée à Saint-Martin, le jour où elle avait récupéré une caisse en carton déposée par une blonde sur un trottoir de Hope Estate. Tout était huilé, minuté. Le mystérieux logeur, après avoir pris sa part qui lui revenait, cinquante mille dollars tout de même, les avait prévenus qu'il voulait quitter rapidement l'île. Sonia lui avait juste lancé « si un jour, je n'ai plus de fric, n'oublie pas, je compterai toujours sur toi ». Sonia devait réfléchir à comment faire parvenir son argent à Miami, sans se faire pincer par les douaniers américains. Et ce sombre jeudi, quinze décembre, l'homme qu'elle appelait Stéphane était parti vers treize heures vers l'aérodrome de Saint-Barth pour monter dans un avion privé à destination de Punta Cana. Elle venait de commander des accras à un traiteur. Ces beignets créoles étaient son péché mignon. Elle avait précisé qu'il ne devait absolument pas il y avoir la moindre trace de fruits de mer. Mais Sonia parlait un anglais avec un accent français et celui qui avait pris l'appel était un cuistot haïtien qui parlait anglais avec un accent créole. La tour de Babel. C'était sans doute pour cela que ce furent des accras aux fruits de mer qu'elle reçut en livraison et non des accras simples.

Cet après-midi-là, Cédric en avait profité pour se rendre à la poste. Ce genre de besoin urgent d'aller rechercher un recommandé par peur de représailles administratives. Fernando était à court de cigarettes et comme tout fumeur, il devait en trouver sur-le-champ. Il avait accompagné Cédric en ville. Quand ils revinrent, Sonia gisait sur le sofa, le visage œdématié. Sur la table du salon, l'un des accras était à moitié croqué. La suite, tout le monde la connaissait.

Cédric avait fait le portrait-robot de ce « Stéphane » qui avait pris la poudre d'escampette avec l'argent. La description physique de cet homme et des habits qu'il portait ne laissaient planer aucun doute. Maxence Rousseau était ce troisième homme de la villa des Wallace. Florent avait encore en mémoire ce visage carré, ce teint mat, ces yeux bleus. Et surtout en retournant à terre, Cédric Deruenne l'avait laissé visiter les lieux. Florent avait reconnu la chambre où la vidéo avait été tournée. Le mur peint en taupe avec une partie d'un tableau avec ce soleil qui s'immisçait parfois dans le champ de la caméra.

La disparition initiale de Maxence Rousseau n'était qu'un coup monté avec Sonia Marquès. Si l'autopsie de celle-ci avait soulevé le moindre soupçon de meurtre, Florent aurait été dans l'obligation de tout révéler aux gendarmes. Ici rien ne l'y forçait. Par précaution, il avait néanmoins envoyé à Yves Duchâteau le manuscrit D.E.E.T, qui en fera usage en son âme et conscience. Car si Maxence Rousseau usurpait l'identité de quelqu'un, qui était-il ? Et qu'était-il arrivé exactement à cet autre homme ? Comme dans son roman, décédé accidentellement ? Ou avait-il adouci la réalité ?

Florent lui avait balancé tout cela, sans porter aucun gant. Selon sa théorie, Maxence Rousseau avait à ce stade tout simplement piqué de l'argent à sa femme. Et d'après le roman qu'il écrivait, il y avait de grandes chances qu'il soit également un imposteur, ce qui expliquait sa réticence à être pris en photo.

Harmony avait refusé de porter plainte contre son mari. Pas de plainte, pas de victime, pas de coupable.

Et le seul élément qui aurait pu les aider était cette vidéo de demande de rançon, mais qu'elle avait malheureusement supprimée comme l'avaient exigé les soi-disant ravisseurs.

Elle n'en avait pas dormi durant plusieurs nuits. Tout collait, surtout ce prénom Sonia qui ressurgissait.

L'autocar entra dans la ville de San Pedro. La frontière avec le pays voisin, le Libéria, n'était plus très loin. Beaucoup de monde vivait et commerçait à l'extérieur, ce qui donnait cette chaleur humaine incomparable. Harmony aimait observer la tenue des femmes africaines aux tissus chatoyants, élégants.

Quelques enfants se précipitèrent derrière le véhicule qui manœuvrait pour se garer. Elle eut quelques frayeurs pour ceux-ci, car le chauffeur ne semblait pas s'en préoccuper. Le véhicule s'arrêta. Son cœur palpita, elle y était presque. Mais il lui fallait encore faire un dernier effort. Elle devait trouver un taxi pour se rendre à Grand-Béréby, situé à une heure de route de San Pedro.

Ce voyage, elle le réalisait pour prouver à Florent qu'il avait tort. Même si l'identité de Maxence était fausse, elle restait persuadée que leurs sentiments mutuels avaient toujours été réels et sincères. Il ne pouvait pas l'avoir abandonnée, comme ça, avec autant de brutalité, juste pour lui soutirer de l'argent. Il ne pouvait en être ainsi.

Tout ce temps, elle était passée à côté d'un message caché. Et puis un jour, ce fut en rangeant son bureau qu'elle avait compris. Elle fixait pour la énième fois toutes les cartes postales qu'il avait épinglées au-dessus de sa table de travail. Elles avaient toutes ce point commun, elles avaient été écrites par des Américains. Des collègues ou d'anciens clients de son hôtel à Miami. Mais il y en avait une qui ne collait pas avec le reste. Il s'agissait d'une carte postale d'une plage d'Afrique, la baie des Sirènes à Grand-Béréby. Au recto, un certain Arnaud lui avait écrit en français : « *Si un jour tu veux changer de vie, je suis prêt à t'accueillir à San Pedro, mon petit resto, Sous l'ombre du baobab. Sans prétention, mais tu trouveras la douceur de vie, car les diplômes c'est pas tout dans la vie* ».

Le cachet de la poste indiquait 7.7.2004

Le destinataire était un certain Stéphane Cordier.

Harmony s'était alors souvenue de leur dernière conversation sur la plage de Shell Beach où, contre toute attente, il avait prétendu vouloir passer ses vieux jours en Suède. Et puis, ces phrases étranges qu'il lui avait demandé de répéter : « Les apparences, Princesse, sont souvent trompeuses. Il faut parfois imaginer l'autre dans une situation à l'extrême inverse. Tu t'en souviendras ? »

Ces phrases, ils les avaient retranscrites dans son cahier de notes retrouvé à l'hôtel d'Oyster Pond, ainsi que celles-ci : « *L'injustice, la naissance, la renaissance.*

Pourquoi certains réussissent-ils plus que d'autres ? Faut-il être simplement né sous une bonne étoile ? Alors faut-il pour cela tout bonnement changer de ciel et trouver la sienne qui portera chance ? Sous une étoile d'Afrique de l'Ouest ? »

La Côte d'Ivoire était bien à l'opposé de la Suède, se situait forcément en Afrique de l'Ouest. Cette vieille carte postale était gardée telle une précieuse relique, telle une bouée de sauvetage pour une autre vie. C'était là-bas qu'elle le voyait vivre le reste de sa vie.

Ensuite, il y avait ces autres notes, toujours inscrites dans son cahier, qui lui étaient, de toute évidence, directement destinées :

« *L'amour est-il sincère lorsqu'il s'est bâti sur des secrets ?*

Toi, seras-tu celle qui me jettera la première pierre, toi qui caches aussi un si lourd secret ? Pourtant je t'aime. »

Ce jour-là, Harmony suivait son intuition et son cœur. Peu importait l'opinion de Florent Van Steerteghem. Par précaution, elle lui avait caché sa véritable destination.

Chapitre 42

« Je jure de parler sans haine et sans crainte, de dire
toute la vérité, rien que la vérité. »
Serment des témoins

Deux heures plus tard, Harmony se trouvait assise à
la terrasse du restaurant Sous l'ombre du baobab. Il n'y
avait pourtant pas de baobab, mais juste des cocotiers.
Devant elle, l'océan semblait paisible, pas de vagues dé-
chaînées, pas de vent violent. Dans le ciel, elle ne se souvenait pas d'avoir déjà pu observer une telle myriade
d'étoiles. Près d'elle, à intervalles réguliers, elle entendait
le bruit d'une étincelle. Un piège électrique attirait avec
ses lampes UV bleues les nombreux moustiques qui
s'électrocutaient en percutant la grille. Elle découvrait les
vieux tubes d'Alpha Blondy qui se succédaient les uns à
la suite des autres et qui donnaient envie de se trémous-
ser bien qu'elle fut une piètre danseuse.

Elle était arrivée juste à temps afin d'être au tout début du service du soir. Son dessert achevé, Fanta, qui se
révéla être une sculpturale Peule aux tresses interminables, revint débarrasser la table. Harmony s'empressa
de lui demander d'aller féliciter de sa part le chef. De lui
dire que son tiramisu était le meilleur du monde, encore
meilleur que celui de Miami…

Quand elle le vit avancer vers elle, vêtu d'un tablier
vert chasseur et d'un couvre-chef, elle le trouva quelque
peu maigri. Maxence était là. Son regard était le même,

bleu et profond. Quelques instants plus tard, Fanta s'étonna de surprendre le nouveau chef embrassant ainsi avec fougue une touriste américaine à peine débarquée. Les Français qui vivaient en Afrique avaient la réputation d'avoir le sang chaud, mais pas à ce point-là.

— Tu as donc compris mes messages...

— J'ai failli ne pas les comprendre. Qui es-tu, Maxence ?

— Je vais tout t'expliquer dans les moindres détails après mon service.

— Promets-moi une chose, tu n'es pas un assassin ?

— Non, Harmony, juste un imposteur, victime d'une femme maître chanteur, Sonia Marquès.

— Elle est morte, tu le sais ?

— Bien sûr ! Depuis que j'ai quitté Saint-Barth, je lis sans arrêt les infos qui circulent sur l'île via internet.

— Pourquoi alors ne pas avoir repris contact avec moi ? Elle, morte, ton problème était résolu.

— Je préférais attendre ici ta réaction. Soit tu venais, soit tu me dénonçais.

— Mais, tu n'as commis aucun crime.

— Usurpation d'identité, c'est passible de plusieurs années d'emprisonnement. Souhaites-tu passer le reste de ta vie avec quelqu'un qui a cette épée de Damoclès au-dessus de la tête ? Sans compter que j'ai aidé cette femme à faire disparaître un cadavre.

— Je veux vivre le reste de ma vie avec toi. Et je te soutiendrai, on va tourner définitivement cette page, nos pages, car tu savais pour mon premier fiancé, Steven Reardon ?

— Oui. Te souviens-tu de notre rencontre ? Tu étais ivre. Ce soir-là, tu m'as expliqué que tu avais découvert que ton fiancé te trompait. Tu as souhaité leur mort comme n'importe qui, sauf que cela s'est produit. Jonathan Clark t'a mise à l'abri en payant ton voisin pour qu'il te donne un alibi en béton. Vu ta fragilité à l'époque, les flics ou l'assureur auraient pu te déstabiliser, et t'incriminer. Les erreurs judiciaires sont tellement faciles… Surtout lorsque l'on touche une assurance-vie de deux cent cinquante mille dollars.

— Et toi, me crois-tu coupable ?

— Non, les méchants sont parfois punis par une justice autre que celle des hommes. Toi, je te sais incapable de faire du mal, sauf à toi-même. Je retourne en cuisine. Tu m'attends, on se retrouve à la fin de mon service ? Je te jure de te dire toute la vérité, rien que la vérité...

Chapitre 43

« Et si ce n'était pas les liens du sang qui forgeaient une famille, mais plutôt les personnes qui connaissent nos secrets et nous aiment malgré tout, nous permettant d'être enfin nous-mêmes,
de Gossip Girl, Film/série »

— Pourquoi tu m'appelles ? répondit Carolina sur la défensive.

— J'avais envie de t'inviter à dîner, tu es libre demain soir ?

— Non, Florent, souviens-toi, c'est toi qui me l'as précisé l'autre jour, il ne faut pas mélanger le boulot et les sentiments. Merci quand même. Sinon, repasse à la Casa Rossa, si tu paies t'auras toujours droit à ton petit strip.

Florent raccrocha. Carolina Monteiro venait de marquer un penalty cinglant. 1-1 Balle au centre. Il réessayera demain, puis après-demain et plus tard encore si elle se montrait pugnace. Mais si les sentiments qu'elle éprouvait vis-à-vis de lui étaient sérieux, elle finirait par accepter cette invitation à dîner dans un resto classe.

Il sortit de sa vieille Chevrolet et ne s'opposa pas à ce que Tempête le suive. Sa chienne n'aimait pas rester seule, surtout lorsqu'il s'agissait de se rendre à un nouvel endroit. C'était à son tour de rendre visite à Brandon Lake et à sa copine Tania Charbonnier. Ils vivaient dans une case créole dans le quartier des Salines à Saint-Barth.

Harmony Flynt avait confié un autre boulot à Florent : éliminer tout ce qui pouvait conduire un jour à la découverte de la vérité et donc mener à la condamnation de son mari pour usurpation d'identité.

Olivier Rousseau dont le deuxième prénom était Maxence était bel et bien mort. Enterré quelque part sur une plage déserte d'un îlet de l'archipel des îles Vierges Britanniques, les *Virgin Islands,* six ans auparavant.

Brandon et Tania se trouvaient là-bas à la même période. C'était leur tout premier job au Bomba'shack, un bar local fait de tôles et de planches colorées sur une plage de l'île de Tortola. Ils avaient été témoins de quelque chose, sans doute de la bagarre mortelle qui éclata entre Sonia Marquès et le vrai Rousseau. De cela, Harmony Flynt en était persuadée. Ce n'était pas sa femme que Brandon Lake observait sur le bateau, mais son mari. C'était aussi pour cette raison que Tania Charbonnier les avait tant dévisagés lorsque le couple mangeait au restaurant Côté Port à Gustavia. Harmony Flynt avait trouvé son service impeccable, mais avec le recul, elle s'était rendue compte qu'elle les fixait trop longuement.

La veille, Yves Duchâteau était également passé chez eux, avec une photo de son frère leur demandant s'ils savaient quelque chose sur cet homme. Ils avaient répondu fermement « non ». Ils avaient paru plus surpris qu'inquiets. C'était la première étape de leur plan : s'assurer que Tania Charbonnier et Brandon Lake ne diraient jamais rien aux flics. La deuxième étape, c'était au tour de Florent d'entrer en scène.

Il frappa à la porte en bois dont la peinture blanche s'était écaillée par endroit. Brandon était sur ses gardes de recevoir la visite de Florent. Il n'avait pas oublié cette façon étrange de revenir à la fenêtre de l'épicerie et de planter ses yeux dans les siens. Ayant déjà entendu parler des méthodes du privé, il ne fut pas étonné lorsque celui-ci lui signa un chèque et attendit quelques secondes avant d'indiquer le montant.

— Combien pour être sûr que jamais toi et Tania vous ne parlerez de ce que vous avez vu à Tortola ?

Quelques instants plus tard, Florent reprit le chemin de Corrosol. Son voilier l'attendait sur une mer lisse. À son bord, un gendarme quelque peu anxieux patientait comme un futur papa à l'entrée du bloc d'accouchement. Yves Duchâteau enfreignait la loi en permettant à son demi-frère François de se soustraire à des poursuites judiciaires. Mais n'avait-il pas assez payé ? Une mère alcoolique, un père aux abonnés absents, de multiples familles d'accueil. La liste n'était pas exhaustive…

Il s'en était pourtant presque sorti, jusqu'à ce jour où François échoua ses examens de BEP. Le cercle vicieux avait dû démarrer là. Il était cependant parti dans la Caraïbe en compagnie de son copain Rousseau, tenter leur chance dans ces anciens territoires de pirate où les diplômes importaient moins qu'en France. Rousseau et son frère se ressemblaient comme tous ces jeunes Français du sud à la peau mate. Ils avaient aussi de beaux yeux bleus. Tous deux avaient eu la même enfance meurtrie. Rousseau était orphelin de père et de mère.

Sonia et Rousseau s'étaient bagarrés, Rousseau un peu éméché ce soir-là aurait tenté d'abuser d'elle. En le repoussant, il était mal retombé, mort sur le coup. François n'aurait jamais dû accepter la proposition de Sonia Marquès de faire disparaître le corps de Rousseau et puis en récompense d'endosser l'identité de celui-ci et donc de profiter de ses diplômes. Mais se faire appeler Olivier avait été trop dur, alors son frère avait préféré utiliser le deuxième prénom de celui-ci, Maxence.

S'il avait demandé l'acte de naissance à Montpellier comme il en avait eu l'intention, il aurait pu comprendre l'histoire depuis longtemps.

Durant toutes ces années, Sonia Marquès avait fait chanter François. Elle avait tout de suite remarqué qu'il tenait à son poste de chef-coq dans ce prestigieux hôtel à Miami. Pour passer à l'étape du chantage, déguisé en minauderies de fin de mois difficiles, Sonia n'eut à effectuer qu'un seul petit pas. Quand sa vache à lait avait disparu, elle l'avait retrouvée et cette fois-ci elle avait exigé beaucoup plus. Elle connaissait l'existence du montant de l'assurance-vie qu'Harmony Flynt avait touché pour le décès de son fiancé. Il le lui avait raconté lorsqu'ils s'étaient rencontrés par hasard dans le couloir de l'hôtel alors qu'il avait raccompagné sa future femme dans sa chambre. Le mauvais hasard. Mais Sonia n'était plus ! Que risquait Yves Duchâteau de ne pas faire ouvrir une enquête sur la mort d'Olivier, Maxence Rousseau ? Cela l'avait torturé des nuits entières. Mais le seul risque était qu'on mette le meurtre sur le dos de son frère, d'autant plus que Sonia n'était plus là pour témoigner.

Alors il avait fait le choix de ne rien révéler. Il avait perdu François toutes ces années, il était son unique famille. Il ne voulait pas le perdre à nouveau.

Un bip sur son téléphone retentit. Florent Van Steerteghem venait de lui envoyer un message annonçant qu'une photo de son frère suivait.

Depuis qu'elle était partie le rejoindre, Harmony écrivait régulièrement à son enquêteur privé. Elle lui avait expliqué toute l'histoire et lui avait confié cette mission spéciale d'acheter le silence de Brandon Lake et de Tania Charbonnier. Son mari n'était pas au courant de toutes ses démarches. Harmony Flynt demeurait une femme secrète.

La photo était en train de télécharger, elle était encore floue. Après toutes ces années, Yves allait enfin revoir François qui vivait sous l'identité de Maxence Rousseau. La pièce jointe était maintenant nette :

L'homme avait une tête plutôt carrée, des yeux bleus, le teint mat. Mais elle ne pouvait tromper un proche : ce n'était pas son frère.

Chapitre 44

> « Nous sommes tous des imposteurs dans
> l'ensemble de ce monde, nous prétendons tous être
> quelque chose que nous ne sommes pas. »
> De Richard Bach/Illusions

— Harmony, Harmony. Je sais que tu es là. Pourquoi fuis-tu ? Tu n'as quand même pas peur de moi ? Allez montre-toi, qu'on se parle. On peut tout recommencer à zéro, sans plus jamais se mentir. Tu sais que nous sommes faits l'un pour l'autre. Ce qui compte ce n'est pas qui je suis, mais ce que je suis pour toi et ce que tu es pour moi. Allez, arrête de te cacher, tu es ridicule, cria-t-il.

Maxence ne la distinguait plus. Elle ne devait pourtant pas être très loin, quelque part cachée derrière un arbre de cette forêt côtière. La route, peu fréquentée à l'approche du crépuscule, était toute proche. Cela faisait une dizaine de minutes qu'il avait perdu de vue sa femme. Plus d'une heure qu'il était à sa poursuite. Cela devenait inquiétant, il fallait qu'il la convainque de revenir auprès de lui. Ils referaient leurs bagages, ils repartiraient ailleurs, redémarreraient sous de nouvelles identités. Il en avait déjà usurpé plusieurs que c'était presque devenu un jeu. Même si cela lui faisait du mal de quitter le personnage de Rousseau.

François Duchâteau et Olivier, Maxence Rousseau étaient tous les deux ensevelis sur un îlet désert des *Vir-*

gin Islands. François avait enterré son ami qu'il croyait mort par accident, une mauvaise chute provoquée par Sonia. Elle avait prétendu que Rousseau avait tenté d'abuser d'elle, en le repoussant il s'était empalé sur une ferraille. Amoureux, François l'avait crue. Cette version avait son ombre de vérité. L'accident était réel, mais la cause de la bagarre était différente. Rousseau avait surpris Sonia en train de voler ses papiers d'identité et son diplôme.

Le mari d'Harmony avait épié François tandis qu'il creusait la tombe de son ami. Lorsque celui-ci était descendu pour replacer le corps, il en avait profité pour le rejoindre. Il l'avait assommé avec la pelle puis poignardé à mort. Ce dernier gisait lui aussi au fond du même trou.

Cela paraissait compliqué, mais tout était horriblement simple. Peut-être aurait-il pu éviter de devoir le tuer ? Mais à nouveau, il avait opté pour une solution facile. François en savait trop et aurait pu se rétracter.

Rousseau et Duchâteau, deux amis qui s'étaient vantés dans un bar d'être des anciens enfants de la DASS, sans véritable attache, sans véritable famille. Cela lui était tombé du ciel, de tels naïfs avec de tels profils. Sonia avait charmé François pour pouvoir avoir accès à ses papiers d'identité et son diplôme. Mais François ne possédait pas ce fameux sésame, ce diplôme de cuistot auquel l'actuel mari d'Harmony avait tant aspiré. Alors Sonia, avait improvisé et était partie dans la chambre de Rousseau. Celui-ci était rentré plus tôt que prévu. Une bagarre mortelle, « l'effet Papillon ».

Le mari d'Harmony avait toutes les compétences re- quises pour être un excellent cuisinier, mais une phobie des examens l'avait stoppé dans sa progression. Il avait échoué à cause de ces foutus malaises provoqués par la peur de l'échec. Avec le diplôme de Rousseau, il avait pu réaliser son rêve. S'échapper de ces îles et travailler dans un hôtel chic à Miami.

Mais après six années de bons et loyaux services, il commençait à tourner en rond et Sonia exigeait de plus en plus une part importante de son salaire. Il n'était quand même pas un monstre, et il n'avait pas envisagé une seule seconde de l'éliminer. Il ne tuerait jamais une femme, par principe. Sa propre mère était morte sous les coups de poing de son paternel.

Ce fut à ce moment qu'il y eut Harmony, leur coup de foudre, leur mariage, un nouveau départ. Lorsque Sonia l'avait retrouvé, furieuse d'avoir été bernée, elle avait exigé beaucoup plus d'argent. Ainsi ils avaient monté cette fausse disparition et cette demande de ran- çon. Il l'avait sentie méfiante dans la villa à Saint-Barth, jusqu'à l'enfermer dans la chambre. Toutefois, ce que Sonia ignorait, c'était qu'il avait préparé sa fuite afin qu'elle ne le retrouve jamais. Mais sa complice était morte, une bête erreur de livraison. La chance était de son côté. Bien qu'il eût donné un petit coup de pouce à la chance... Il avait rappelé le traiteur quelques instants après Sonia, il avait embrouillé le pauvre cuistot haïtien avec sa commande d'accras. Et des accras aux fruits de mer avaient finalement été livrés. Il ne s'attendait pas à ce qu'elle succombe, mais cette fois-là, ce qu'il espérait tant s'était enfin produit. Il ne s'attribuait nullement ce crime, les pompiers et le médecin n'étaient pas arrivés à temps... N'ayant appris son décès qu'un jour plus tard, il avait d'ailleurs poursuivi son plan comme prévu. Il ne voulait pas rentrer à Milwaukee. Il fallait à nouveau repartir à zéro.

Il avait conservé cette carte postale de Côte d'Ivoire comme un joker. Un lieu de retraite idéal. Il avait éparpillé des indices pour que sa femme le rejoigne. Sa seule erreur avait été de laisser apparaître le nom du destinataire sur la carte : Stéphane Cordier. Et la veille, Harmony lui avait demandé qui était ce Stéphane. Il n'avait pas été très convaincant en expliquant que c'était une carte trouvée par terre. Elle semblait très au courant de ce qui s'était tramé à la villa des Wallace. Le fameux Cédric aurait balancé aux flics que Sonia appelait le mystérieux logeur « Stéphane ». Ensuite, il l'avait sentie en manque d'appétit au lit. Et ce matin, au petit déjeuner, elle l'avait regardé moins souvent droit dans les yeux.

Une heure plus tôt, il s'était rendu dans leur petit appartement pour l'embrasser avant qu'il ne s'enferme dans la cuisine du restaurant. Ils habitaient juste au-dessus de celui-ci, c'était pratique pour lui. Comme à son habitude, il avait monté bruyamment les escaliers en bois, puis avait ouvert la porte d'entrée. Harmony ne se trouvait pas dans leur unique pièce de vie, ni dans leur chambre ni dans la salle de bains. Les portes-fenêtres de la terrasse étaient larges ouvertes, le vent faisait danser les fins rideaux blancs. Il vit tout de suite que son sac à main n'était pas à son emplacement habituel. Elle le déposait toujours sur un guéridon en bois à côté de la télévision.

Par contre, elle avait laissé tomber son téléphone sur le tapis devant le canapé en cuir. Il l'avait ramassé, un SMS d'un certain Florent Van Steerteghem lui avait écrit : « J'ai montré la photo au gendarme, votre mari non seulement n'est pas le vrai Olivier, Maxence Rousseau, mais il n'est pas non plus le véritable François Duchâteau, le frère disparu du gendarme. Fuyez au plus vite. Il peut être dangereux. »

Il avait fouillé un peu plus dans ses SMS. Elle était en contact avec ce Florent depuis un certain temps, et elle ne lui en avait jamais parlé. De plus, elle lui avait donc désobéi. Elle avait envoyé à cet homme une photographie de lui. Sans doute avait-elle copié celle qui figurait sur son passeport, car il n'en avait pas d'autres.

Il avait ensuite filé sur la terrasse, avait scruté au plus loin qu'il pouvait. La petite grille qui barrait l'accès aux escaliers de secours était restée ouverte. Il avait supposé qu'elle s'était enfuie par là. Il avait ratissé un peu partout dans le village. Heureusement pour lui, une femme blanche ne pouvait pas passer inaperçue. Léon, le vendeur de cigarettes à l'unité, l'avait vue se diriger vers la forêt. Elle allait certainement prendre un raccourci pour rejoindre la route principale qui mène à San Pedro. Il l'avait presque rattrapée, mais maintenant elle se cachait.

— Harmony, laisse-moi t'expliquer. Pourquoi tu me fais ça, toi aussi tu es une criminelle, non ? Steven Reardon et Megan Sutton ne sont-ils pas morts par ta faute ? Nous sommes les mêmes toi et moi.

Instinctivement, il cessa de la chercher et fonça vers la route. Quand il posa ses pieds sur l'asphalte, il la distingua à peine. Seuls ses cheveux blonds resplendissaient dans l'obscurité. Elle était assise dans l'un de ces taxis-brousse, entassée parmi d'autres.

Il pleura, il était sûr qu'elle avait été la femme de sa vie. Depuis le début, il pensait qu'ils étaient de la même nature. Deux êtres en souffrance qui voulaient juste être tranquilles.

Pourquoi le rejetait-elle si près de leur bonheur ? N'avait-elle pas tué son premier fiancé et sa meilleure amie en lui faisant une queue de poisson ? Car dans son ivresse du premier soir de leur rencontre, tout cela, elle le lui avait également avoué. C'était un accident, mais la conséquence avait été mortelle pour Steven Reardon et Megan Sutton. Les juges auraient qualifié cela d'homicide involontaire ayant entraîné la mort sans intention de la donner.

Sans Harmony, il ne savait pas s'il avait la force d'endosser un nouveau personnage.

Quelle identité choisir ? Être qui et pour faire quoi de son existence ? Et pour cela, devrait-il encore recourir au meurtre ?

La serre paisible de son jardin à Milwaukee lui parut si loin, sans parler de ces enfants qu'il n'aurait jamais avec sa femme.

Épilogue

Elle venait de plonger sous le voilier et avait été saisie de voir un homme vêtu d'un costume de pilote d'avion et une femme blonde habillée d'une nuisette blanche. Ils étaient accrochés au niveau du cou par une corde, à la chaîne de l'ancre du bateau. Leurs corps flottaient au rythme du courant et des vagues.

Harmony Flynt remonta à bord du *Bísó na bísó* . Elle ne savait pas qui était le plus fou. Elle ou lui ?

Florent avait noyé des mannequins en plastique, pour concrétiser ce qu'il aurait voulu faire à son ex Lise et à son amant Alexandre. Une thérapie-choc comme une autre…

Elle s'enveloppa d'une large serviette jaune chauffée par le soleil caribéen. Tempête vint près d'elle réclamer une caresse.

À leur table, il y avait trois assiettes. Une pour elle, une pour Florent et une pour son petit frère. Elle devait réfléchir à son avenir. Devait-elle délivrer sa conscience ou pas en dévoilant tout à la police américaine ? Leur expliquer que ce matin-là en 2006, elle avait suivi son ex et sa meilleure amie, qu'elle les avait dépassés sur cette ligne droite, qu'elle n'avait pas vu ce gros camion qui arrivait en sens inverse et qu'elle avait dû se rabattre, provoquant ainsi une queue de poisson qui entraîna derrière elle cet accident mortel. « L'effet Papillon »… Mais Florent l'arracha à ses sombres pensées :

— Mangez Harmony, sinon les pâtes au saumon seront froides. Je lui en sers un peu à Ben ?

— Oui, mais pas trop, répondit-elle, encore un peu gênée qu'il se prête au jeu.

— Ne vous torturez pas, vous êtes innocente. À votre place, je n'irai rien dire aux flics. En plus, pensez à vos pauvres voisins, la famille Peterson, ils ont touché de l'argent pour donner une version qui vous arrangeait. Ils risquent de sérieux ennuis. Et puis, avec votre malchance vous risquez d'en prendre pour vingt ans voire pire. Et vérifiez qu'il n'y a pas la peine de mort là où vous vivez ! Mais vous avez déjà payé votre dette à la société. Un frère qui ne vit plus qu'à travers votre imagination, une mère handicapée, un faux mari. Je crois que ça suffit.

— Oui, mais ne pas me dénoncer est immoral.

— Ce que la justice des hommes ne juge pas, soyez-en sûre, d'autres s'en chargeront !

— D'autres ?

— Appelez ça comme vous voulez : le destin, la malchance, la chance, Dieu, une déesse, vos ancêtres.

— Avez-vous des nouvelles d'Yves Duchâteau ?

— Oui. Stéphane Cordier est un jeune Français qui a disparu à San Juan en 2004. C'est justement l'année où Sonia Marquès avait quitté son domicile familial pour se rendre à Puerto Rico. C'est là que son chemin a rencontré probablement celui de votre mari. Et lui, on a perdu sa trace au Libéria. On ne sait toujours pas qui il est. Mais Yves n'abandonnera pas, je peux vous garantir qu'il va le traquer.

— Comment ai-je pu être si naïve, je croyais qu'il m'aimait ?

— Mais il vous aimait Harmony, à sa manière. Ce n'était pas là son problème. C'était un imposteur et aussi probablement un tueur en série.

— Je vivais avec un meurtrier et je l'aimais...

— Vous aimiez ce que vous croyiez qu'il était... La prochaine fois que vous vous faites un ami ou un nouveau compagnon, demandez-vous toujours qui est sa famille, sinon vous ne le connaîtrez jamais réellement.

— Mais il était orphelin, comment aurais-je pu en savoir plus sur sa famille ?

— Et alors ? Même orphelin, on a toujours des racines. Il aurait dû par exemple vous parler du lieu où ses parents reposent, ou vouloir vous faire connaître ses amis d'enfance, vous montrer les lieux où il a vécu.

— Et Tania et Brandon Lake ne veulent toujours rien dire ? enchaîna-t-elle pour détourner la conversation.

— Rien...

Harmony fixa les eaux turquoise qui les entouraient, et pleura. Devait-elle également aller accrocher un mannequin à l'effigie de son mari pour qu'il disparaisse à jamais de sa mémoire ?

FIN

379

Chers lectrices et lecteurs,

Je vous remercie de m'avoir lue, en espérant que cette histoire vous a plu. N'hésitez pas à poster vos commentaires sur Amazon ou à m'écrire via mon blog d'auteur : www.valerielieko.com

C'est en me rendant en bateau sur l'île de Saint-Barth pour mon travail que m'est venue l'inspiration de cette intrigue à suspense. Lors de la traversée, un jeune couple très glamour était adossé juste à côté de moi, contre la balustrade du pont supérieur, s'émerveillant déjà de leur future journée qu'il allait vivre sur cette île tant fantasmée... Le soir, au moment de reprendre le ferry pour Oyster Pond, la femme s'impatientait de ne pas voir pointer son mari... Rassurez-vous, pour eux, tout s'est très bien terminé...

J'aime souvent inscrire mes récits dans des lieux que je connais, en essayant d'être le plus fidèle à la réalité. Cependant, le scénario oblige parfois à créer quelques décors utiles à l'action. C'est pourquoi vous ne trouverez pas, par exemple, ce banc et ce flamboyant sur le parking devant les Galeries du commerce à Saint-Jean... Mais j'en avais absolument besoin pour cette scène.

Certains noms de famille sont très fréquents aux Antilles, en particulier à Saint-Martin et à Saint-Barth. Pour créer une ambiance plus locale, j'emprunte certains patronymes de ces îles pour mes personnages. Mais, je rappelle que tous les personnages sont fictifs et que toute ressemblance avec des personnes existantes ou ayant existé ne serait que pure coïncidence.

Mes chaleureux remerciements,

À Barbosa, pour ses encouragements qui font toujours du bien lorsque je doute.

À mes enfants Roméo, Bélinda et Léonardo, trois graines d'artistes, toujours aussi enthousiastes pour leur maman.

À Angélique Bredeville et Arnaud Boucher ainsi qu'Hélène Bernier qui m'ont fourni de précieuses informations concernant l'île de Saint-Barth.

Déjà parus

Romance à suspense :

Chassé-croisé Paris SXM

Série fantastique en 4 tomes :

Black Jack Caraïbe Tome 1 La Dame de Cœur
Black Jack Caraïbe Tome 2 La Dame de Pique
Black Jack Caraïbe Tome 3 Le Roi de Carreau

Tous les titres sont disponibles au format papier et ebook.

À paraître

Black Jack Caraïbe Tome 4 L'As de Trèfle

Imprimé par Amazon, Grande-Bretagne, juin 2017

Dépôt légal juin 2017

ISBN 9781521423318

Printed in Great Britain
by Amazon